你是我的蓝莲花

NI SHI WODE
LAN LIANHUA

冯素珍 / 著

中国文联出版社

图书在版编目（CIP）数据

你是我的蓝莲花 / 冯素珍著 . -- 北京：中国文联
出版社，2024.4
ISBN 978－7－5190－5481－6

Ⅰ . ①你… Ⅱ . ①冯… Ⅲ . ①长篇小说—中国—当代
Ⅳ . ①I247.5

中国国家版本馆 CIP 数据核字（2024）第 070269 号

著　　者　冯素珍
责任编辑　王　斐
责任校对　乔宇佳
装帧设计　中联华文

出版发行　中国文联出版社
地　　址　北京市朝阳区农展馆南里 10 号　　　　邮编　100125
电　　话　010－85923025（发行部）　　　　85923091（总编室）
经　　销　全国新华书店等
印　　刷　三河市华东印刷有限公司

开　　本　710 毫米×1000 毫米　　　1/16
印　　张　16
字　　数　190 千字
版　　次　2024 年 4 月第 1 版第 1 次印刷
定　　价　78.00 元

目 录
CONTENTS

一　意外的伤害

　　小雨淅淅沥沥地下个不停，从 3 月初到现在已经持续半个多月了。虽然梦雨一直喜欢春雨，那可是嫩如酥般地飘在大地、飘在嫩绿的枝头、飘在田间的呀！可今年春天和以往不同，每天乌云遮天盖月，像个巨大的磨盘压在她的心头，喘不过气来。

　　她抬头看了看天，东边的乌云在快速地游走着。而西边也有一大块棉花般的云朵在悠闲地移动着。终于相聚了，它们缠绕着、翻滚着。慢慢地、慢慢地，乌云越积越多，越来越厚，终于形成了巨大的雨点。这时天空露出了它的狰狞面目，犹如一个超大的蓄水池被拔掉了水塞，雨倾盆而下，形成了雨帘笼罩着大地。看着树枝上刚打出的新芽在暴雨中痛苦地摇摆，就好像有双无形的手在揉搓着梦雨的心，如同那些在风雨中接受着考验的新绿，被蹂躏、被撕扯着，梦雨感觉到一阵窒息。而这时，狂风暴雨过后，渐渐地、渐渐地天空中透出一片光亮来，仿佛有双巨手把它撕开了一道裂缝，让阳光透到大地上来。雨骤停，打在窗户玻璃上的雨点汇集成一条条，犹如小河般流淌了下来。它很像是一个人的脸，那样肆无忌惮，那样不管不顾。

　　梦雨不自觉地皱起了眉头，有亮光刺了过来，她头晕目眩，这才发现自己在窗前站了两个多小时。拖着有点麻木的腿，她轻轻地叹了口气，转身离开。

最近梦雨反复地做着同一个梦：自己孤身一人，穿着病号服，拎着只行李箱，站在一片沙漠里。奇怪的是，周围车水马龙，立交桥上也是灯火辉煌，而站在立交桥下的自己被这一切包裹着无所适从，不知道这是哪儿，该往哪里去。昏暗的灯光在摇曳着，周围高速行驶的汽车从四面八方呼啸着向自己而来，每每这时她都会被吓出一身汗来。

梦雨知道，自己最近的状态不太好，总是陷入一片未知的恐惧中。她本来上班换好衣服，进入护士站就有饱满的热情投身到工作中。虽然经常连喝口水的时间都没有，但快乐而充实地忙碌着，游走在需要的病人之间，还是很有成就感的。可现在有时无法集中精神，就连工作 5 年来那无须思考即从心底里发出的微笑，都觉得勉强了。

事情应该是源于一次病人的无端指责。那天和往常一样，梦雨在护士站里忙碌着。这时进来了一位老者，她看见后主动地站了起来，正微笑着准备搭话，还没等到她开口，啪地一巴掌就甩了过来。梦雨被打蒙了。这时搭班的小鹿赶紧跑了过来把梦雨挡在身后："你怎么打人？有话不能好好说？"

"我和你们有什么好说的。"梦雨这才看清，原来是一位爷叔在破口大骂。爷叔具体骂的什么不记得了，只是明白了爷叔原来是因为挂了专家号，没有得到自己想开的药的剂量，嫌挂号费贵、药开少了。

"那你为什么打我们护士？有问题可以去找医生啊！再说了，你个门诊的病人怎么跑到我们住院部来抽风了？"小鹿赶紧扶住梦雨坐下，责问着爷叔。

那爷叔还理直气壮地对着小鹿吼道："阿拉心里不爽，谁让伊还冲着我笑来着?"

看着眼前脖子上青筋怒暴的爷叔，小鹿气不打一处来："微笑服务是我们院里倡导和要求的，也是我们作为护士最基本的职责。你难道要我们整天对着你们苦着脸啊？你讲不讲道理呀？怎么能这样无端地打人？"

这时护士长和我们科的小郑医生听到动静全都跑了过来。

"你必须给梦雨道歉。你知道吗？梦雨是我们院里连续两年的学习标兵。她待人诚恳，业务能力强，两年来病人零投诉。这样的人还要被你打，还有天理吗？"护士长站到了那位爷叔的面前，冷冷地看着他。

而有些围观的病人和家属也纷纷指责起他来，不能这样无故打人。这位爷叔也是个奇葩，竟然和围观的人又吵了起来，乱成了一锅粥。

梦雨大脑里一片空白，她默默地走到了更衣间，这才感觉到脸上火辣辣的。委屈的泪水夺眶而出，不是脸疼，是心疼。自从毕业后走上护士岗位以来，她一直兢兢业业做好本职工作，怀揣着救死扶伤的梦想，以最大的热情投入工作。她自己心里最清楚，这不是大话空话，而是实实在在地体现在日常工作中。每天都被一大群患者包围着，同样的事情、同样的话有时候重复到自己都想把它录下来。而双脚也如陀螺般不停息地穿梭在患者中，经常是累到停下来，脚后跟都痛。但看着一个个带着病痛而来的患者，治愈后高高兴兴地离开，这不就是自己一直以来所追求的吗？这也是自己工作的意义，对于此，她从没有怀疑和动摇过，虽然有时也会被病人误解或埋怨，但都能理解，因为他们是病人，心情肯定不好，有点儿怨气也是正常的。可这一巴掌她难以释怀：她自己也是父母的掌上明珠，从小到大还没有被人动过一个手指头。护士的工作量很大，经常忙到喝水上厕所的时间都没有，这些都没有关系，因为自己选择了这个职业，也是如此热爱，吃点苦也没什么的。只是这凭空的一巴掌，打得她体无完肤。

这时，护士长走了进来。她看着默默流泪的小雨，搂着她："小雨，刚才那病人被带到院办公室了，会给你一个交代的。你就在这儿休息下，剩下的工作我去做。"她轻轻擦掉梦雨脸上的泪。

"护士长，我没事的。"梦雨说着就要站起来。

护士长赶忙把她按下："听话，平时那么听话的小雨，今天怎么了？听我安排，现在要你好好休息。这时候都不能陪着你我们已经很愧疚了。"

"护士长我明白的。"梦雨低着头，努力地控制着自己的情绪。

"唉！"护士长叹了一声，爱怜地看了看梦雨，"那我去忙了。你先躺会儿，想哭就哭吧，别憋着了自己，只是委屈你了。"护士长轻轻地帮梦雨脱下护士服，带上门走了出去。

梦雨这时感到满腔的委屈，也不知道怎么发泄，本想给妈妈打个电话，可又怕自己控制不住情绪，让她老人家担心。梦雨想到了从小一起长大的姐姐梦依。当她颤抖着双手准备拨通梦依的号码时，一下想起她刚为自己生了个小外甥，还在月子里呢。妈妈肯定在身边照顾她，还是算了吧。她长长地舒了口气，但胸口依然闷得厉害，感觉到一口气已经堵到嗓子眼儿了。躺在床上，默默地流着泪。好一会儿，梦雨才从懵懂的状态回过神来，想清楚了刚才发生的一切。唉，就当被疯子打了一巴掌。乱了这半天，护士站肯定是忙翻天了。想到这儿，她爬起床，擦了把脸，穿好衣服推门走了出去。

在院办公室的安排下，五官科主任仔细地帮梦雨检查了下左耳，还好没有大碍，她只是感觉头蒙蒙的，有些恍惚。主任笑着安慰她休息两天就会没事的。护士长这才松了口气，拉着梦雨的手刚走进护士站，就远远地看见他们支部书记季主任领着位老阿姨，来到了住院部。原来老阿姨是那位打人爷叔的爱人，她说在家爷叔就是和她赌气去的医院。来到医院，医生没有满足他多开药的要求，本来是想去医院办公室投诉的，却阴差阳错地跑到了住院部撒起野来。看着和自己母亲差不多年龄的老阿姨一直在那赔礼道歉，梦雨还能说什么呢？

"小梦，你到会议室来下。"办公室王主任打电话叫来了梦雨。走进门就看见院办公室王主任和她们支部的季主任在等她呢。

"小梦啊，这件事情院领导都知道了，这不怪你。那爷叔自己也知道错了，不好意思来给你赔礼道歉，他的老伴来了吧？"

"是的，王主任。"

季主任站起来倒了杯水放在她桌前："快坐啊，小梦。"

"谢谢季主任。"梦雨连忙接过水杯，在他们的对面坐了下来。

"我们听你的护士长说，你已经有两个月都没有好好休息了。领导关心不够啊。所以院里决定，给你两天假休息休息。"

听到王主任这样说，梦雨有些意外。她放下杯子："谢谢院领导，我没事的。护士站那么忙，我怎能休息呢。"

王主任乐呵呵地看着季主任说道："看看我们的同志多有觉悟啊，老季。"季主任笑着点点头："小梦，你就别想那么多了。我们和你们护士长已经商量好了，工作的事情会安排好的。已经从别的护士站抽调了一位过来帮忙，你就安心养好身体。这段时间院里人手是有些紧张，有外派的，有支边的，还有几个休产假生孩子的。"王主任接着说，"院领导知道你们一线工作的压力。说实话，按照卫生部的要求，医护比例应该是1:2，国际惯例是1:3，可实际我们院里才1:0.5。而床位和医护人员的比例应该是监护室、手术室的床护比1:2到1:3；普通病房的床护比1:0.6，最少也要有1:0.4。就拿你们大内科病房来说，床位 36 张，护士才 6 人，缺口很大啊。你是个优秀的党员，平时的表现大家有目共睹。所以，希望这件事情不要变成包袱背在心里。以后工作该怎么做还是怎么做，做好表率。"

梦雨微笑着点点头："谢谢领导关心，我会做好的。"

季主任这时接过了话茬："小梦，有些事情你可能还不知道。我们院里像你一样被曲解、被无端指责、被威胁、被人身攻击的人员比例在逐年上升。院领导很重视这种现象，已经由院党委牵头，组成了院里的心理干预小组，由我们支部先行试点，只是小组才刚刚成立，还不太成熟。你是党员，年轻、热情、有想法。本身又遇到这样的事情，希望你积极地参与进来，把小组活动做好、做成熟。现在心理干预基本是每个月有次活动，都是利用休息时间，大家坐在一起说说工作或生活中的一些困惑。组长就是心理科的吴主任。我前段时间抽不开身，等下阶段也会投身到这项工作中去的。现在的就医环境不容乐观，院里发生的七七八八的医闹、打人等事情，想必你也有所耳闻。我们争取把这件事情做好，给广大的医护人员提供一个可以说心里话的场所，甚至是可以发泄的场所，从而造就更好的就医环境。目前参与的人还不多，有十几位了吧？"季主任用询问的目光看了看王主任。

"嗯，目前 11 位同事。"王主任端起茶杯喝了口水接着说道，"小梦，这星期四下午 4 点半下班后有次活动，你如果没事来参加吧。"

梦雨听见两位领导都把话说到这了，哪有不参加的道理。她算了算时间："行，那天我正好是白班，我一定参加。"

"那我们可说好了，你本来就是在季主任的支部的，要多多支持他开展这项工作。以后的心理干预小组可就靠你们来发展了。"他扭头看着季主任："老季，是吧？"

季主任两手一摊："呵呵，领导交代的我们肯定无条件支持啊。而且会尽力办好。"

"哎，老季，我们可说好了不是尽力，是一定！""一定，一定。"

就这样，梦雨得到了两天的假期。本来是恨不得马上就飞到母亲身边的，可两天的假期回去时间太短了，虽然自己有十几天的假都没有休，但怎么好意思张口呢？再说梦依还在月子里需要母亲的照顾，去打扰也不太好。就这样，她在公寓里发了一天的呆。

梦雨租住的这个公寓位置不错，生活便利，是由老旧的楼房改建的。这幢楼房的整个3层被改建成几十个房间，中间有保安室隔开，左边住男生，右边是女生住的，各有一个公用的洗漱间和卫生间，像极了学生时代的宿舍。每个洗漱间里有3个淋浴室，热水24小时供应，但淋浴有时间限制，晚上6点到11点开放，其余时间是没有热水的。有专人管理，也就是我们说的宿监，一般负责打扫公共部分，每个房间里的卫生都是自己打扫。公寓提供四人间、六人间和八人间房，价格也不等，可以长租也可以短租。梦雨住的是四人间，房费每个月600元，加上电费等杂费不到700元，关键是离单位近，步行过去也就十几分钟。想想那些在路上动辄几小时的上班族，还要在人头攒动的地铁里被挤成肉饼，梦雨还是感到挺幸运的，所以一住就是两年多。租住在公寓里的人主要以来沪找工作的年轻人居多，他们大多远离家乡，怀揣梦想，雄心勃勃地想开辟一片自己的天地。偶尔也会有些散客，比如，做生意的、出差的人来此落脚、房价便宜，一晚才四五十元。这两年多来，她看着一批又一批的年轻人进进出出，有的找到了理想的工作后就搬了出去，也有的功成名就更不会住这里了，也有很多人住着住着又回老家了。因为自己算是"钉子户"了，和宿监很熟悉，经常听他们唠叨唠叨，知道的也就比较多。白天大家都上班去了，走廊里还是很安静的。梦雨是三班倒，一般倒夜班回来时也能睡个踏实觉。就是到了晚上，陆陆续续地人都回来了，噪声还是蛮大的。你想，近百人的空间里，嘈杂是免不了的。好在大家就算是在走廊里碰面，也只是点点头，算是打招呼了，不太多说话的，更多的时候就是视而不见，各做各的事。这些人个个带着满身的疲惫，或满腹的心思，想是连说话的力气也不愿浪费的。梦雨本来就是个安安静静的女生，倒是觉得这样蛮好。但可能是最近心情不好的缘故，看着嘈杂、乱糟糟的公用卫生间和走廊里时不时传出来的男生酒喝高后的大呼小叫，她有些后悔没有听小鹿姐的建议，和单位的同事一起租个民房住了。唉，说到底还是不舍得钱嘛。以前刚来沪时在民营医院里工作，包吃包住的，省心不说，下了班还可以和小姐妹聊聊天，一起逛街，一起看电影。人哪，用姐姐梦依的话来说，就是贱。舒适的生活和环境不要，偏偏远离家乡，跑到公立医院里受罪。五险一金交完后，全部收入也就剩下个三四千元了，哪舍得自己租民房住啊，就这公寓还是院里的同事搬走后让给她的。可梦雨心里明白，要想舒适，老家的生活节奏不紧不慢，而且有家人的陪伴那不是更好？可那不是她想要的。看看身边的同学朋友，二十四五岁还不结婚生子，别人就会用异样的眼光来看你，而坐在一起不是张家长就是李家短的言论也令她无所适从。更重要的是，自己大学里学的临床护理专业，在这个小县城里也无用武之地，另外院领导以高压的姿态为他的"公子"提亲也是她极其反感的。再另外加上些机缘巧合的事情，使得梦雨逃离似的离开了家乡。

嘭的一声响，吓了正在出神的梦雨一大跳。原来是住在梦雨上铺的欧阳小雪怒气冲冲地回来了。还没有等大家缓过神来，她就指着住对面上铺的史玲玲发起火来："原来你是这种人啊，我真瞎了眼了。"史玲玲抬眼看了看她没有吭声。

"你以为不吭声就行了？垃圾。我那么相信你，什么都告诉你了。可你竟然背地里拆我的台，有你这种人吗？"

听见欧阳小雪的厉声指责，史玲玲这才慢条斯理地站了起来。她白了欧阳小雪一眼，拿出脸盆准备去打水："哎哟哟，你以为谁嗓门大谁就有理了？我还以为是什么事情呢，就为这呀？既然你这样说了，那我们就把话说清楚。我能进这家公司，凭的是我的能力、我的本事。至于你嘛，那是你自己的水平不够，没有我有魅力。人家没有看上你，这还怪到我头上不成？"

人高马大的欧阳小雪是个急脾气的东北人，被这话气得浑身哆嗦。她一个箭步就跨了过来，伸手就要去拽小个子的史玲玲。

梦雨眼疾手快，拉住了她："你们都少说几句吧，冷静冷静。大家住在一起也是缘分吧。"

"和她住一起真是倒了八辈子霉了，还有什么缘分。"欧阳小雪用手指着史玲玲，眼泪唰地流了下来。梦雨示意同屋拉走了史玲玲。

"小梦姐，我真是要气晕了，碰到这种人。"

"消消气吧，说说怎么回事。"梦雨扶着簌簌发抖的欧阳小雪坐到自己的床上。欧阳小雪低着头，努力地平复着自己的心情："唉，小梦姐，你知道史玲玲最近找到的工作是哪家单位吗？就是上次人家通知我去面试的那家外企。"听到欧阳小雪说到这，梦雨有点明白了。

她擦了擦眼泪继续说道："那天在网上投的资料，他们公司人力资源部就给我打了电话去面试。本来好不容易找了家世界500强的企业，很开心的事情，我一高兴就和你们说了，哪知道这个该死的史玲玲那么有心机啊！她不仅和我套近乎得到了人力资源部的邮箱，还以我的名义

9

给他们发了封邮件，说我因种种原因不来面试了，而她自己偷偷地把资料投了过去，竟然被录用了。可我还傻乎乎地按约跑去面试呢，人力资源部根本就没人在，问了他们的前台，说是出差去了。我虽然也是心里打鼓，可还是安慰自己可能是他们临时有事情，没有来得及通知我。我左等右等，这都半个月了也没有消息。实在是憋不住了，今天又跑去他们公司看看，才知道史玲玲已经上班一个星期了。小梦姐，你说我怎么这么倒霉呢？被她从背后踹了一脚，她还是人吗？"说完又呜呜地哭了起来。梦雨听到这，后背也是一阵阵的发紧："本是同根生，相煎何太急啊。"

"小梦姐，我该怎么办？我来找工作都好几个月了，带的钱早花完了。上个月还让家里又寄了些。这个月再从家里拿，我妈妈就不让我在这儿待了。本来找到了工作，什么问题都解决了。可现在倒好，什么都没有了。我都不知道自己是怎么走回来的。"

梦雨看着眼前哭得梨花带雨的欧阳小雪，心疼地把她搂在怀里，轻轻地拍了拍："别担心，实在不行就从我这先拿点。上海这么大，工作机会肯定比老家多，别急慢慢找。500 强的企业能看中你，也证明了你的实力，要有信心才对啊。"

梦雨伸手从背包里拿出了钱包，拿了 500 元："我只有这么多现金，你先救急吧，不够再和我说。"说着，把钱塞进了欧阳小雪的手里。

"小梦姐，你真是我的好姐姐，等我有钱了一定还你。"

梦雨把小雪粘在脸颊上的碎发弄整齐了，怜爱地看着她："我看好你，就当是为你投资吧。"

"小梦姐，说实话钱不是最重要的。真没钱了妈妈也不会不管我的。我就是不明白了，我们真心待人，为什么有些人却以恶相报？史玲玲上个月也接不上趟了，我还给了她 200 元呢。还有住在我们这里的好些人，他们防人就像是防贼似的，以前我在心底里很是不屑，现在是有些明白了，人心险恶啊。"

梦雨听见欧阳小雪的话，心里也是五味杂陈。她暗自思忖小雪是个单纯的好姑娘，一定要帮她渡过难关："小雪，问你个问题。你几个月前为什么离开爸妈来到这里呀？"

欧阳小雪低头思索了下："我从小到大还没有离开过东北那疙瘩呢。大学也是在本地上的，有时候觉得特没劲，所以总想着出来看看。外面的世界很精彩，可外面的世界也很无奈啊。"她长叹了一口气。

看着欧阳小雪那透着无奈和纠结的表情，梦雨也很是感慨："哈哈，你才来几个月啊，结论下得太早了。小雪妹妹，我们是有知识有文化的新一代，不能目光短浅，只看眼前。从长远来看，踏踏实实做人、老老实实做事才是我们立足的根本。你看在整个的人类历史长河中，我们的人生是多么渺小，有必要这样地尔虞我诈、钩心斗角吗？你想过没有，人为什么越成长烦恼越多？就是因为复杂。心复杂了，要求也多了，烦恼也就随之而来，所以简单的人生才是快乐的人生。不忘初心，方能快乐而幸福地走下去。"

梦雨的这一番话，正解开了欧阳小雪的心结，她兴奋地站了起来，在屋里来回地踱着步子，若有所思："小梦姐，你懂得真多。以后多给我说道说道。"

"傻妹妹，我也只是有些生活感悟罢了。你今天在公司没有拆穿史玲玲吧？"

欧阳小雪神色黯淡了下来，她坐到梦雨的床边，点点头："都这样了，说还有什么意思？再说也不能让外国人看我们中国人的笑话吧？打落的牙往肚里咽吧。"

梦雨看着眼前的小妹妹，心中无比高兴："小雪妹妹，这就是我看好你的理由。记住，善良比聪明更重要。明天继续找工作，天塌不下来。"

说完梦雨弯腰拿起欧阳小雪的脸盆递了过去："快去打水洗洗吧，不然等会儿人多了，又要排队很久。听姐一句劝，这件事情就到此为止吧。同在一间屋里，低头不见抬头见的。"欧阳小雪看了看梦雨，默默地点了点头。

那晚梦雨失眠了。对站着都能睡着、人人羡慕好睡眠的她来说这是人生的第一次，即使是高考那样紧张的岁月也没有使她失眠过，上铺的小雪妹妹也是在那儿翻来覆去的。梦雨心里清楚，今天的事情对她来说一下子是难以释怀的。这两天发生的事情梦雨何尝不是深受触动？左脸到现在还火辣辣地疼，那五个手指就像是印在了她脸上，让她根本就不想出门。唉，世事难料，世事难料啊！

她暗自思量：我们这么多年轻人远离家乡来到北上广深这样的大城市，大部分都是怀揣着梦想而来的。因为这里有广阔的天地，这里有更为丰富的文化、教育、就业的平台，为年轻人实现自己的理想提供了更为宽阔的空间和舞台。而这些特大型城市，也因为有了这些新鲜血液的注入，显得更加生机勃勃、更加充满活力，这是共赢的好事情。可现实中确实有很多不尽如人意的地方。她眼前浮现出一位农民工委屈、悲苦，更多的是透着无奈的脸庞。

记得那时她刚刚来沪，应该是 2004 年前后吧，还在医院的前台当导医呢。一天，一名外来务工人员，年纪 50 岁左右，因在工地上不小心受了工伤，腿意外地被脚手架砸了下，造成腿骨骨折，是两名工友把他背来的。梦雨刚领他拍完 X 光片还没有坐稳呢，一位穿着考究的中年妇女就气势汹汹地走了过来。她恶狠狠地指着送伤者来医院的工友：

"谁让你们送他来医院了？就这点小伤算什么呢？有那么娇气吗？那么娇气就别出来打工啊。在家养着不是更好？告诉你们，耽误了工期有你们好看的。"

工友也不敢大声，畏畏缩缩地说："我们是看他的腿不能动了，才送来医院看看的。"说完，大气都不敢出，头也没敢抬。

"碰一下就不能动了？你们好夸张啊。告诉你们，医药费你们赔得起吗？就那么一点儿工资还想来医院看病？癞蛤蟆想吃天鹅肉侬晓得不？你给我起来。"她看着坐在轮椅里的伤者，三步并作两步地走了过去，一把抓着他的胳膊就要把他从轮椅上拎起来。

梦雨赶紧挡开她的手："你不能这样。刚才片子已经说明他的小腿腓骨骨折了。"

那女人猛地推开挡在前面的梦雨，还要伸手去拉人。正好此时身材高大的影像科医生来挂号室交单子看见了这边的情况，他飞快地跑了过来。"干吗，干吗呢！片子是我拍的，诊断也是我下的，有什么问题请跟我说。"

那中年妇女一看这气势不对，就有些收敛了。但还嘴硬："你们医院就是想多收费才这么说的。"

影像科医生像堵墙样地挡在那病人面前，眼睛逼视着闹事的女人："你说点人话好不好？你以为每个人都和你一样，眼里只有钱？告诉你，钱在我眼里就是个屁。"

那女人一听，可逮着医生的小辫子了："你怎么说脏话？还是个医生呢。文明都不懂。"影像科医生指着背后的伤者："我对这样的农民讲文明。对一些不讲人话的人有什么文明好讲？讲了她也听不懂。"

那女人一听如泼妇般又哭又闹："你怎么骂人呢？你叫什么名字？我要去投诉你。"影像科医生把胸前的工号牌拿到那女人的眼前："去

13

呀，办公室在五楼。这是我的工号牌，睁大眼睛看清楚名字。"

正在吵吵嚷嚷间，保安师傅过来把那女人劝开了，去了收费处缴费。而一直坐在墙角边低着头的伤者，这才抬起头来飞快地看了看影像科医生的背影。50 岁的年纪如 60 岁的人，面庞上写满的内容让人终生难忘。

梦雨后来才知道送他来的两位工友里，年轻一点的那个人是他自己的亲侄子。梦雨不知道这叔侄二人到底是遇到了怎样的窘境，在众目睽睽之下受到如此的侮辱还选择了沉默。要知道士可杀不可辱啊，他们肯定是有着非常的难处。那天，梦雨回到宿舍就把自己的 QQ 签名改为：今天你所承受的痛苦，都将是未来幸福的源泉。

后来，那叔侄二人又来复诊了一次。梦雨趁着没人看见，偷偷给他塞了 100 元。再后来，导诊台就收到了满满一筐火红火红的柿子，同事都说从没吃过这么甜、这么好吃的柿子……

梦雨一觉醒来已经是上午 10 点了，宿舍里只剩下她一人。欧阳小雪肯定是出去找工作了。梦雨知道自己没有看错这个小妹妹，她真是好样的。

打开窗帘，竟然有阳光洒了进来。她一下子激动起来，拿起包就出门了。走上街头这才问自己要去哪？又想起已经大半年没有上博物馆了，就踏上 46 路公交坐到了终点站。

从公交站走到博物馆要经过一个街心公园，梦雨很喜欢这个紧靠博物馆的广场公园。在这寸土寸金的黄金地带，留下了这片净土，闹中取静，又和相邻的博物馆相得益彰，显得分外安静。而从博物馆里散发出的人文气息又使它显得神秘而典雅、高贵而淡泊。每次梦雨过来，都不急着进馆。她喜欢找个静谧的长椅小憩一会儿，听着小鸟在头顶上蹦蹦跳跳地唱歌，看着门前的广场上老人带着孩子在喷泉前嬉闹、徜徉，更多的时候则是看着头顶阳光、排着蛇形长龙等待入馆的人群。他们三五成群，身着五颜六色的衣裳，装扮着这不一样的风景。梦雨知道这一切都是自己喜欢的，发自内心地喜欢……

二　心理干预小组

　　梦雨是 2006 年在《健康报》上看见沪上这家二甲公立医院刊登的招聘启事而考进来的。刚进院时，因为在老家的急诊室待过，有一定的急诊室工作经验，并且在进院的考核中成绩优异，所以她最开始被分配在了急诊科。在卫生系统工作的人都知道，医院急诊科的医护人员不仅要有精湛的技术，还要有丰富的经验、敏捷的思维、果敢的行为和充沛的体能。他们时刻绷紧着神经、时刻准备着迎接一位又一位危难中的病患，对精神和体能都是严峻考验。他们经常自嘲地称自己是位"战士"，是手拿听诊器、手术刀和死神赛跑、和生命争分夺秒的战士。虽然忙、虽然累，但充实。在急诊科工作，能看到和学到平时很难得见到的病例，考验理论基础的扎实性和临床的处理能力，也实现着作为医者的那份神圣的理想，从而心里还有着小小的自豪感和使命感。

　　梦雨的大学专业就是临床护理，在急诊科的这一年多时间里，可真是如鱼得水。加之工作上她从来都是踏实、肯干，所以她的表现得到了单位领导和同事们的认可，被评为优秀员工标兵和优秀共产党员。这在新入职的医务人员里还是很突出的。虽说成绩的取得与她自身的努力分不开，但梦雨心里清楚，这也离不开单位宽松的就业环境和同事们的配合。梦雨喜欢领导的开明、专业和务实，也正是这样的环境成就了她。

在这一年多的时间里，她不但业务水平提高得很快，还让那颗总是漂浮着的心有了归属感、安全感，这反过来让她又有更大的动力投入工作中。她内心里非常感恩，感谢领导的知遇之恩，也感谢有个很好的护士团队。后来因为住院部里的党小组成员陆陆续续地调动和调整了工作岗位，党员的队伍亟须充实，恰好那时她在区卫生局的征文比赛中获得了前十名的好成绩，让护理部的护士长看中了她，就这样，她被调进了住院部的大内科病房工作。

住院部比起急诊科的节奏，确实要有规律些，但工作起来也不轻松。100多张床位，基本都是满员。忙的时候，走廊里都住满了病人。反正梦雨就没想着轻松偷懒，到哪都一样，努力做好本职工作是她的根本。和她搭班的小鹿姐是位5岁女孩的母亲，性格开朗、乐观，是个开心宝。因为老公在这里的武警总队工作，想着隔三岔五地也能见个面，就把孩子托在了老家由姥姥姥爷照顾。她的口头禅是"嫁鸡随鸡，嫁狗随狗"，心里面藏着对孩子无限的愧疚和想念。一直谋划着买套房子，把母亲和孩子接过来生活在一起。可在这里买房哪那么容易？这不一直在努力地赚钱找机会呢。

大内科的住院医生是小郑医生，一位复旦大学医学院的高才生，在院部实习的时候就被导师季主任看中，毕业后也就顺理成章地留了下来。他的QQ签名很有意思：打开梦想和现实的尺子，才发现梦想越来越遥远，而现实越来越残酷。他这有感而发是有原因的。

他的女朋友李梅梅与他是高中同班同学。因为他人长得帅，学习也好，女孩由暗恋到追着和他谈了恋爱。虽然是同班同学，但李梅梅是个不折不扣的"孔雀女"，还是个富二代，家底殷实，根本不指望他能赚多少钱，人家提出来只要对他女儿好就行，什么都可以给他们买。小郑医生可不乐意了，堂堂男子汉一枚，用时髦词来讲就是个不折不扣的

"凤凰男"，怎么着也要买个小窝，哪怕一室一厅也是他自己的。可来自农村的他，家里供了五年大学已经是负债累累，哪还有闲钱帮他付首付款？自己的工资不见涨，但房价在噌噌往上蹿。所以，护士长经常和他开玩笑："今天打开梦想的尺子没？"他就会垂头丧气、有气无力地回一句："没敢打开，不然没有活下去的勇气了。"虽然也只是呵呵一笑，可笑里透着的辛酸和无奈也只有他自己能体会。

大内科护士站里家境较好的就数护士长了。她是本地人，因为家里的宅基地被地铁部门征用，分配了好几套房子。老公是一家企业的领导，拿年薪呢，不缺钱的。她为人热情、心地善良，低调不张扬，是那种眼里揉不得沙子的人，做事情原则性强，大家都很尊敬她。护士站在她的领导下，氛围很融洽，也很温馨。只是因为她工作太多太忙，基本没有多少时间和别人交流，也只有在换班和更衣的间歇，才能简单地聊两句家常。

每天，梦雨都是带着急切的心情走进护士站的，穿上护士服，一种责任感和自豪感就油然而生。可今天，腿就像是灌了铅一样沉重，看见医院大门的时候甚至都有些恐惧了。

小鹿见梦雨的脸色不对，很关切地问了问："小雨，休息得好吗？"

"还不错呢，小鹿姐。"

"没睡好吧，脸色那么难看。"她伸手整了整被小雨漏掉的一缕碎发，重新帮她别好了发卡。

"我没事的，小鹿姐。"梦雨躲闪着小鹿关切的眼神，"对了，小鹿姐，我昨天去博物馆了，有金缕玉衣在展呢。"

"哦，是吗？看这星期我老公有没有时间，和他一起去看看。"

"嗯，几千年前编织的东西还是很精巧的。你想呀，什么样的人才能享受这样高贵的东西？可几千年后还不一样，尘归尘土归土，剩下的只是一些带不走的。"

小鹿转过身来，她挽起小雨的胳膊看着她："小雨，这可不像是你一贯的风格，怎么有点悲观啊。"

梦雨看见小鹿姐是那样关心着自己，心里好一阵感动。她粲然一笑："小鹿姐，你误会我的意思了。其实我觉得还是精神层面的东西更能久远。就拿博物馆来说，我每次去都会到八大山人的《花鸟山水册》前看看。我喜欢他的狂放、自由洒脱。'横涂竖抹千千幅，墨点无多泪点多。'寥寥几笔，就能勾勒出山水意境来；看似随意，却又是内心挣扎的写照。以境写意，简洁的画面却又让人感觉大气磅礴，所以我最喜欢。也喜欢唐伯虎的随性、细腻。他的画，画面感强，也能抓住你心底最柔软的地方。还有许许多多的文人墨客，他们的作品、他们的思想影响了多少代人。这种文化的传承和延续，才使得我们的国家有着深厚的人文底蕴和璀璨的历史文化，才能一代一代地传下去，然后发扬光大。"

小鹿姐吃惊地张着嘴，眼里满是无比的崇敬："小雨，说实话，我觉得自己都被房子和孩子牵住了。我们的差距越来越大，真正庸人一个。"

梦雨拉着小鹿挽着自己的胳膊往病房的走廊里走着："看你说的小鹿姐，我只是有感而发。走，我们快去接班吧。"

下班后，梦雨告别了小鹿姐，径直来到了院里小会议室。里面已经稀稀疏疏地坐了七八个人的样子，大多是面熟但叫不上名字的那种，笑笑就算是打了个招呼。一般这样的场合她都喜欢找个安静的角落，静静地待着，可就这几个人也只能围着小圆桌坐下了。她环顾四周，选了个能看见窗外的地方。今年可能因为天气较冷、雨水多的缘故，这都快4月底了，树上的嫩绿依然寥寥，在阴沉天空映衬下更是显得落寞。梦雨怔怔地出着神呢，就听见有人在叫她的名字。

"小梦，你是新加入的成员。要不就先从你开始说说？"不知道季主任和吴主任什么时候进来了，在让她发言呢。

"哦，我也不知从何说起。"突然叫到她，她有些窘迫。

"没关系的，小梦。想到什么就说什么。就是聊聊家常也行呀。"吴主任微笑着鼓励她。

说实话，梦雨没想到第一次参加活动就让她带头发言，没心理准备呢。刚才正好有些走神，一下子还反应不过来。她灵机一动，何不顺着刚才的思路说说自己的感受？

"哦，我刚才在看着窗外，那就说说我亲眼看见过的一个情景。"季主任含着笑用鼓励的眼神点了点头。

梦雨稍稍定了定神："那时我刚来沪不久，还在前台当导医呢。正是一年中盛夏最热的那几天的中午，连知了都是在有气无力地叫着，地面上少说也有40摄氏度的高温。站在导医台，开着空调，那热气还熏得人直冒汗呢，路上一个人影都看不到。就在我头昏脑涨、努力地控制不打瞌睡的时候，有个画面出现在我眼前。就在我们医院斜对面的一个工地上，有个女人的身影把我惊到了。那么热的天，她还在工地上拖砖头。外面的热浪熏得老高，使人影都有了些像水印样的模糊。这时瞌睡也没了，我使劲地揉揉自己的眼睛，再定睛一看，见她不是用手拖车在拖，而是用几根绳子捆着一叠砖头往工地里挑，很是麻利。可就在她转过身挑起扁担的瞬间，我猛地看见她的背上还有个背篓，一个孩子在里面抬着头东张西望呢。'天啊，她还带着个孩子！'我惊得脱口叫了起来。同班护士正在那昏昏欲睡，被我一叫也抬头张望了起来。她白了我一眼：'你才看见呀？她已经这样好几天了。唉，虽然这大中午的值班不能休息，但和她一比，我们就知足吧。'我一时语塞，不知道心里什么滋味。那热浪、那背影、那孩子定格在我记忆中好长一段时间。"

梦雨说到这儿低下头停了下来，整个会议室里静静的没有一点声响。吴主任这时清了清嗓子，打破了沉默："小梦的分享很好，也很有深意。你想过没有，为什么刚才突然就想起几年前的往事，而不是最近发生的印象深刻的事情呢？"吴主任投过来询问的目光。

梦雨低头想了想："刚才您突然让我发言，确实没有心理准备。至于为什么想起这件事来，可能在我的记忆深处，那场景还是让我想起了自己的小时候。我生长在农村，母亲在田间劳作的时候，经常让姐姐带着我在她的视力范围内玩耍，所以下意识里可能有这样的联想。"

吴主任肯定地点了点头："小梦说得太好了。在你的潜意识里那母亲就是你的母亲，那小孩变成了小时候的你，所以才会在我突然问你、没有思想准备的情况下，脱口说了出来。这就是心里的阴影。"

季主任抬头看了看现场："小梦今天第一次来，就能给我们带来很不错的分享。希望大家以后都踊跃发言，扫除心里的负面情绪。有很多东西放在自己的心里，就越积越多，越放越大。但是说出来了，让大家都来和你一起分享，它就会慢慢萎缩。大家想想是不是这个道理？"

看见大家都沉默不语，一直在摆弄手里钢笔的吴主任和季主任对视了一眼。季主任呵呵一笑："那这样吧，梦雨今天的头带得很好，也算是抛砖引玉吧。她今天是第一次参加我们的活动，我也是第一次嘛。那我就给大家说个日常生活中我们大家都习以为常的一种现象，而且是人人都会遇到的也容易忽视的一种现象，我有过思考。想必你们都有过在银行里排长队等候的经历吧？多则两小时，少也要一小时、半小时的。我算了下，银行业务员平均每 6 到 10 分钟才能办完一件业务。不知道你们注意过没有，为什么在银行里排队等候那么长的时间，大家都能安安静静地坐着等？他们不吵也不闹，虽然心里也是无比焦急。而在我们门诊，别说是三五分钟看个病人，就是每分钟一个病人的速度，他们也都还吵吵嚷嚷的。不过话说回来，我们门诊真要是以这样的速度看病，那病人怕是要排到南京路上了。说笑归说笑，我想问问大家这是为什么？"

这时会场气氛有些活跃了，有的说是习惯成自然，也有的说是心理焦虑，七嘴八舌说什么的都有。季主任摆摆手，示意大家安静下来。

"要我说呀，这就是焦虑形成的。你们想呀，病人来医院是看病的。他们需要我们这些专业人员来帮助他们解决病痛，心里面对未知的恐惧难免会产生焦虑，稍有不满有时候就可能产生过激的举动。所以每个人的心里都是想着前面的病人快些看完快些走掉，而轮到自己坐在医生面前时又总是嫌医生看得不够仔细，明明我们的医生凭着经验已经给出合理的诊断了。而在银行不一样啊，大家去银行不是存钱就是取钱，心里有数、心底有谱，而且大多的时候是心生快乐，因为账户里又要多出多少多少的存款了，当然是美滋滋的，所以大家愿意等。你们说是不是这个道理？从这现象里我悟出，作为医者的我们不仅要有过硬的医疗技术，还要有作为医者的'医者仁心'，就像特鲁多（Educrd Livingston Trudeau）医生的墓志铭：'有时，去治愈；常常，去帮助；总是，去安慰'。而我们医者本身，长期处于这样高度紧张、高强度的体力和脑力劳动的环境下，我们的心理也是需要抚慰的。所以这里就是大家打开心灵的地方，畅所欲言、释放自我，然后以更好、更积极的精神状态投入工作中去。大家回去后都思考思考，希望对你们也有所触动。那我们下次的活动安排在哪天呢？吴主任？"

吴主任翻了翻自己的工作笔记："哦，我看看。应该是下个月的28号了。"

"好的，大家到时还是来这集合。想一想我们这心理干预小组的宗旨，想一想平时工作生活中的不愉快，下次，我想听到不同的声音。"

走在回宿舍的路上，梦雨心里没有感到一丝的轻松，反而有种被掏空了的感觉，就像是刚才小会议室里的气氛，压抑和凝重袭向心头。她不由自主地甩了甩头，像是要把这一切抛在这华灯初上的街头，抛在自己的身后。

梦雨出生在贵州大山里的一个农民家庭，家庭背景有些复杂。她的爷爷梦解放在新中国成立初期，还是沪上轻工纺织部门领导。后来，因为工作上犯了错误和家庭成分的原因，从上海被下放到这大山里接受劳动改造。因为生病没有得到及时救治，他直到临死前也没有看到自己的平反。他是戴着帽子去世的。后来，父亲梦怀柔就在当地成了亲。爷爷被平反时，姐姐梦依已经周岁了。落实政策后，组织上考虑到了他们家的实际情况，就安排梦怀柔在县城里的一家化工厂上了班。三班倒的翻班制，加上当时交通也不方便，所以一般半个月才能回家一次。平时，梦雨和姐姐就跟着母亲守在乡下的老房子里，种种田、种种蔬菜、养养鸡鸭的。哦，和她们住一起的还有她们的叔叔。听母亲说，叔叔小时候有天发了高烧，正好爷爷被拉到公社里进行思想改造，不在家。父亲那时很小，也没有能力带叔叔去看病。等到爷爷回来把叔叔背到医院时，叔叔已经烧了三天三夜。命虽是保住了，可高烧影响到了脑神经，从此变成了智力障碍者，他的智力只相当于几岁孩童。这件事对爷爷和父亲的打击都很大，特别是她父亲梦怀柔。在他幼小的心灵里怎么能明白和自己朝夕相处的弟弟所受到的磨难，他不明白啊，也想不通。他谴责命运的不公；更是在内心深处对自己深深地自责。他恨自己没有能力保护父亲、保护弟弟、保护这个家。从那以后，他变了，变得沉默寡言；变得喜欢独处。

梦雨的母亲是土生土长的本地姑娘。她有着大山孕育出的女孩所有的优点：勤劳、善良、淳朴、坚韧。读书时她的成绩非常好，但因为家里供不起几个孩子读书，她就主动辍学承担起家务，把学习的机会留给了弟弟妹妹，也把对知识的渴望深深地埋在了心底。当有好心人给他们牵线时，介绍人的一句话打动了她，就是说梦怀柔非常爱看书。她很愉快地答应了这门亲事，根本就不在意什么出身不出身的。

他们刚接触没多久，梦雨的爷爷就因病去世了。山里人有"冲喜"的习俗，家里有丧事的话，如果不在一个月内办喜事，那就要等3年才能结婚了。就这样两家一合计，就把婚事给办了。

虽然以前对梦家人的情况有些耳闻，可自从嫁进梦家后，她才更深切地体会到他们所遭受的磨难，也更能体会梦怀柔小小年纪就要承受的非常人所能承受之重。从心底里，她心疼丈夫和小叔子。这个善良的好姑娘把这一切都化作了动力，不仅把梦怀柔和他弟弟照顾得无微不至，更是把梦家收拾得井井有条。这让梦怀柔这么长时间饱受折磨的心，有了家的概念、家的温暖。特别是妻子闲暇时间也喜欢静静地拿着本书读着，那侧影——那在光线里温柔的侧影，让梦怀柔有些恍惚，又有些许的感动。他第一次感谢上苍的眷顾，把这么好的一个女人送给了自己，这在他冰封的心底里，照进了些亮光。他终于看到了些希望。

后来随着梦依的出生，加上梦解放的平反，梦怀柔也去了县城里上班了。家里的重担几乎全压在她柔弱的肩上。好在她有着山里人的坚韧和善良，从没在丈夫面前抱怨过什么，就连梦怀柔休息回家她也不会让他插手做事的，因她念着梦怀柔在城里上班辛苦，回家就要好好休息。所以，在梦雨和姐姐梦依的印象里，总是妈妈在家不停地忙碌，而爸爸永远都是手捧书本，静静地坐在那一隅。在梦雨的记忆中，爸爸和她最亲密的互动无外乎在他高兴的时候，摸着梦雨的小脑袋喃喃道："又长高了。"

所以，从小姐妹俩就被母亲调教得很是乖巧，尽量不给母亲添麻烦。等到长大了些，每当放学归来或是寒暑假，她们还会帮着母亲分担些家务活。日子虽然有些清苦，但一家人倒也其乐融融。每当父亲回来的日子，她们俩都翘首以盼，不仅因为父亲会给她们带来好吃的，更重要的是会说一些城里的新闻，这让梦雨很是开阔了眼界，这比起那些漂亮的衣服、好吃的零食更能吸引梦雨的目光。所以，梦雨经常用零食和姐姐梦依换书看。梦雨还特别喜欢给父亲倒酒。一看见父亲拿好了酒杯，她就会乐颠颠地跑过去给他酒杯满上。每当酒喝得正酣，一高兴了梦怀柔就会唠叨起他和弟弟小的时候生活在上海时的一些趣闻逸事。有次，他学着弄堂里的各种叫卖声，逗得叔叔是咧嘴大笑，一直叫唤着"买冰糕买冰糕"，用含混不清的口齿唱着童谣：

笃笃笃，

卖糖粥，

三斤胡桃四斤壳，

吃子侬格肉，

还子侬格壳。

张家老伯伯，

明朝还来哦。

更多的时候梦怀柔说着说着脸色就黯淡下来，沉默不语了。梦雨就是这样从父亲的口中，知道了大上海，知道了老弄堂、石库门，知道了美丽的外滩和黄浦江，知道了有个老西门的梦花街，那是父亲小时候生长的地方。父亲为她打开了一扇窗，一扇通向外面世界的窗。同时，梦怀柔对知识的如饥似渴也深深地影响着她。他话不多，一有空就静静地捧着一本书在角落里，一坐就是半天。虽然那时梦雨还不能理解"书中自有黄金屋，书中自有颜如玉"的深刻含义，但书中文字里透出的生命力吸引着梦雨。书从此成为她的知心朋友，为她打开了另一个不一样的世界。她不是为了读书而读，而是像海绵吸水般孜孜不倦地吸收着知识的营养，在书的海洋里徜徉。

因为爷爷和叔叔的事情给梦雨留下了深刻印象，高考时她坚定地选择了医学院，但填报临床医学还是差了几分，就被录取到了临床护理专业。大学毕业后她选择离开家乡来到沪上工作，母亲很是不舍。她说哪怕你是在县城里，我想你还能过来看看，可你走到那么远地方，我的心不踏实。而姐姐梦依对此也是有些意见的。从小到大，她们俩无话不说，可现在就像是隔着一层朦朦胧胧的面纱，看不透，也说不清。父亲这时轻轻地说了句，让她去吧，这里是留不住她的。梦雨分明从他的脸上看见了小时候爸爸摸着她脑袋时的情景，虽然只是在一瞬间。

其实在内心深处，梦雨自己也很愧疚的。父亲好不容易熬到退休了，可以回家享受天伦之乐。而自己这时选择了远离家乡的这条路。还有操劳辛苦了一辈子的母亲，本该陪在她的身边，给她幸福、快乐的晚年。要知道从小到大，梦雨从没拂过父母的意愿，可自己的内心怎么都不甘就这样过一辈子，还有那些机缘巧合。唉，不想也罢。平时她省吃俭用，每年回家过年的时候都会给母亲留下一笔钱，算是对他们二老的一点补偿，可梦雨心里明白，这不是他们想要的。

三 初次相识

日子就在不知不觉间悄悄地溜走了，树上的枝头已经挂满了新绿，虽然今年春天来得晚了些。

今天是梦雨和小鹿姐当晚班。交接班的时候，同事特意交代了有个门诊的留观病人要去接一下。还是和以前的习惯一样，小鹿姐看着梦雨扬了扬眉头，梦雨就乖乖地下到一楼来接人。进了一楼门诊才发现，原来是个 20 多岁的年轻人，因为患了急性阑尾炎又不愿意手术，就先留观了。没有既往过敏史，门诊医生开了青霉素的皮试。梦雨下去的时候正看到门诊护士、小郑医生的女朋友李梅梅在给患者做皮试呢。

李梅梅和梦雨她们很是熟悉，因为小郑医生的关系，李梅梅经常会出现在她们大内科护士站里。本身李梅梅人很随和，也漂亮，所以梦雨她们都姐姐妹妹地叫着。

看着她给病人做好了皮试，梦雨和她打着招呼还没有做完交接呢，那坐在椅子上的患者就脸色发青发白，两眼发直，头冒冷汗地躺倒在长椅上。她们第一反应是青霉素过敏，赶紧叫来医生，打了 1 毫克的肾上腺素。正准备把他推进去吸氧、进行心肺复苏，门诊医生拦住了她们。他仔细查看了病人的情况，胸有成竹地摆了摆手："你们先别忙活了，他不是过敏。"

"不是过敏？那怎么？"梦雨和李梅梅面面相觑。

"他是对痛点过敏，好好休息下就会好了。这是压力大的表现。你们看，他这不是醒过来了嘛。"医生抛过来这句话后，就准备去外面忙活了。他想了想还是停下了脚步，问着梦雨："今天住院医生是郑医生吧？告诉他多观察一下，我会在门诊病历里也记录好的。"

看见那年轻患者尴尬的表情，显然他是听见刚才医生的话了。梦雨和李梅梅你看看我我看看你，强忍着没有笑出声来。

梦雨观察了下那患者的状态，稳定了些；又看了看他胳膊上的皮丘，也没有问题。她从衣兜里拿出一张纸巾让他擦擦那满额头的汗珠，就和李梅梅办理好了交接手续，把他接进了病房护士站。直到给他挂上点滴后，这才憋不住和小鹿姐一起笑翻天了。

"哈哈哈，还真有这么怕痛的人啊？这都能休克。"

"谁说不是呢。门诊医生还说见得多了，一般都是年轻的男性多见。"小雨也是一边笑一边向小鹿说着医生的话。

小鹿笑得上气不接下气的，一边手搥桌子一边还跺着脚："年轻的男性？现在的年轻男人都怎么了。"

"不说了，不说了，我笑得肚子疼。小雨，我可告诉你，这个病人由你伺候。不然我一看见他就要笑，这不太好吧？"

梦雨看着笑得弯下腰来的小鹿姐："行行行，你说了算。哎，小鹿姐，你说他是不是怕疼所以坚持不开刀啊。现在的阑尾炎可是在门诊都能做的小手术，他也不怕穿孔。"

"哈哈哈，你还说。"小鹿这时已经笑得蹲在地上了。

"不说不说，赶快起来干活吧。现在笑得开心，等会儿就有我们好看的了。"梦雨一把拉起蹲在地上的小鹿姐，自己转身把脸上的笑意藏了起来。

　　小鹿这时凑上前来，神秘一笑："要不让你们家老吴给他来一刀，也省得祸祸我们。"

　　梦雨白了她一眼，还真有点气急败坏了："你再说，今晚就由你来伺候，我可管不了。"

　　小鹿一把拉住她，还撒着娇："不说了，好梦梦，成吗？"顿了顿，她还是没能忍住："说真的，那天我看见老吴恨不得要把那爷叔吃掉才解气。他是真的心疼你。"

　　梦雨伸出手佯装要打小鹿的样子。小鹿赶紧把她的手轻轻放回手推车上，调皮地做个请的手势。

　　虽然梦雨是做好了思想准备的，可那晚的夜班她还是被折腾得够呛。一来急性阑尾炎发作起来本就很折磨人，加上年轻患者的心理作用，那反反复复的疼痛也持续了大半夜。关键是梦雨她们还要时刻担心着患者的病情反复。如果阑尾穿孔那可不是闹着玩的，是会有生命危险的。他又是一个人前来就诊，没有家人的陪护。梦雨和小鹿姐只好每隔一段时间就去察看一下，生怕他出现什么状况。小鹿姐说笑归说笑，在工作面前还是认真、负责的。

　　好不容易挨过了这一晚上，临交班前，梦雨不放心又去看了看那位年轻的患者。经过一晚上的折腾，他终于是沉沉地睡着了。这时梦雨也有了些睡意，好在就快要交班了。

　　后来的几天里也不知道他是想通了还是怎么的，阑尾还是摘除了。他变成了普外科 12 床的病人，背地里，大家都叫他"痛点"。

　　"痛点"大名宋萧潇，男性，27 岁，浙江宁波人。在他住院的这段时间里，竟一改大家对他最初的印象。阑尾炎被控制住后，消除了疼痛的他从一位病恹恹的"病猫"，摇身变成开朗、阳光的大男孩。他性格活泼，爱笑、爱热闹，为人爽气大方。如果不是那次的"过敏事件"，梦雨对他的印象还是蛮好的。明明是对面普外科的病人，可他的声音、他的笑声，还有他的身影时不时就出现在大内科的病房里，还有事没事地找梦雨和小鹿姐套近乎，死乞白赖地要她俩的手机号码。

小鹿姐看在眼里。趁着宋萧潇被叫回去打针的间隙，她用胳膊捅了捅正低头干活的梦雨："小雨，你就从了人家吧，'痛点'人还不赖。我可是过来人，他看你的眼神骗不了我。"

"小鹿姐，你这转变也太快了，不笑话他了?"小雨头都没抬，很是不屑。

"人嘛，总有个弱点对吧? 不能十全十美。就说我们家那位吧……"

"就爱喝一口。"梦雨接着小鹿的话一起说道。

"哈哈!"她们俩相视一笑。"说真的小鹿姐，我再考虑考虑。"梦雨心里明镜似的。宋萧潇的醉翁之意她怎么会看不出来?

"嗯，你也老大不小了。人生大事是得谨慎没错，但在机会面前也要把握啊。你大门不出二门不迈的，我们医院里也没有什么合适的人选。要不就是有家有室有女朋友的，要不就是年龄不太合适的。人家普外的老吴追你，你又说没有共同语言。都是学医的怎么就没共同语言了? 哎，我不是说你噢，就说上次你张哥给你介绍的那个军官有哪点不好啊……"

"打住打住，小鹿姐，你这是拉郎配，乱点鸳鸯谱。"

梦雨把写好的病历卡理了理整齐，又把它们往格子里放好，这才回过头来看着瞪大眼睛正盯着自己的小鹿："小鹿姐，我知道你和你们家张营长都是为了我好。可相亲这件事，总得两情相悦对吧?"

"小雨啊，哪有第一次见面就两情相悦的? 不是我说你啊，那个李连长你看不上就不说了，都是过去式了。那现在有个机会可以接触接触看看嘛。我问了'痛点'，他只说是做生意的。现在这个年代，做生意也没什么不好是吧？"

小雨满脸疑惑地盯着小鹿姐："不会是'痛点'给你灌了迷魂汤了吧？你就这么急切地想把我推出去？"

小鹿姐在小雨的肩膀上拍了拍，语重心长地对着她说："你是我们家的小雨，我不向着你还能向着他？但说真的，我看'痛点'不错。"两人正说着呢，护士长走了进来让她们开会，才打断了她们的谈话。

对于宋萧潇的追求，梦雨不是没有认真地考虑过。那次"过敏事件"后，她也翻书查了查痛点形成的原因。在心理学上来说，那是对情感的一种转移或是替代。而形成这样结果的原因最大的可能就是焦虑和自卑感。所以不管怎样，他心理上多少还是有些问题的。正犹豫呢，宋萧潇从小鹿姐那里要来了梦雨的电话，给她发了这样一条短信：小梦护士，我生病的那一晚上的折腾让我看到了你闪光的一面。说真的，听多了众人对医生护士的微词，开始还从心里排斥你们呢。可看见你一晚上默默地付出，对我没有一丝一毫的不耐烦或反感（我知道自己生病的时候还是很磨人的）我真的很感动，也感受到了温暖，所以才决定听从医生的建议做了手术。真的很幸运，这次生病的机会让我认识了你。看见你在护士站忙里忙外的，特别是你给病人打针量血压时的侧影，美极了。可能你自己都不知道吧？我是真心想和你做朋友。他接着又发来一条：我是浙江理工大学工商管理专业毕业的。毕业后就进了家族企业。这次来上海是谈生意的，意外生了病。我们家不是特别有钱，但温饱肯定不是问题。从你的眼睛里我看出了忧伤。虽然不知道你遇到了什么样的难题，但不管怎样让我和你一起分担好吗？

梦雨看到这，心里还是有所触动的。看得出他是个性格细腻的大男孩，人不错，也很真诚。但梦雨一直想找个宽阔的肩膀让她靠靠，不一定要有很多的钱，只要真心对她、能为她遮风挡雨就行，可宋萧潇还是让她感觉到了稚嫩。在他面前，自己倒像是个大姐姐。他对痛的敏感也是小雨犹豫的一个因素。那样怕痛也是心理的一个影射。是从小娇生惯养造成的，还是因为做生意的压力大造成的，或者是什么别的原因不得而知。还有一点，梦雨是个喜欢安静的人，"痛点"是不是有点太闹了？这也是她犹豫的原因之一。出于礼貌，她回了句："知道了，谢谢你。"和一个笑脸表情。

接下来的几天里，宋萧潇每天都会发来几句问候："吃过饭没有？""今天忙不忙？累不累？""早点休息，不要看书太晚。"等诸如此类的。梦雨也就礼节性地回应几句。他们就这样不咸不淡地保持着联系。大约半个月后，他给梦雨发了条这样的消息：我要回浙江了，你有空出来一下吗？我们见个面。本来梦雨也没打算去，正巧那天也是梦雨的夜班，她就回绝了。

第二天下夜班在更衣室里，小鹿姐邀着梦雨："小雨，我们好久没有去吃剁椒鱼头了吧？"梦雨摘下卡着护士帽的发卡，对着镜子梳着自己的长发："怎么想吃了？"

小鹿正在往身上穿着外套："那当然了，算算我们多久没有一起出去吃东西了？"

"你不是天天赶着回家陪张营长吗？哪还有空找我出去啊。"

小鹿一转身，拍了梦雨一下："别这么没良心啊，上个月我们还去吃了海瓜子呢。这么快就忘记了？"

梦雨收起梳子放进包里，回头和小鹿姐嬉笑着："都大半年了，才出去了两次，还说我没有良心呢。"说着挽着小鹿姐的手，赶去门卫那打卡下班了。

"好好好，是我不对。哎，说真的，过段时间你得陪我去看房子。我老公他们部队最近训练抓得很紧，恐怕是指望不上了。"

梦雨听见小鹿姐终于下决心买房了，还真为她感到高兴："哦，终于下决心要买房了？恭喜你呀。"

"唉，一言难尽。晚上见面再细聊。老地方老时间，不见不散。"小鹿说着就急切地往外冲。

"知道了，你慢点啊。这急着去干吗呢。"小鹿早走远了，把梦雨的话丢在了空气中。

晚上梦雨如约到了餐厅，意外地发现宋萧潇也在。"痛点"看见梦雨走了过来，就赶紧从座位上站了起来。小鹿一把抓住愣在那里的梦雨："坐下吧，你们俩也不是不认识，还需要我介绍啊。"

小雨心里嘀咕着："好你个小鹿姐，把我骗来见'痛点'，看明天怎么找你算账。"她抬头看了看对面的"痛点"，只见他身穿深灰色的休闲西装，暗红色的衬衣打着银灰色的领结还是蛮精神的，一扫在医院里的疲态。

"菜已经点好了，都是你爱吃的，就别客气了。今天是宋萧潇请客，以答谢你对他无微不至的照顾和关怀。"小鹿姐看着正发着愣的小雨，用手捣了捣她。

"你不是回浙江了吗？"梦雨微笑着看着宋萧潇。

"人家还不是为了见你一面，推迟一天回去嘛，还要让我出马才能请得动你。"快人快语的小鹿姐给"痛点"打着圆场。

宋萧潇冲着她们尴尬地笑了笑，梦雨心里有些莫名。

看见梦雨和宋萧潇都尴尬地坐在那儿，小鹿拿起自己的坤包，站了起来："我的任务已经完成。是这样，我家那位今晚好不容易有次回家的机会，就不陪你们了。小雨，可别怪我重色轻友。"

"痛点"听小鹿姐这样说，赶紧站起来挽留着："把大哥叫过来我们一起聚聚吧。你看，菜马上就要上了，要不我让他们再等等。"

小鹿姐赶紧摇摇手："不用的。我家那位什么时间能下班没有个定数。再说，我们也要享受下二人世界。"说完对着小雨还做了个鬼脸。

"那你总得吃点菜垫垫再回去吧？把你折腾过来有些不好意思呢。"

"我留着肚子陪老公吃去，他一个人吃饭不香。不过宋萧潇，我给你记下了，下次要好好敲你一顿，你就等着吧。"

送走了小鹿姐，宋萧潇开始活跃起来了："梦雨，你不穿护士服的时候更好看。"

"这是你追女孩子的惯用词吧？"梦雨半开玩笑半认真地说着。

"那你就冤枉我了。能入我法眼的女孩子没几个。"

"哦，还有几个呀？"梦雨调皮地看着他。

宋萧潇急得直挠头："你这是断章取义，我就打个比喻。"看见他那着急的样子，梦雨低下头偷偷地笑了："那时你在住院的时候很活跃啊，今天怎么有些深沉？"

"呵呵，你真想知道原因？我说了你可不能笑话我。"宋萧潇满脸的严肃。

梦雨来了兴趣："哦，说说看。"对面的宋萧潇竟然露出了些许羞涩，梦雨有些意外。

他还是有些不好意思，红着脸在傻呵呵地笑呢。看见梦雨疑惑的目光，他像是下定了决心似的："那是为了引起你的注意嘛。"声音越说越小，都不敢看着梦雨。梦雨心里像是被什么东西敲了一下："不和你开玩笑了，你真的是为了见我而留下的？"

"这还有假？你说值夜班嘛，我知道第二天你晚上是休息的。又怕请你不来，就和小鹿姐说了。你不会怪我吧？"宋萧潇真诚地看着梦雨说道。

"难得你这样用心，怎么会怪你呢？不过，推迟一天回去不会耽误你什么事情吧？"

听到梦雨这样说，宋萧潇那颗悬着的心终于放了下来，很快就恢复了他惯有的洒脱劲："那倒不会，我都安排好了。这次来上海主要是来考察的。本来父亲要和我一起来的，但公司临时有事耽搁了，就让我一个人过来了。"说到这里，服务员端上来了剁椒鱼头。

"小鹿姐说你是贵州人，特别爱吃剁椒。你就多吃点。"看见宋萧潇坐那里只管给自己夹菜，而他不吃。梦雨猛然想到他是浙江人，可能不能吃辣的。

"你没有点不辣的菜？"

"我本来想点海瓜子的，可他们没有。我的菜一会儿就会上来，你先吃，看着你吃也开心。"梦雨心里感到暖暖的，他还是很细心的。

等到梦雨大快朵颐吃饱了肚子，也没看见宋萧潇吃几口菜。

他试探性地问着梦雨："吃饱了吗？"

梦雨点点头："很饱了。但好像你没有吃啊。"

"那陪我去喝杯咖啡好吗？"看着"痛点"那热切的眼神，梦雨爽快地答应了，"可以，不过我有个条件。"

宋萧潇赶紧点点头："可以可以，你说。"

"让我请你吧。不然我不去。"

"好好，你说了算。"只要梦雨答应，什么样的条件都好说。

"张爱玲的故居你去过吗？在常德路上的。只是这么晚了恐怕是没有座位了。"

宋萧潇当然没有去过，不过听到梦雨提到这里，他在心里暗暗地记了下来。"哦，你经常去吗？"

"也不是，偶尔去坐坐。因为她的作品而喜爱那里，爱屋及乌吧。不过那儿真的很有情调，常常满座，要预约的。不能在那儿请你有点遗憾。"

他们就近找了家星巴克走了进去。可能是咖啡馆里播放的背景轻音乐让人的思想放松，很长一段时间，他俩谁都没有说话，只是静静地坐着，沉浸在音乐里，那氛围很是自然，没有感觉到一丝尴尬。

"班得瑞的《寂静之音》陪伴我度过了整个大学时光：当诱惑来临，会有那么一瞬间，宇宙之轮会为你停摆。大气凝结，地心冷却，众星屏息静观，亘古的神灵也侧耳细听，全宇宙都等着你来决定下一步该怎么运转。这一切，只为在你的脑中抽离出一片真空，好让你能在这刹如永恒的寂静里，听见你的心。"宋萧潇脱口就背了出来。

"《寂静的山林》他的第二张 CD 专辑。"梦雨缓缓地说道。

宋萧潇很是惊喜："你也喜欢他的音乐？"

"是的，我也买了他的全部专辑。这张 CD 里面我还喜欢他原创的《空灵之声》：如果试过在宁静的夜里沉思，倾听这个世界在转了一天以后究竟想说些什么，那么你该会同意，其实真正的寂静，并非全然无声。夜晚的寂静，是由一种如泡沫般细腻，如薄纱般绵织声响所编织成的。它随空气存在，无色无味，比醇酒更迷人。这种意境是我喜欢的。"

"梦雨，这是我最喜欢的一张 CD。干净、纯粹，如天籁般的音乐引入了罗亚尔河的潺潺流水，阿尔卑斯山原始森林的鸟鸣声又是那样自然和空灵。"

"是啊，他们的音乐能荡涤心灵，使人沉静。不过，我也喜欢能直指人内心的音乐。比如，beyond 的《大地》《光辉岁月》《喜欢你》《海阔天空》。大学时，我的上铺对此都到了痴迷的程度，开口闭口没有黄家驹就说不了话似的。"

宋萧潇眼里的惊喜多于欣赏："哈哈，你们女孩子追起星来可真是痴迷。你追星吗？"梦雨笑着反问他："我啊，你看我像是追星的人吗？"

宋萧潇看着眼前美丽、质朴的女孩打心眼儿里喜欢："你这么美的女孩是不需要追星的。""你又来了。我是这样觉得，美好的东西是用来欣赏而不是让你追的，你追也追不来。对于塑造出这些美好的人，比如音乐、比如一幅画、比如一本书、比如一个让你不能忘却的角色，在你细细品味的同时也能体会到他（她）的美好，这就足够了。"梦雨虽然嘴里这样说着，可从心里改变了对宋萧潇的一些看法。她觉得坐在对面的这个人还是有些深度的，不像外表看起来那样弱不禁风。

"嗯，就是有见地，不盲从。"他看见梦雨面带愠色，赶紧摆摆手，"不说不说，就谈音乐。嗯，我还喜欢许巍的歌。在他的音乐里有种意境，画面感很强。和王维的'诗中有画，画中有诗'有些异曲同工。"

"《蓝莲花》。"他们异口同声，相视一笑。

快乐的情绪也感染着梦雨，平时说话轻声细语的她也不自觉地提高了声音，在安静的咖啡厅里还是有些另类。她把手指压在嘴唇上，做了个轻声的动作："嘘，我们小点声音。"

宋萧潇看见她那可爱的表情，心里升起万般的爱恋，看着她怔怔地出了神。

"怎么了？又没有让你不说话。"

宋萧潇有点不好意思了："哈哈，你看我们真是心有灵犀。梦雨，还记得我给你发的第一条短信里提到的，你在工作时的侧影特别美。真的就像是一朵含苞待放的蓝莲花，你就是朵蓝莲花。"

梦雨涨红了脸："你真是，在人家工作时偷偷地看啊。"

"哈哈哈，害羞了不是。好，不说这个了。听小鹿姐说你平时不爱逛街、不爱买衣服、不用化妆品。说句题外话，你皮肤这么好，是没有必要用。她说你就爱逛书店、爱逛书画展、爱去博物馆。当然看书是你的最爱。说说看，都喜欢哪些作家的作品啊？推荐推荐，也好向你学习。"

梦雨心想这小鹿姐干吗呀这是，把自己的老底全给兜了："这小鹿姐，真是的。怎么什么都和你说？"

"这你可不能怪小鹿姐，是我逼问她的。现在正好到了《空灵之声》。你听听音乐，我去下洗手间。"

看着宋萧潇的背影，梦雨才觉得他还是蛮高大、帅气的嘛，怎么以前没有注意呢。

"沉浸在音乐里了？"被他这么一说，梦雨才发现音乐已经停止了。

"你还没有回答我的问题呢。"看见梦雨疑问的目光，他接着说，"就是问你喜欢哪本书啊。"

梦雨知道自己走神了："哦，第一个闪现出来的就是美国作家亨利·梭罗的《瓦尔登湖》。"看见宋萧潇吃惊地瞪大眼睛看着自己，梦雨以为说错话了，赶紧停了下来："怎么了？"

"我说了你可能不信，这也是我最喜欢的一本书。"

"这么巧？"梦雨将信将疑地看着宋萧潇，心里当然是一百个不相信。

"我知道你会以为我是为了讨好你才这么说的。那现在让我说说为什么喜欢这部作品吧。"宋萧潇故意地挺了挺笔直的腰杆，清了清嗓子。

"首先，我觉得梭罗先生是个孤独而内心宁静的人。表面上看，他是写了一段自己的亲身实践。挑战人类生存的物质底线，不需要太多的食物和外在的东西，人类是需要思考、需要听从内心的。而他在日记里的表述才是他真正的内心写照：'在罗马皇帝的明镜般的大厅里，我怎么能孤独得起来呢？我宁可找一个阁楼，在那里连蜘蛛也不受干扰的，更不用打扫地板了。'从这段文字里可以看出，人世间的一切繁芜在亨利·梭罗眼里都只是表象，自我、精神上的自由才是人类生存的根本。在我看来，瓦尔登湖在梭罗的心中就是一个象征，一个自由、崇尚自我的美国精神的象征。这就是这本书存在的价值和意义啊，从某种角度说，我认为它是美国精神的奠基者。"

听着宋萧潇慷慨激昂的言辞，梦雨由吃惊变得敬佩了。她平时真是戴着有色眼镜看他了。她的内心不由得激动起来。

"你是很深刻地理解了瓦尔登湖的隐喻。我觉得梭罗先生还是个泛舟在瓦尔登湖上，与大自然做伴、与灵魂做伴的舞者。"

宋萧潇眼里的惊喜是不言而喻的，他频频点着头。

"好有诗意。你以女性的视角来理解这本书给我带来了不一样的、很清新的感受。"

这时，梦雨的心里已经悄悄地发生着质的变化了，如同两个不相干的化学元素经过融合从量变走到了质变。

"我们俩这是干吗？互相吹捧。"她略低了低头，也难掩脸上的娇羞。看得宋萧潇怔怔地出了神。

他喃喃如自语般："说实话梦雨，知道你最吸引我的是什么吗？就是你身上的这种淡淡的宁静。"

看见梦雨有点恼怒状，他赶紧接着说："你听我把话说完。经过这段时间的接触，我完全了解了你们工作的艰辛。那样紧张的工作节奏并没有使你变得浮躁，反而有种宁静紧紧地围绕着你，这对一个身心都遭受痛苦的病人来说你知道有多么重要！你能让我瞬间就平静下来。还记得我生病的那晚吗，为什么我下半夜疼痛就减轻了些？说实话还是挺痛的。可我发现了你身上的这种宁静后，也不像开始那样那么地感觉到疼痛了。慢慢地，我就像是着了魔，就想着要接近你、了解你。而你总是那样若隐若现，让我有种梦幻般的感觉，看得见，可一伸手又抓不住。现在我知道你身上这种魔力的来源了，是你的内心、你的修养。不矫揉造作，真实得像是一张白纸。不，更像是一朵蓝莲花开在了充满病痛的病房里，沉淀着患者的心。梦雨，从没有一个女孩能如此地打动我。给我一次机会好吗？我真的真的很喜欢你。"

梦雨其实内心已经放下了戒备。经过今晚的接触，她看见了一个不一样的、真实的宋萧潇；而且是和自己有那么多共鸣的宋萧潇。他读懂了自己。可女孩子的矜持还是让她有些害羞，慌乱中才发现已经快午夜了，她赶紧对宋萧潇说："不早了，要回去了，宿舍12点关门。叫门会吵醒很多人，不太好。"

其实，从梦雨的眼中、从她的脸上，宋萧潇知道情愫已经悄悄地在她的心中萌动了，他内心一阵狂喜。看见梦雨站起身就要往收银台那去，宋萧潇拉起她的手往门口走去："傻姑娘，我送你回去。下次，我们去张爱玲故居，你请我吧。小鹿姐说你就住这附近，带路吧。"就这样，宋萧潇顺势抓着梦雨的手一直没放开。

梦雨开始还想着抽回自己的手，可她一挣扎，宋萧潇反而抓得更紧了，也就没再挣扎。白天喧嚣的大街在午夜灯光的映衬下，显得格外寂静。街上空无一人，他们就这样静静地走着，什么也不想说，只是感受着彼此火热的心跳，听着自己的脚步声在空中回荡。

"我到了。"在宿舍楼前，梦雨拉着宋萧潇站住了。他们静静地对视着，梦雨害羞得躲闪着宋萧潇的目光。宋萧潇轻轻地把梦雨搂在怀里，心中满是不舍。在她的耳边轻声说道："我会给你写信，好好保重身体别太累了。我抽出空就会来看你。"梦雨满心慌乱地转身跑进了宿舍。

等她洗漱完毕准备上床休息时，总感觉到冥冥之中有什么东西在牵扯着自己。她起身掀开窗帘一看，果然在昏暗的路灯下，宋萧潇的身影被拉得老长老长。

"快回去睡觉，都这么晚了。"她给"痛点"发了条短信。"回去也睡不着。我就这样陪陪你，好多话都没有说完。""你明天什么时间回去？""明天清早就走。""那还不快点回去休息？听话，你在这我也睡不着。""那好，我回去了。多保重。让我在你洁白的额头轻轻一吻，睡吧，我的小雨。""风雨同行，灵魂做伴。"梦雨颤抖着双手发出了爱的承诺。

如果不是第二天发生了轰动全院的事情，梦雨心中的甜蜜都浓得化不开了。那天，梦雨和小鹿姐上的是中班。她和平常一样，提早半小时到岗。正换好衣服准备去护士站呢，迎面碰到了小鹿姐："小雨，昨晚谈得怎样？从了没？"

"小鹿姐，看你说什么呢。"梦雨绯红了脸颊。

"我可是过来人，什么没见过。你看你连眉毛都在笑，还想瞒我？"小鹿姐看着低着头在掩饰着的小雨，心里还是蛮高兴的，嘴上可不饶人："哎，那句诗怎么说来着？才下眉头，却上心头。是不是相思豆已经化不开了呀？"

"哎呀小鹿姐，再说就不理你了。"梦雨的脸更红了。正在闹着玩呢，她的手机响了。梦雨走进里间去接了电话。

"是'痛点'打的吧？电话给我。"不由分说就把手机给抢了过来，她可不管那么多。

"知道我是谁吗？好你个宋萧潇，你说怎么谢我吧。为了给你腾时间，一桌的好菜没吃着。还害得我空肚子回家自己倒腾着做饭。哦，你下次来请我呀。好的，看我不痛宰你一顿，都对不起我这些天来的苦口婆心。什么什么？去金钱豹？真的假的？哈哈，那你可要大出血了。哎，说好了，要等我老公有空才行，不然我不亏死了呀。不过，我可告诉你啊，别想一顿金钱豹就能收买我啊。虽然你已经抱得美人归，但还是要当心。我们家小雨可是天底下最漂亮、最温柔、最善良的姑娘了，如果你让她受一点委屈，我第一个对你不客气。好了，我话说完了。你们继续你们的甜蜜蜜吧。"小鹿把电话塞给了小雨，乐呵呵地去接班了。

一直忙到吃晚饭的档口，好不容易逮着一点空闲，梦雨实在是憋不住了："小鹿姐，什么金钱豹啊？是餐厅的名字？好怪呀。"

"我说小雨啊，你来上海也好几年了吧？金钱豹都不知道？这可是上海有名的自助餐厅，不过价格不菲。"

"哦，难怪你说'痛点'要出血了呢。"梦雨若有所思。

小鹿姐走到梦雨的面前，神秘兮兮地看着她："小雨，从'痛点'的穿着和出手应该能看出他家的生意做得蛮好呢。"

梦雨也没有多想，她对这块也没什么概念。"是吗？我们没有谈到这个话题。他就告诉我他们家温饱不是问题，这就行了呀。你知道我对物质的要求不高。"

小鹿姐白了她一眼："你真是个傻姑娘。人家还能告诉你我们家多少多少有钱？有空问问呗。"

小雨还是有点犹豫："小鹿姐，不是常听你们说宁波慈溪余姚那带家家开工厂，人人都是老板吗？我估计他们家也就那种小工厂。他说了是家族企业。想想他也不是那种娇生惯养的人，很会照顾人，恐怕做生意的压力大呢。"

小鹿姐无可奈何地看着梦雨，摇了摇头："唉，真是可爱的小雨。不过也无所谓，只要你们是真心喜欢对方，其他都不重要了。"

"你们谁是梦雨？梦雨在吗？"一位身穿工作服头戴红色棒球帽的小伙子在护士台前问着。

小鹿姐反应快，指着梦雨："她。"

"有你的东西请签收下。不过很多，给你放在哪里？"

"什么东西？谁寄的？"梦雨很是奇怪，家里没有人说给她寄东西啊。

"是一位先生，他没留姓名。"棒球帽小伙子啪的一下，甩过来一张送货单。

因为填写得不清楚，梦雨看了半天也没看清楚是什么东西，名字是自己确实没错："哦，那你拿上来吧。"

等到电梯门再次打开，梦雨和小鹿都傻眼了。满眼的红玫瑰，把她们护士站前面的空地都摆满了。梦雨更是惊得说不出话来。

"天啊，这多少朵呀！"小鹿看着送花的人。

"999朵，我们用卡车才放得下。"

"你确定是送给我的？"梦雨感觉在做梦。

"是呀，你们医院大内科护士站梦雨小姐对吧？本来是让昨天送的，后来改到今天18点送。"

"没错没错。谢谢了，走吧，走吧。"小鹿赶紧打发走了那些人。

梦雨还在那儿看着玫瑰发愣呢。整个四楼的大厅空地都被这红艳艳的玫瑰映得通红。

"肯定是'痛点'送你的。你看本来他是昨天就准备回去的，然后为了你才推迟到今天的。我的天啊，从恋爱到结婚我老公一朵玫瑰都没送给过我。这宋萧潇多细心，多大方啊。小雨，幸福吧?"小鹿姐一边摇着小雨的胳膊一边说。

梦雨一直没吭声，小鹿这才发现她的脸色不对。

"怎么了? 小雨。'痛点'对你多好，开心点嘛，要是我都幸福得醉了。"

梦雨一脸的怒气:"唉，小鹿姐，你怎么还替他说话?"

"哎哟哎哟，我来看看。这是哪位大仙出手这么阔绰? 还叫我们怎么活啊。"小郑医生嗅着花香，一路叫了过来。他的身后还跟着李梅梅。那时正是下班的高峰时间，院里上上下下的人特别多。看到那么多的玫瑰往楼上搬，这一传十、十传百的，梦雨收到999朵玫瑰的新闻就传开了，都涌上来看热闹来了。梦雨羞得恨不得找个地缝钻进去。

还是小鹿姐机灵。她看到来了好多的同事，再说这么多玫瑰摆这里也影响工作，她悄悄地和梦雨耳语了一番。看见梦雨点了点头，她捧起最漂亮的99朵玫瑰扎成的"核心花束":"这束花是女主角的，不能给你们。其他的只要喜欢你们就拿吧。"不一会儿，除了满空间的玫瑰香，地上连片花瓣也不剩了，梦雨这才松了口气。

可仍然气不打一处来，这个宋萧潇想干吗呢! 正在生气呢，手机短信来了:"亲亲小雨，玫瑰喜欢吗?""你影响了我的工作，搞得半个医院的人都来看玫瑰。下班找你算账。"她回复道。

小郑医生这时又蹭了过来，挂着听诊器的白大褂永远都是那样皱巴巴的。他趴在护士台上，对低着头写东西的梦雨敲了敲台面:"说说呗，小雨。是不是那位'痛点'送的?"他向来说话不紧不慢的，这会儿就故意拉得更长了。

"你怎么就想到是他送的呢?"梦雨绯红着脸也不敢抬头。

小郑斜靠在护士台上，一边还抖着腿："他对你的痴心我们都看在眼里、无人不知、无人不晓。说是住外科的病房，却整天腻在对门的我们大内科里。他的眼里只有你，也只会围着你转来着。"

梦雨停止了书写，她抬起头来看着扬扬得意的小郑："来我这贫嘴了是吧? 我可告诉梅梅姐去。"

"哈哈，去吧去吧。这个我不怕。就是你梅梅姐让我来问你的。"小郑手一挥，一副得意的样子。

"干吗干吗，你可别想欺负我们家小雨。"小鹿刚去病房打完针，端着个托盘走了过来。

"打住打住打住，小雨什么时候变成你们家的了? 小雨是我们住院部的小雨好吧。"一听见小鹿姐的声音，小郑就马上站直了，摆出一副开战的姿态来。

"那好我问你，小雨恋爱了你知道不? 小雨有心上人了你知道不? 还我们住院部的小雨。"小鹿摇头晃脑地学着郑医生的口气。

小郑白了她一眼："懒得理你。"和小鹿姐斗嘴，他好像还从来没赢过。

"哎，小雨，是'痛点'吧? 我看他对你是真心的。"小郑又转而对着梦雨了。

"为什么要告诉你? 你怎么知道'痛点'就是真心对小雨了?"小鹿姐呛着小郑。

小郑一拍胸脯："本公子阅人无数，不会看走眼的。再说了，我们男人还不比你们更了解男人?"说完还不忘回头看看对面的普外，嘴里嘟囔着："怕是某人彻底没机会了。"

梦雨这时停止了书写，把钢笔插入口袋。

"小郑医生，快去写病史吧。我还等着医嘱呢。"梦雨想赶紧打发走他。

"遵命，只要你告诉我是还是不是。这样吧，摇头不是点头是。小雨，你就可怜可怜我点点头吧。因为我和你梅梅姐打了赌，如果我输了就要洗一个月的碗，这还让不让人活啊。"

梦雨被小郑医生逗得笑出声来，她一本正经地先点点头，正当小郑欣喜若狂的还没有来得及完全展开笑容，梦雨接着又摇了摇头。小郑医生的表情要崩溃了。

"哈哈哈哈！"小鹿看见这么逗的场面大笑起来，"小雨，看他那可怜样你就告诉他吧。"

"这才像个人话。"小郑恶狠狠地瞪了小鹿一眼。

"哈哈哈，我这么帮你你还凶我。小雨，别告诉他，急死他得了。"

"是呀，你们今晚要是不告诉他，他就真的得病了，是得'怕洗碗'的懒病。"李梅梅听见笑声走了过来，"真羡慕你们住院部啊！"

"梅梅姐，那就赶紧给医院打报告申请吧。"

"是呀，梅梅。你加入我们住院部我举双手欢迎。不过，最好把某人给踢出去。"说完还扭着头朝小郑那边看了看。

小郑医生恨得牙痒痒，举手做打人状："我是横眉冷对，哼。"

他俩在那儿闹着的时候，梦雨从桌子下面拿出了 11 朵玫瑰递给李梅梅："梅梅姐，给你留的。"

"小雨就是这么暖心，谢谢啊。说真的，我早就想要调到住院部了，可哪那么容易啊。唉，不说这个沉重的话题。"李梅梅接过玫瑰花嗅了嗅，"说真的小雨，恭喜你呀，找到自己喜欢的人了，'痛点'不错的。"

小郑医生瞪大了眼睛看着李梅梅，就好像不认识她似的："慢着慢着，你知道是'痛点'还和我打赌不是他？"

李梅梅故意在他眼前挥了挥手："那还不是知道你不喜欢洗碗吗？故意输的。"

小鹿一下子又逮到一个攻击点了，指着小郑医生："哎，你看看你，多么好的一朵花就插你这牛粪上了，也不知道上辈子怎么修来的。"

小郑这时哪顾得上小鹿的调侃，拉着李梅梅就走："梅梅啊，以后我天天洗，保证不要你洗碗了。"

梦雨和小鹿相视一笑，心里暖暖的。

这边宋萧潇在焦急不安中好不容易等来了梦雨下班，发信息给她道：小雨，怪我粗心没考虑周全。本来是昨天订的花，因为你回绝了我的邀请以为你不喜欢我，只是想表达一下我爱你的决心。后来在小鹿姐的帮助下我们见了面，而且你也为我打开了心扉，知道吗？我激动得浑身战栗。任何语言也表达不出我收到你的短信"风雨同行，灵魂做伴"时的心情。亲爱的小雨，我会好好地珍惜你一辈子，你是上天送给我的最好的礼物。我就想着不在你身边的日子里，让玫瑰代替我陪着你。我今天一整天都沉浸在对你的思念中，无法集中精力，所以也没有过多地为你考虑到这些后果。我知道你是个文静内敛的女孩，不愿意暴露在公众面前。真心对不起了小雨，以后我保证不会再做让你难堪的蠢事了。亲亲小雨，原谅我吧。给我回信吧。

梦雨这时已经冷静下来了，虽然她不喜欢这样出风头，但她知道宋萧潇完全是一片真心。心里还是喜忧参半：毕竟是第一次恋爱，第一次有男孩子送花呢！只是这 999 朵玫瑰要花多少钱啊？就算做生意能赚点钱，但也没有必要这样浪费嘛。难道宋萧潇不是心目中能和自己"灵魂做伴"的那个他？想到这，她不免有些惆怅。本不想理睬他的，可一看时间已经是后半夜，又不忍心了。她回了消息：我以为能把《瓦尔登湖》作为最喜爱的书之一的你，是和我有着相同的价值观和世界观的。可看你今天的作为我还是要三思了。

等来了梦雨的这条短信，可把宋萧潇给急坏了。好不容易得到的芳心不会就这样被自己愚蠢地葬送了吧？他拿起手机立马就给小雨打了过去。可一想这么晚了她在宿舍里是不方便通电话的，赶紧挂了电话发短信过去：小雨别生气你听我说。我知道我们接触的时间不长，你还不完全了解我。你有这样的疑惑很正常，我很理解。但你想啊，昨晚我们一起聊音乐、谈读书不是事先写好了剧本照着读的。我们天马行空地聊着，竟有那么多的共鸣！你静静地想想，我们相处的那段时光里，是不是很自然、和谐、完全没有陌生感。反正我是这样的感觉，就好像我们已经认识了好多年。我明白你的一举手、一投足、一个眼神、一个微笑。从没有一个女孩能如此地打动我，如此地让我牵肠挂肚。这些都是我的心里话。虽然我有些语无伦次了。小雨，我知道今天犯了个愚蠢的错误。我不是为这个找借口，但我最基本的初衷就是想着不能在你身边，就让这玫瑰花代替我陪着你，也代表着我爱你的心。事情是做错了，但我们来日方长。今后你若发现我是个口是心非的人，或不是你心目中的那个灵魂伴侣，我自己立马消失，绝不烦你。求你原谅，等你消息。

梦雨反复地看了几遍宋萧潇发来的信息，还是觉得他说的有些道理。昨晚的情景历历在目，那些情感和思想上的碰撞是骗不了人的，自己又何必要这样咄咄逼人呢？想到这，她给宋萧潇回了过去：知道了。

看你认错态度较好，就原谅你一次。只是以后不能再犯了。做生意赚点钱也不容易，好好珍惜吧。快休息吧，注意身体。

听到手机里的消息提醒，宋萧潇紧张的心在狂跳。他不知道梦雨会以怎样的态度对待自己。当打开梦雨发来的消息，他突然有种想流泪的感觉，立刻回复道：我的好小雨，谢谢你。此时真想把你搂在怀里轻轻地吻你的脸，吻你的唇，吻你的鼻子，吻你的眼睛。我现在是世界上最幸福的人。爱你。你也早点睡觉吧，晚安，吻你吻你吻你。

四 小鹿姐的买房经

自从上次和欧阳小雪有过一次深谈后，梦雨和她碰面的机会就很少了。虽然是住在一个屋里，但梦雨回宿舍时，小雪又有事出去了；等到欧阳小雪有空，梦雨却又在上班；要不就是她俩回来得都晚，也不能多说什么。这天意外地看见小雪妹妹躺在床上看书，等梦雨进了门，她就坐起来打了招呼："梦姐姐，吃过饭了吗？"

"在单位吃好了回来的，你吃了吗？"梦雨放下背包，准备换衣服。

"嗯，吃过了在等你呢。"欧阳小雪从钱包里掏出 500 元来，递给了梦雨，"梦姐姐，我今天领了工资还你钱。"

梦雨从拉着的布帘里探出头来："哦，找到工作了？恭喜你呀。钱够用吗？要是手头紧就先拿着，我暂时也用不着。"

小雪翻身下了床，把钱塞进梦雨的手中："谢谢梦姐姐，够用了。本来一直想告诉你的，可我们老凑不到一块。今天好好和你说道说道。"

梦雨这时换好了衣裳，把布帘整了整。她拍拍床沿让小雪坐了下来："那好，以后有需要再说。说说看，工作还满意吗？"

"就是想和你聊这事呢。"欧阳小雪往梦雨的身边挪了挪，急切地和小雨说着自己找工作的事。

看着小雪妹妹激动的表情，梦雨知道她应该是很满意自己的这份工作的。

"梦姐姐，我得到这份工作就像是在做梦。不，我是做梦都想不到。"她握住梦雨的手，脸上放着光彩，"梦姐姐，还记得那家 500 强企业吗？我真是没想到他们人力资源部给我打来电话，说他们下属有家企业缺个行政秘书问我愿不愿去，只是工资待遇比总公司要稍稍差点。这可是天上掉馅饼的好事，我就满口答应了下来。哈哈，梦姐姐，如果他们晚打来一天，我就去另外一家公司就职了。你说神奇不神奇。"

梦雨一听也很高兴，公司不错嘛："我说什么来着，人家还是看中你了。那你说说为什么放弃了另外一家？"

"梦姐姐，我是这样想的。另外一家公司也不错，但比起这家 500 强来，无论是个人发展空间还是企业的上升空间，我觉得都要逊色些。虽然 500 强给我的个人待遇还没有另外一家高，但我不太在意那个。你想啊，如果以后我从这家企业离职了，我是说'如果'梦姐姐，那我可是从 500 强企业里走出来的，这就是资本啊。"

听着欧阳小雪的一番话，梦雨内心里是很赞同的。她感觉到小雪妹妹还是很有自己的想法的，独立、有个性、不盲从。梦雨带着欣喜调侃着她："这还是那个哭得梨花带泪的小妹妹吗？"

"哎呀，梦姐姐，别提那糗事了。"

"哈哈，不提，不提。我们的小雪妹妹还是接着往下说吧，我洗耳恭听。"

"咦，我说到哪了？"梦雨这一调侃，把小雪妹妹的思路也给打断了。她拍了拍脑袋："哦，想起来了，那我接着说了。接到电话后的当天我就去人力部了。见到了他们的人事主管，我们聊得还蛮投机的。梦姐姐，你知道聊到最后他是怎么和我说的吗？他告诉我，我去找他们问自己招聘的事情，他就明白了。虽然我当时什么也没有说，他却把我的资料给保存起来了。后来正好有个秘书怀孕辞职了，这不有空缺就给我电话了。"欧阳小雪一口气说完，满怀欣喜地看着梦雨。

"善良比聪明更重要，这就是最好的诠释。"梦雨是真为小雪妹妹高兴。

"谁说不是呢，梦姐姐。我现在是真切地体会到了。真的谢谢梦姐姐，没有你的开导，那段时间我还真的很难释怀呢。"欧阳小雪头靠梦雨的肩膀感叹着。

"如果没有我，你也一样能走出来，因为你是个善良懂事的小妹妹。我只不过是点了点你罢了。"两人正说着话呢，宋萧潇的短信来了。

欧阳小雪坐正了身体，调皮地对着梦雨眨了眨眼睛："对了，梦姐姐，你是不是给我找了个姐夫啊？"

"小丫头，八字还没有一撇呢就称姐夫啊。"梦雨嘴上这样说，可心里洋溢着幸福。

"我都看见了。那天晚上你偷偷掀开窗帘，有个帅气男孩在路灯下等着你呢。"梦雨这才明白小雪妹妹在上铺都看见了。

"好姐姐和我说说呗，姐夫是什么样的人啊，能打动我姐姐的心。"欧阳小雪摇着梦雨的胳膊，满眼期待地看着她。

"怎么？小妹妹也想着恋爱的事情了？"

"梦姐姐，我也老大不小了，都22岁了。说不定哪天我也给你带个妹夫回来。你现在先教教我，学点经验。"欧阳小雪软磨硬泡着。

"哈哈，和我学谈恋爱的经验啊？宋萧潇是我的初恋，才交往没几天呢。"

"哈哈哈，梦姐姐，露馅了吧？姐夫叫宋萧潇啊。潇潇雨歇，好名字。"

梦雨看见小雪狡黠的笑脸才发现上当了："原来你也这么调皮啊，以后等成熟了再告诉你吧。他妈妈姓萧，所以才取了萧潇。他每次给我来电话前都会先发个消息，所以呢，现在我要理你的姐夫了，不然他可要等着急了。"

小雪把要站起身往阳台去打电话的梦雨拉住："别介，姐。我去洗澡了。现在这里是你们的二人世界。"

恋爱真的能改变一个人。那么文静的梦雨沉浸在爱的世界里，难免也会有些失态。也难怪，第一次有了爱和被爱的感觉，梦雨是甜到了心里。这不，现在她的口中除了"痛点"还是"痛点"，小鹿已经被梦雨说得无语了："小雨你发现没？现在你开口闭口'痛点'这样'痛点'那样的。"

梦雨这才发现自己的失态，她捂着嘴不好意思地笑着："哈哈，小鹿姐，现在是终于等到你听腻歪的时候了。以前我的耳朵里可尽是你家的营长大人，都磨成茧了不是。"

小鹿姐手指点到小雨的额头上："我总算是明白了，你这是君子报仇啊。" "快不贫嘴了，和你说真的，你家'痛点'什么时候来看你啊？"

"晕，怎么又是我家'痛点'了，这可不是我说的了。"梦雨停下想了想，"不知道呢，说是过段时间还要来一趟看评估结果。小鹿姐有事情啊？"

小鹿满脸愁容："唉，还不是房子的事情嘛。我在网上查好的，打电话的时候中介还说有呢，等到我们想去看的时候就被带到了另外的一家。不仅房价高了不说，而且不是我中意的房型。我老公的部队好不容易训练结束了，可上面又要来检查考核什么的，指望不上他了。可房价还在涨，你说急人不？"每次一说到房子，小鹿姐和小郑医生都是唉声叹气的。

"小鹿姐，你是让我陪你看房吧？要是我们看中了，你家营长大人不满意怎么办？"

小鹿姐一甩手，像是下了决心："管不了那么多了。你知道吗小雨，现在买房就像是在菜市场里买白菜一样。你不要有人要，稍稍一犹豫就被抢走了。前几天，我老公好不容易抽出点空我们去看了一套房子。房型还不错，楼层我也比较满意，就是房价高出了我们的预算 10 万元左右。中介就说可以谈的，那我们就坐下来和房东谈吧。还没有说上几句话，房东却被另外一个人叫了出去，等到他再次回来时，房价又跳了 5 万元。人家还说得很好听，美其名曰因为你们是先来看我家房的，所以最先的决定权给你们。如果要买就是这个价，如果嫌贵，外面人在等着呢。我一听气得要吐血了，本来超出 10 万元预算我们就想砍些价下来。这倒好，价没砍成，却被别人翘脚了。我老公也很生气，拉起我就走了。真是搞不懂了，现在人怎么那么有钱啊。我这好不容易东拼西凑的首付，也只能往郊区偏离市中心的地方看。这样下去，怕是连个卫生间都买不起了。唉，满眼都是辛酸泪啊。"

梦雨听着小鹿姐的述说，也是蛮揪心的。她还将信将疑："小鹿姐，真这么夸张啊？"

"等你陪我去看一趟房就明白了。这样吧，今天下班后我上网找找有没有合适的房源。如果中介那边没有问题，你就陪我去看看。这房子不买，我是寝食难安啊。"

梦雨点点头："行，小鹿姐。反正我下班后也没有事情。如果有需要你就给我电话。"

小鹿姐又露出她那乐观的天性："怕要打扰你和'痛点'的甜蜜了。"

"小鹿姐……"

"哈哈，不开玩笑了，那我们说定了。"

一个星期左右，小鹿给梦雨打来了电话。她们约好在地铁 9 号线的肇嘉浜路碰头。当梦雨在地铁站里看见小鹿姐的时候，她深感意外："你怎么穿成这样？"

看见小雨吃惊的表情，小鹿淡定地说着："学着点吧，说不定哪天你家'痛点'也用得着。穿成这样有几个好处：第一显得我很穷。唉，我本来就是穷人一个，这在心理上就给卖家一个暗示，你别给我乱提价；第二走在路上也没人注意我。"

"这又是为什么？有什么讲究？"

小鹿拍拍斜挎在胸前的背包："这里有 2 万元现金呢，被人偷走怎么办？这可是你我好几个月的工资呢。"

梦雨更是莫名其妙了："你看房子带这么多现金干吗？"

小鹿姐看着一脸懵懂的小雨，挽着她边走边给她上着课："你以为呢，不然我怎么要你陪着。唉，你是不知道小雨，我们吃过亏的。这是没有办法的办法，等会儿我慢慢和你说。现在抓紧赶路，我们今天要看 8 套房呢。"

"8 套房？那么多啊！"梦雨吃了一惊，她以为看看就可以走了呢。

"是啊，要不我怎么让你穿上运动鞋呢。怕你走得脚疼。"

梦雨看见小鹿姐一脸的无奈，心里还是有些感触："小鹿姐，你可真不容易。"

"唉，为了能和女儿团聚，再怎么我都无所谓了。"

等到她们挤上 9 号线，在车厢里找了个人少的地方站好，小鹿这才说明了事情的原委。原来郊区有套房子，小鹿姐和她老公看了后都挺满意，价钱也合适，和房东沟通得也挺好的。本以为这套房算是买成了，他俩暗暗窃喜。中介当时提醒过他们，以防万一先付些订金为好。可他们只是出来看房子，哪会准备那么多现金呢，那天银行卡也没带在身边。小鹿和老公就商量着第二天取好钱再和卖家签合约。等到晚上小鹿她们刚进家门还没有坐稳呢，中介的电话就打来了，说是房子已经卖掉了，人家看好房当场就付了订金。为这，小鹿和她老公吵了一架，这是她们结婚以来第一次吵架呢。明明每次出门他银行卡都不离身的，可偏偏那天没带在身上。小鹿姐说她知道自己是无理取闹，这事也不能怪她老公。可她憋了一肚子的气，总要找个发泄口吧。看着小鹿姐黯然神伤的脸庞，梦雨心疼地叹了口气。

"为了我的女儿，我一定要买套满意的房子。唉，有时候我也想就这样租房住算了。可女儿肯定是要接过来的。你也知道我们这样的工作性质，忙起来昏天黑地的，女儿以后上学要送放学要接，我能顾得过来吗？老公就更别指望了，就只能让我妈来了。就算我爸不跟过来，也是 4 个人啊，租现在一室一厅的房子怎么住？现在我妈有时把女儿带过来住个十天半个月的问题还不大，每回都是我老公睡部队宿舍，我、我妈和我女儿我们 3 个挤一挤。可把女儿接过来一起住的话，她上学了总要有个可以学习写字的独立环境吧。租个两室的既不在中心城区，每个月也要好几千块，赶上每个月的房贷了。想来想去，也只能咬咬牙找我妈借了些钱，下决心买房。"

小雨心疼地看着满脸愁云的小鹿姐，想着她平日里那样乐观开朗，可心底里也是有着很多的无奈。

"会好的小鹿姐，只要有空我就陪着你找。我们哪站下啊？"

"哦，大学城站到了吗？净顾着说话了。"小鹿说着从背包里拿出一个小本子翻看着。

梦雨抬头看了看车厢里的报站提示："还没到，还有两站呢。"

"哦，那我看看先给谁打电话。"

梦雨凑近这才看清，小鹿姐的本子上记着密密麻麻的小区名字、地址、房型、价格，后面都注有中介的电话号码："小鹿姐好细心啊！"

"不细心怎么行？我们要一家一家看呢。要找好几个中介，不记下会搞错的。"

梦雨陪着小鹿姐在大学城站下了车。约好的中介已经等在地铁口了。看着小鹿姐和他们很是熟络地打着招呼，应该不是第一次打交道了。中介带着她们坐上电瓶车，出发去了一套公寓。一路上，中介小伙简单地介绍了房子的情况。这套公寓是 2007 年建成的，卖家是对新婚小夫妻，就在新房里结的婚，他们买的时候就买的样品房，装修费就十几万元，很是精致。到现在也就住了一年多的时间。那小两口因为在浦东陆家嘴上班，距离太远，所以想着置换。中介就说如果买这家的房，还是很合算的。小鹿听着也没吭声，估计是在盘算着。

等到房子里一看，确实是精装修，也很精致。装修风格是梦雨喜欢的小清新风格。因为在路上小鹿和梦雨说好了，不要露出很喜欢的样子。所以，梦雨只是到处看看，没有说话。小鹿倒是看得很仔细，几乎看遍了每一个角落。中介的精力都放在小鹿姐那里，梦雨倒落了个清静，东看看西看看的也没人跟着。就在她从客厅往阳台里走的时候，发现了这房子的一处败笔。梦雨暗暗记下，没有声张。

她们出来后还没有走出楼道呢，中介就急着问小鹿的态度。小鹿姐只是说再考虑考虑呢。

等梦雨她们来到楼下的空地，就看明白这幢房子的不足之处了。这是幢由 3 个楼面形成的三角形的建筑物。这样的外观造型很是好看，立体感强，说是得过什么设计奖的。可这也造成了某些房间被隔壁两边的外墙遮挡，客厅的光线只有一面可以照进来。当阳光移动时，就难免有些暗淡，有个死角。梦雨很紧张地看着小鹿姐，生怕她满口答应下来。

"这样吧，你们不是说还有一家五楼的毛坯房吗？价格也比这家低。要不我们看看那家再说吧。"

"那也行。不过，你看这家装修精致，房主人也很实在，他说如果你看中，价格还可以再谈。他们是很诚心的。现在的房子你们也知道，价格每天都在上涨。"中介小伙极力劝说着小鹿。

小鹿姐指着梦雨对他们说："我也是很诚心地来看房啊。不然这么大老远地跑来，还让同事陪着我受累。"

中介看小鹿这样坚决也无话可说了，就带着她们去另外一家。进门一看就知道为什么这家价格便宜了好几万元，原来这幢房子的后面就紧挨着一条公路。虽然所有的窗户都装有双层玻璃防噪声，可住家难免会受些影响。小鹿找了个借口，就拉着梦雨离开了。

走在路上，梦雨问着小鹿："小鹿姐，刚才那婚房你看中没？"

"开始我很喜欢。说实话都可以直接搬进去住，不用再动什么东西的。可我发现他家的客厅很暗，仔细看了看发现客厅不朝阳。客厅和阳台的中间有个小隔间，如果那个隔间的里墙面能敲掉的话，光线就会好很多。我问了房主，他们说不能动这个，物业有要求的。可惜了，不然我就想订下这家的。"

"是呀，小鹿姐。我也发现了，可中介一直跟着你我也没好说。但你要是和他们谈的话我肯定要告诉你的。还有，我听到中介问男主人买房的价格了。他们好像是要算什么税费的。小鹿姐你知道房主多少钱买的那个房子吗?"

"多少?"

"29 多万元，30 万元不到反正。他们出价 60 万元卖。我的天啊，才一两年的时间就翻了一倍。"

小鹿姐是见怪不怪了，她加快脚步往其他的中介赶着："唉，小雨啊，现在你知道房价的残酷了吧? 我平时说你可能都没有体会到。"

梦雨算是亲眼见识，有些体会了："是啊，小鹿姐。难怪你和小郑医生一说房子就头疼。""哎，你这可提醒我了。我在网上看到，大学城地铁站那新开了一个楼盘，我们去给小郑和梅梅拿个宣传单看看。"

她们俩就这样在大学城附近转了一天，本来预定看 8 套房。其中，有两套中介回复卖掉了，有一套说家里没人看不了。总共看了 5 套房。其中有一套也蛮有意思的，也是家里没人在，但中介叫开了楼下一户人家的大门，让她们进去看了看房型。真是让小雨开了眼了。

小鹿姐看着梦雨有些吃力了："小雨，怎么样? 有什么感想?"

"深深地体会到了你的犹豫彷徨，不容易啊小鹿姐。不过，虽然没看中这里的房子，但我很喜欢这儿的环境。房子都比较新，绿化又好，人也不多，空旷幽静，很适合人居住。只是小鹿姐，上班还是比较远啊。"

小鹿看见有两个空位出来，抓着梦雨的手就奔了过去："运气好，有空位坐。今天把你累坏了吧? 远有什么办法? 近的买不起只能看啊。"

梦雨笑着对小鹿姐说："哈哈，也是。只要能把宝贝女儿接过来，远点有地铁也还是蛮方便的。通勤费相对于高房价，还是划算的。至于我嘛，还行，没问题。"

"对没钱的人来说，也只有消耗些时间成本了。不过小雨，你看我们单位离 9 号线地铁站很近，走过去才 10 分钟左右。如果我真能在这里买到房子，时间上还是可以的。坐一部地铁都不要转换的，还算方便。你知道普外科的护士小王吧。她每天上班要倒两趟公交一部地铁的，路上来去 4 个多小时，还是在不堵车能准点的情况下。唉。"

小鹿说着说着，心情又沉重了起来："小雨，你看看周围发现什么没？"梦雨摇了摇头："什么呀，小鹿姐？"

"你没发现都是年轻人？而且都是外地口音的年轻人。这里和市区最大的差别就在这儿。年轻人在这里闯荡，肯定没多少资本积累。所以呀，市区必定不是他们的首选。小雨你再看，有不少低头看书学习的人吧？你看斜对面靠门站着的那个人，拿着那么厚的一本英文书在啃。站在他们中间，我就有种归属感，也踏实，感觉是走在同一条路上。"

梦雨是慢慢明白了小鹿姐内心里的挣扎。是呀，偌大一个城市，哪里才是可以安身立命的地方？"小鹿姐，既然喜欢这儿，那我们就努力寻找。我想总能找到自己满意的。"

"那可不。你是了解我的，既然下了决心，我就会坚持到底。"小鹿眼里透着的坚毅，使她那大大的眼睛熠熠生辉，"哎，小雨。我是真心不想你和'痛点'也受这个罪。不过看起来'痛点'家的生意做得不错，应该不会的。"

"小鹿姐还早呢，现在也不会考虑这个问题的。不过，就算以后买不起房子，租房也行啊。""我就说你吧，人还没嫁过去呢，心早就向着他了。这个'痛点'真是好福气。他今天没和你联系啊？"

"我告诉他了，今天要陪你看房，等我回去给他打电话。"

"和他说呀，算是我欠他的。"

"小鹿姐好见外啊，欠什么欠呀。"

可能是没有看到心仪的房源，小鹿姐也没有多少精力说话了。

第二天上班时，小鹿把那新楼盘的宣传单放在了小郑医生的办公桌上。这个楼盘小鹿自己很是满意，就坐落在地铁站旁边，上下班便利，周边配套设施齐全，而且是精装修，太阳能热水器，还有地暖。好暖心啊，只要买些软装家具搬进去就能居住。二室一厅算下来要一百二十几万元，超出预算一倍了，小鹿也只能心里想想吧。

其实她把这个单子拿给小郑，心里也挺矛盾的。她理解小郑医生不愿意让李梅梅家里拿钱的心情，自己开始不也是不愿意找老人开口借钱嘛。可眼看着房价越涨越高，如果现在不出手，以后还真不好说。这宣传单是放下了，可她心里还是七上八下的，希望不要好心办坏事了。俗话说你怕什么偏偏就给你来什么。小郑医生今天在她们护士站前走来走去的，就是硬生生地不往这边看，要在平常早就溜达过来搭讪了。

"小雨，小郑是不是生气了？你看都不理我们呢。"看着在外面走来走去的小郑医生，小鹿姐忧心忡忡。

"小鹿姐，你太敏感了吧？我没看出来呀，可能他在忙事情呢。"

小鹿姐冲着小雨做了个鬼脸："你就别安慰我了。唉，我可真是替古人操心。"

梦雨站起身，踮起脚往医生办公室那边张望着："梅梅姐今天不在呢，也难怪小郑心情不好。再说，他们也不是古人啊，就活生生的在我们面前呢。"

小鹿被梦雨一本正经的搞笑样子乐坏了，又忍不住调侃起来："热恋中的人就是不一样啊，'痛点'教会你开玩笑了。"

梦雨看见小鹿姐又开玩笑了，就坐了下来接着干活："哎，这才是我的小鹿姐嘛。就算小郑医生不赞同买房子，但也不会怪你的，毕竟你也是为他好嘛。"

你还别说，这次真给小鹿姐猜着了。一般每天要在她们护士站溜达个几圈的梅梅姐，已经好几天没见着影了，也没看见去小郑的办公室。而小郑医生呢，整天耷拉着脑袋，无精打采的，小鹿和梦雨知道坏事了。吃饭的空隙她们正商量着怎么问小郑呢，护士长走了过来。

"你们俩悄悄地嘀咕什么呢。"

小鹿姐就像见到了救星一样，赶紧把护士长让到椅子上坐下："快来救驾，我和小雨搞不定这事。只要你老人家一出马，立马就能解决。"

"别净给我戴高帽子，说说怎么回事。"小鹿就一五一十地把事情说了。

"就这点事？瞧你那点出息。这是梦想与现实发生了撞击，我去给收拾收拾。"护士长嘴里说着，抬腿就走进了医生办公室。

小鹿和梦雨眼巴巴地在那盯着。等到护士长满面春风地从医生办公室出来时，她们俩忙得团团转，也没空向护士长打听了。小鹿那个急啊，心里像是被猫抓了似的。

后来护士长告诉她们，小郑和李梅梅看见了那楼盘的广告，梅梅姐很是喜欢。可这价格她知道小郑没有这么多首付款的，就提出让他爸爸也拿些钱。小郑不同意，两人在闹别扭呢。

这下小鹿傻眼了，好心还真办坏事了，蹚了浑水。想想事情还是因自己而起，怎么着也要让他俩和好吧？小郑那倔驴她是没有办法说服的，只能去劝劝李梅梅了。

李梅梅那天和她俩也是掏心窝子："你们都不是外人，我也不怕你们笑话。好些话和家里人也不能说，这个小郑又是那样倔强。我们家虽然有些钱，但我也并没有看不起他啊。我看中的是他这个人。我处处为他着想，生怕哪句话打击了他的自尊心。谁都有自尊，我也有啊。我们家以前也穷。小的时候，爸爸妈妈要做生意，那时刚起步也顾不上管我们，都是我领着弟弟在家，从小就学会了做家务。我也不是什么娇生惯养的富家小姐，知道赚钱不容易。可我们都三十好几了，家里一直催着结婚。这不好不容易喜欢上了这样的房子，钱不够让我爸爸拿点怎么了？我也是他的女儿啊，当嫁妆不行吗？"梅梅姐越说越生气，眼泪流了下来。

"梅梅姐，别着急。你和小郑医生平心静气地好好聊聊，把你的想法说给他听。"

"你是不知道啊小雨，他这个人就认死理。我们不知道谈过多少次了，他就是不答应。这次我也铁了心了，不同意就拉倒。"

看着李梅梅坚定的眼神，一副不达目的不罢休的姿态，可急坏了小鹿姐："好梅梅，快别这么说。真那样我的罪就大了，都怪我考虑不周。"

李梅梅接过小雨递给她的纸巾擦了擦眼泪，感叹道："这怎么能怪你？我早就和他说了先买房，他总说还差几万元，等攒得差不多了再买，而且就是不愿意我家拿钱。好吧，那就等吧。这可好了，只工资不涨，房价倒是涨了好几千元一平方米。这窟窿越来越大，以后还怎么买？如果我们没有条件我也就死了心了，跟着他租房也能过。可明明可以买，就算是投资也不错啊，你说气人不？他就是死要面子。"

李梅梅小声地抽泣着，努力压抑着内心的失望："我爸的钱怎么就不能用了？结了婚还不都是一家人？他就是转不过这弯来，怎么这样倔啊，十头牛都拉不回来。"

看着平时温和、稳重的梅梅姐，说到伤心处也是那样楚楚可怜；再想到那天陪小鹿姐看房的一些经历，梦雨的心情不由得沉重起来。本来买房在她的心里是没有概念的，可看到身边的朋友就为那十几万二十几万元的首付在苦苦挣扎、在煎熬，心里还是很痛的。说实话，他们可以选择不买房，租房住。可小鹿姐他们的想法也是有道理的呀。租房不能一劳永逸，而且问题多多：第一，租房市场不稳定，没有保障性可言。房东经常说不租就不租，大不了一个月的押金不要了。这一个月的租金在天天上涨的房价面前，一个零头都算不上，也不能怪房东不诚信。第二，房价涨了，租金也在相应提高。这一个月的工资大半要贴在房租里，还不如买房。第三，中国人的传统观念里租房永远是别人的，而买房才是自己的，才能让那漂浮着的心有归属感。所以，很多外来人员就在理想与现实之间游走着。唉，梦雨不自觉地叹了口气。

宋萧潇还是很敏感地从和梦雨的通话中，感受到了她的这一丝丝的情绪。在他的再三追问下，梦雨就简单地聊了下这几天的一些感受。宋萧潇沉默了一会儿，安慰她别想太多，过几天他要来看小雨，顺便请科室的同事吃吃饭。一想到马上就可以见到萧潇了，梦雨心里满是甜蜜的幸福感，美美地进入了梦乡……

五　阳光温热，岁月静好

　　宋萧潇特意选了梦雨上白班的日子赶了过来，看看时间还早，如果去医院的话怕影响梦雨工作。他拼命克制着去医院看看的念头，索性逛到常德路订好位置再说。他找到静安区常德路 999 号后才发现这里紧挨着闹市区的十字路口，门前是车来车往川流不息，可推门进去，别有洞天。一进门就有种内外有别的强烈对比，幽静扑面而来。迎面的墙上挂满了张爱玲的各个时期的照片，也有一些几十年前她的故居照。以前的会客处沙发依旧，你可以坐在这里喝喝茶，聊聊天；无聊时伸手就能够到身后书架上摆放整齐的张爱玲的作品；也可以看着沙发对面落地玻璃窗外人来人往、行色匆匆的人群发发呆。移步走到里间，灯光骤然地暗了下来。宽阔的大厅里，吧台紧靠着一个小房间的墙，而留出的大片的空地被隔成一个个开放的小隔间，每个造型都不同，因为都是根据地形设计的，既节省了空间，又别具一格，不落俗套。再往里走，就是以前的天井了。因为是一楼，又临着街面，天井里搭起的架子上爬满了爬山虎和常春藤。这自然的绿色顶棚下面摆着两排咖啡桌和椅子，和一墙之隔外宽阔又热闹的马路形成了强烈的对比，这种反差更显得天井既静谧又有情调。宋萧潇特别喜欢天井里的卡座，看着快到小雨下班的时间了，赶紧去吧台订了天井里的一个位子，在下班前赶到了医院。他熟门熟路地悄悄找了个安静的角落，等着他的心上人。

刚坐下没一会儿，就看见梦雨和小鹿姐有说有笑地往电梯口走去。他这才从高大的铁树盆栽后面走了过来："小鹿姐好。"他看着梦雨呵呵一笑："小雨好。"

"好你个宋萧潇，这是从哪冒出来的呢？""哎哎哎，这嘴里叫着小鹿姐，眼睛都看哪了。"小鹿抽出被梦雨挽着的手，拿起小雨的手就往宋萧潇的手里塞："你这是踏着玫瑰花瓣一路走上来的吧。好嘛，你的玫瑰花都能洒遍整个医院了。"

宋萧潇急得直对小鹿使眼色，她这不是哪壶不开提哪壶嘛。

"别对我使眼色，我没看见。你以为小雨不喜欢你的玫瑰？她是嘴上埋怨着心里乐开了花。"

看见梦雨羞红着脸，宋萧潇赶紧拿话岔开了："小鹿姐，你们明天上夜班吧？要不我订后天晚上的餐厅，大哥有空没？"

"有呀，就是拽我也要把他拽来，不来白不来。"他们一路说笑着走出了医院的大门，趁小鹿姐没注意的时候，梦雨悄悄地抽出被宋萧潇握住的手。走在他的身边，幸福和满足感就紧紧包围着她，有时候那种感觉强烈到快要令她窒息，她不知不觉就红了脸。

当梦雨坐在天井里的常春藤下凝望着日夜想念的宋萧潇，心情慢慢地平静了下来。自从上次一别，他们也有好几个月没见了。但距离并没有使他俩产生陌生感，相反更拉近了心与心的距离。他们有时会一同听歌听音乐；有时会交流着自己对某本书的理解和感悟；更多的时候在默默地思念着对方，让爱在心间流淌。就像有心灵感应一般，他们能明白对方每一次心跳的不同含义，也知道彼此就像是血液已经融入了生命里。爱已经在他们心中生根、发芽、开花，浓得化不开，就这样散在了彼此的心田里。

此刻，他们深情地对视着，眼神里写满了对彼此的思念和爱恋。宋萧潇轻轻地握住了梦雨的手："我真想吻吻你的脸。"

梦雨绯红着脸，害羞地低着头。

"这些天过得好吗？"宋萧潇握着小雨那雪白纤细的手指，放在嘴上吻了吻。小雨也没有抽回来，任由宋萧潇握着，感受着宋萧潇那如水般的柔情。

"你第一次来这里，印象怎样？"梦雨毕竟还是有些害羞。她极力让自己从这柔情中清醒过来，努力掩饰着，转移着话题。

宋萧潇环顾下四周，握着小雨的手却没有松开："棒极了。小资而不奢华；朴素里又透着隐隐的艺术格调，超凡脱俗。空气里都弥漫着人文的味道，难怪你喜欢了。"

梦雨笑着抽回了自己的手，看着杯中的卡布奇诺："嗯，评价蛮高。对她的作品怎么看？"

听小雨这样问，宋萧潇挠挠头："我只看了她的两篇作品，可能感觉不对呢，请你指教。直观地来说，从她的文字里透着傲骨。你别见笑啊。"

"怎么会，你还是有些功底的。才两篇就能体会到了。我是感觉她文字的背后和亨利·梭罗先生有些共同之处。"宋萧潇一副洗耳恭听的表情。

"张爱玲的祖母是清朝重臣李鸿章的大公主，祖父也是名门之后，可谓是含着金汤匙出生的。但她的母亲英年早逝，和继母又相处得不好，这让她过早地感受到了世态炎凉。因此，这两种环境的碰撞，使极具才情的她看透了浮华背后的本质，所以归璞于本质自我，因此在外人看来就有些孤傲，我行我素。我认为正是这些原因，她才能用极其精致的世俗语言，写出了能穿透生命力的文字，直指人心。你说是不是和梭罗先生文笔有些共通的地方？"

看着葡萄树下超凡脱俗的梦雨，犹如一朵静静绽放着的蓝莲花，宋萧潇抑制不住内心的欣喜。

"小雨，你真是每每都能带给我惊喜。我一定要加倍读书，跟上你的脚步。这叫妇唱夫随。"

梦雨看着宋萧潇那英俊的脸庞，由衷地说道："三人行必有我师。你身上也有很多的闪光点也值得我去发现、去学习啊。"

"雨声潺潺，像住溪边。我宁愿天天下雨，以为你是因雨而来。这算不算？"宋萧潇狡黠地看着梦雨。

"好有才嘛。改得不错，算是贴切。"梦雨看见服务员端着盘子过来了，她把桌上的咖啡杯挪了挪，小桌上摆得满满当当。

"我是因为你喜欢才恶补了张爱玲的小说，只看了两篇。"

"哦，一篇《小团圆》还有篇是什么？"

"这么熟啊，一下就知道是《小团圆》里的句子了，我可是背了半天。还有一部你猜猜看。"宋萧潇一边给梦雨摆好了碗碟，一边夹了些她爱吃的鱼放到了碗里。

"她写了那么多篇，那我瞎猜猜看。《倾城之恋》？《红玫瑰与白玫瑰》？"

宋萧潇摇了摇头："是《半生缘》。小雨，你喜欢她的这两篇作品？脱口而出肯定是印象深刻的。"

"嗯。我喜欢《倾城之恋》的女主角白流苏，最是那一低头的温柔，像是一朵水莲花般不胜凉风的娇羞。"此时正是华灯初上，围栏外那橘黄色的灯光照在小雨身上，越发显出她的美来。

"哈哈，我的小雨也是那般的娇羞。"

梦雨看了一眼在那调皮着的萧潇："不好乱比。虽然同为女人，白流苏的有些价值观我不是很喜欢，应该是她那个时代造就的。很多人都喜欢《红玫瑰与白玫瑰》里的那句：娶了红玫瑰，不久红的变成了墙上一抹蚊子血，白的还是床前明月光；娶了白玫瑰，白的便是衣服上的一粒饭粒，红的却是心口上的一颗朱砂痣。而我喜欢这样一句：一个人，如果没空，那是因为他不想有空；一个人，如果走不开，那是因为他不想走开。"

"我明白了小雨，这是你对我们今后生活的隐喻对吧?"宋萧潇因为激动而满脸通红，"那我也借用《半生缘》里的那句话：我要你知道，在这世界上总有一个人是在守着你。不管在什么时候，什么地方，反正你知道总有这么一个人。"

萧潇的笑容、萧潇的爱恋如一股暖风轻拂着梦雨的心房，她的心在怦怦乱跳，情不自禁地念起自己最喜欢的张爱玲名句："阳光温热，岁月静好，你还不来，我怎敢老去。"

宋萧潇胸口涌起一团烈火，一团炙热的火，他再也顾不上什么了，走到小雨身边在她的脸上深深一吻。梦雨感觉到宋萧潇炙热的唇在自己的脸上微微地战栗着，不由得心里也是一颤，那团烈火融化了他们，世界在那一刻真的是停止了转动，他们感觉到了刹那间的永恒······

"爱上一个人，心会一直低，低到泥土里。在土里开出花来，如此卑微却又如此欣喜——张爱玲。"

第二天一早，宋萧潇的手机上就收到梦雨发来的这条短信。他拿起外套就冲到外面的大街上。

"小雨，你掀开窗帘看看下面。"

梦雨一翻身就看见宋萧潇正站在宿舍楼下往上看着呢。她赶紧跑了过去："你怎么来了？不是有公事要处理吗？"

"不来看看你心里不踏实。吃早饭了吗？"

"还没呢。"

"正好陪我吃点吧。"

"等我会儿，急着跑出来，门还没有关好呢。"梦雨掩饰着看见宋萧潇后那怦怦的心跳，转身逃也似的离开了。

宋萧潇满眼爱怜地看着梦雨飞跑的背影："你慢点，小雨。"

他低头看了看手表，离七点还差五分。今天天气不错，太阳已经露出了笑脸。马路上除了急匆匆赶早的上班族，行人还不是很多，他想找个安静的地方和小雨谈谈，正在东张西望着呢。

"你在找吃早点的地方？跟我走吧。"梦雨已经来到了他的身边。

"你是地主，肯定听你的。这附近有街心公园之类的地方吗？"宋萧潇自然而然地就握住了小雨的手。

"干吗？"梦雨微微脸一红，也没有退让，"先买早餐吃，然后我带你去。我们这附近有个免费公园，早晨六点就开放了。早早晚晚锻炼的人很多，离这不远的。"

走进公园里，宋萧潇才发现这里比外面的马路上要热闹很多。三五成群的老人有跳健身舞的；有打太极拳的；也有的在跳交谊舞；占据了很大一片空地。空地中央，一群群中老年人在音乐的伴奏下整齐划一地做着各种保健操。而中青年，特别是年轻人沿着公园里的河道或主干道跑步的居多。

宋萧潇和梦雨手拉手穿梭在这一群群锻炼着的人群中间，情绪也被他们感染着。特别是萧潇，一个想法在他的心中慢慢地有些成形了。终于他们在公园的河道转弯处，找了个远离人群的河边。僻静，环境也好。

宋萧潇很自然地就把梦雨搂在了怀里："看见你真好，想你了。"

梦雨也在感受着这一切。她想起以前和小鹿姐讨论过一见钟情这种事，她是不相信会有的。但自从宋萧潇走进了自己的内心，她相信人世间就存在那样美好的爱情。

"想什么呢？小雨。"萧潇看见她没作声，低下头看了看她。小雨不好意思地握住了萧潇搭在肩头的手，有些凉意。

"没有，想起了以前的一些玩笑。"萧潇可能也感觉到了些冷，他把小雨搂得更紧了，好让她靠着自己暖和些。

"有个公园真好。你下班后没事可以来散散步，锻炼锻炼也好啊。不能老待在宿舍里看书。

"一个人来来去去的很傻吧？我又不爱和别人掺和在一起。"

"那你可以带本书来这里读。比如，今天你早起了，带上一本书看看多好。这里空气清新。""放心吧，我现在有你了，一点儿也不觉得闷。""对了，萧潇。你今天不是有事情吗？你这样陪我耽误工作可不好。"梦雨是担心萧潇为了自己溜班了。

"怎么想赶我走啊？"宋萧潇明显感觉到小雨的身体有些哆嗦，他把自己的外套脱了下来，让梦雨靠着自己披在了两个人的身上。

"才不呢，我们就这样静静地坐着，陪你到老。"

宋萧潇低头吻了吻梦雨，直视着她："小雨，有些话我想对你说。如果说得不对，不要生气好吗？"

梦雨看见宋萧潇严肃的表情，不由得坐正了身子看着他："我还没有见过你这样的表情，别吓我。"

萧潇把她拉了过来："哈哈，傻丫头。只是随便聊聊，你紧张什么。"

"你今早发的一段话是张爱玲的小说里的吧?"

原来是想问这个事情,小雨紧张的心放松了下来:"她的原话是:见了他,她变得很低很低,低到尘埃里。但她的心里是欢喜的,从尘埃里开出花来。"

萧潇握住了她发凉的小手:"嗯,明白了。小雨我想告诉你,你在我心中就像是开在雪山上的圣洁的蓝莲花。我会好好呵护,不让你受一点委屈。所以我更喜欢你昨晚的那句:阳光温热,岁月静好,你还不来,我怎敢老去。我终于等来了你,你也等来了我。我们是灵魂的伴侣,一起携手变老。"

梦雨一边在萧潇的手心里画着圈,一边往他身上靠了靠:"萧潇,我明白了,你是不要那卑微的爱,要我们风雨同行,灵魂做伴。难怪人家都说恋爱会拉低人的……"宋萧潇用热吻堵住了梦雨的话,这可是他们第一次的唇吻,就在这公园里,在这清晨的小河边的长椅上。梦雨思维都停止了,已经不能思考。宋萧潇深情地捧起小雨的脸,吻着她的额头,她的眼睛,她的鼻子,她的脸,最后又压在了红唇上。梦雨最后的记忆里一闪而过的是就这样过一辈子……

六 欢乐的相聚

宋萧潇这次来沪其实并不是因为什么公事要处理，而是想在上海靠近梦雨单位的地方买套房。他和家里说了与梦雨相识时的情况，宋爸萧妈也觉得这个女孩很难得，都赞同他的想法。二老的意见是，只要他们真心相爱，其他都无所谓。再说他们也相信宝贝儿子的眼光。多少亲戚朋友介绍了那么多女孩，儿子愣是没动过心。这个叫梦雨的女孩如果不优秀，儿子也不会看中的。宋爸还有个考虑，他们正在和上海的一家企业谈并购事宜，如果谈成了，就准备派儿子过来管理，也需要房子住的。万一并购没有成功，有套房子也没什么的。如果上海那边打理好了，他准备慢慢把家族企业放手给儿子管理。当初他不惜用粗暴的方式让儿子选择了工商管理专业，就是为这个时刻准备的。自己也打拼了这么多年，该退居二线享享清福了。所以，他也积极支持儿子买房，并全权交给他来处理。

现在摆在宋萧潇面前的就是这两个问题了：第一，在哪买？第二，告不告诉梦雨？这第一条好办，今天早晨拉着梦雨出来，他就已经决定买房的方向了，就在公园附近。那里离梦雨的单位步行过去也就十几分钟。他转了转，看见周边的环境也不错，生活设施齐全。最让萧潇满意的就是这个公园。在这繁华大都市的中心城区，有个公园可以走走，就是不想锻炼，饭后看看大自然、呼吸点新鲜空气也好啊。

这第二嘛，可就有点难办了。今天在公园里，他差点就脱口说了出来，后来想想还是不妥。听小鹿姐说过小雨是从贵州大山里走出来的孩子，所以他一直不敢告诉小雨自己家真实的境况，就怕她有所顾虑，不敢接受自己。他知道小雨是个善良的好姑娘，但内心比较敏感，就这点愁坏他了。如果不告诉，以后小雨知道了肯定不开心；但现在说了，又怕她退缩不愿和自己交往了。权衡了很久，他还是不敢冒这个险。他实在是太喜欢小雨了，只要是想到她，就能让自己内心宁静而充满幸福感。这看似很矛盾，但梦雨就有这种魔力让它们和谐地存在于自己的内心。萧潇知道，这魔力就来自小雨的善良、深厚的文化积淀和她身上那种不易察觉的淡淡的忧伤。是啊，宋萧潇越来越感觉到小雨的内心里，肯定有什么东西在困扰着她。唉，想到这，他就更不敢冒险了，等以后找机会慢慢地告诉她吧。就算小雨当时不高兴但时间长了也会认可的。想明白后，他把小雨送回了宿舍，自己满世界地开始找房源了。

跑了一整天，宋萧潇算是体会到了小雨的忧虑。房市这么火爆，是真正的卖方市场啊，加上资金有限的话是很崩溃的。所以，他更加坚定一定要好好把握机会，不让小雨有这样的后顾之忧。虽然他知道小雨不会在乎这些，但他也会尽自己所能，不让心爱的人受委屈。可兜兜转转的，房子倒是看了好几套，只是没有自己特别满意的。有两家明天去看看再决定。

这人啊，还真是有些奇怪，用奶奶的话来说就是"不是好惯的"。平时在宁波时还好，因为距离远只能心里想念。可现在近在咫尺了，见不到梦雨他就如坐针毡，对她的思念也挥之不去。与其这样心神不宁，还不如去医院里碰碰运气。万一小雨不忙还可以聊聊天，哪怕就是远远地看着她也好。

宋萧潇到医院时已经晚上 8 点多了，梦雨和小鹿姐还在病房里来回地穿梭着。好不容易看见她们去护士站里面了，可还没等他走过去，又有人按铃了。唉，看着心爱的小雨忙碌不停，他心中升起万般的不舍。

"哎，来探班了？"

"呵呵，郑医生好。"宋萧潇正盯着小雨看呢，连小郑医生什么时候来到身边他都没有察觉。

"别瞪着眼看了，时间长了小心长眼盯。刚有个病人需要处理下，她们要忙好一会儿，来我办公室坐坐吧。"

小郑医生给宋萧潇倒了杯水递了过去，把椅子摆了摆正，看见宋萧潇还在站着，指了指椅子对着他说："快坐吧，喝点水。我说你看什么呢。"

"哦，郑医生。这个就是小雨说的医嘱吧？"宋萧潇指了指小郑医生办公桌上的病历夹。

小郑点了点头："不愧是我们住院部的家属。看来小雨平时没少调教你。"

萧潇呵呵一笑："那是当然。我是准备做好小雨背后的那个'他'。说真的郑医生，你的硬笔书法很有功底，有点味道。"

"这可不是吹的，在复旦我就年年得奖，现在在单位那还不是数一数二？"小郑端起茶杯喝了一口水，看见宋萧潇还在那欣赏着呢，"我说'痛点'，你的眼光不赖啊，抢走了我们院最好的女孩。这俗话说得好啊，近水楼台先得月。可对面那个老吴盯了好久愣是没追上，还是你老兄厉害啊，佩服。"看着有些诧异的宋萧潇，小郑以为自己叫他"痛点"他不舒服了呢。

"对不起，应该是宋萧潇同志。"他随手就拿起那张楼盘的广告垫在了杯子下面。

"哈哈，没事的。我早就知道你们都叫我'痛点'了，比宋萧潇好听。郑医生，你说的老吴就是外科的那个高个子戴眼镜的?"他有些疑惑，那人也不老啊。

"呵呵，挺大度的嘛。难怪小雨被你迷倒了。""是他，你不是住过他们科吗？你不知道他在追小雨啊?"

萧潇还真不知道，他也没听小雨说起过。心想幸亏自己厚着脸皮追到了小雨，不然还真危险了："是我被她迷住了。"

"哈哈哈，这话不假，我们都看得真真的。"

宋萧潇还是对刚冒出来的吴医生有些好奇。他追问着："那外科的吴医生怎么就没追着小雨呢?"

小郑瞟了他一眼："这你要问你家小雨呀。我们都说老吴笨呗，不开窍。"

宋萧潇嘿嘿一笑，心想小雨就是为了等他才不理那个什么老吴的。为了掩饰心中的得意，他拿起那张广告纸看了看，明白了应该就是小雨说的那张。"这楼盘不错嘛!"

一说起这话题，小郑医生刚才那眉飞色舞状就不见了，触到他的伤心处："唉，别提了。为这梅梅都好几天不理我了，正'开战'呢。"看着小郑医生紧锁的眉头，宋萧潇还是想开导开导他。

"听小雨说起过。你是怎么考虑的呢?"小郑医生看着宋萧潇，就像是找到了同盟一样坚定。

"我们都是男人，你应该能理解。我怎么能拿她们家的钱？我一个穷医生，本来在他们家里就矮了一个头。连婚房也要他们帮忙，你说我以后在她们家还抬得起头来？我说万一，万一哪天我们闹别扭了，她爸可以说房子是他们的呢。"

"哦，就为这?"

小郑医生瞪大眼睛看着"痛点",似乎在责问着:"这还不是大事?这是原则性的问题不能让步。"

宋萧潇看着小郑医生那油盐不进的表情有些想笑。

"那我问你,你对梅梅姐是真心的吧?"

说到李梅梅,小郑的表情柔和了许多:"那当然,她是个好姑娘。客观地说,没有富家女的娇气,对我也好。"

"我有一个办法可以一举三得,要不要听听?"宋萧潇说完,一脸得意地看着小郑医生。

"那还用问,快快说来听听。"小郑赶紧把自己的椅子拖到"痛点"的旁边坐好,满怀期待地看着他。

宋萧潇不紧不慢,故意拖着声调慢慢地数着:"这个方法第一可以让你抱得美人归,第二房子可以买下,这第三嘛你还不丢面子。"小郑医生一听心里头那个激动啊,他将信将疑地看着"痛点",有些急不可耐了。

"是兄弟吧?是兄弟就快说。"萧潇知道再不说他真要跳脚了。

"我说,我说。你不是不想他们家给你拿钱吗?可以这样,缺多少钱就写个借条放梅梅姐那,每个月从你工资里还不就得了。这样也是你的钱买的房。房子买了,梅梅姐也高兴了,不都皆大欢喜?"

"对呀,我怎么就没有想到?主要是梅梅一直说大不了算是他们家的嫁妆我就蒙圈了。嫁妆可以是别的东西,房子肯定不行的。真是我的好兄弟啊,'痛点'。"他激动地用大手在萧潇的肩膀上使劲一拍,"腾"地从椅子上站了起来。

"还有个问题,"他蔫了吧唧地转身看着萧潇,"我和梅梅闹别扭坚决不要她们家钱呢,总不能我现在觍着脸去说借给我吧?"

看着小郑医生那尴尬的表情,"痛点"笑嘻嘻的,也在他那宽阔的肩膀上拍了拍："这个更好解决，你明天带着梅梅姐来赴宴就成了。"

"她不理我呢。"小郑医生皱着眉，闷声道。

"放心吧，我已经让小雨请她了。"

"真是我的好兄弟。"刚刚还耷拉着脑袋的小郑医生，立刻来了精神，"老弟，去看看小雨吧。她们应该忙得差不多了。"

看着兴奋着的小郑医生在默默地盘算着什么，宋萧潇微笑着掩好门，走了出去。

等到小雨她们忙完停下来的时候，已经是晚上 10 点多了。宋萧潇这才逮着空和小雨聊了几句。小鹿姐很知趣地躲到了后面。宋萧潇万般爱怜地看着小雨。

梦雨敲了敲台面："你傻了？注意影响，这可是我们单位。"

"我就要让全世界的人都知道我喜欢你，特别是对面的那个戴眼镜的人。"萧潇说完，还用手往对面指了指。

小雨脸一红："好好，怕了你了。是不是刚才小郑医生和你说什么了？没有什么的。"

萧潇也不说话，只是带着探究的眼神盯着梦雨。

"真的没有的事。等有机会和你说。这么晚了，快回去早点休息吧。今天工作还顺利吗？"看着小雨有些着急，宋萧潇有些不舍。

"还算顺利，有几个意向了。"宋萧潇打着哑语，小雨当然不能明白他说的真正含义。"你饿吗？要不要给你买点夜宵过来？"

一阵暖意涌上心头，梦雨深情地看着萧潇："不饿，晚上我不吃东西的。你要照顾好自己，出门在外的还尽为我着想。"

宋萧潇靠着护士台，恨不得身子都要探进来了："小雨，明天上午你还要上班是吧?"

"是呀，我们下夜班后还要连值个上午班。"这时铃又响了，有人叫床。小鹿姐飞快地从里间就冲了过去。梦雨连推带攘地把宋萧潇给轰走了，可心里就像是灌了蜜一样的甜。

宋萧潇本来计划着第二天去重点看看比较心仪的那两家，可没想到现在还真是卖方市场，一个犹豫房子就没有了，无奈他只能重新寻找了。开始还打算慢慢找不着急，这样看来他觉得自己的判断有误，还是尽快出手。终于在中介的帮助下，他订下了一套三居室的小高楼。每平方米 3 万元，一梯两户，全明房。23 层的 16 楼，楼层也比较理想。就是房东提出交房时间要拖晚些，要等他的移民手续办下来才能交房子，但承诺装修家具什么的全送。萧潇想想也无所谓的，暂时也不能告诉小雨，他也不会来住的。房子的事情就这样解决了，他心里头一阵轻松。

本来他还盘算着去宿舍接小雨，可七谈八谈地把时间都给耽误了。看看离订下的时间不到一小时了，他打电话让梦雨自己打车过去。而他赶紧买了两瓶五粮液和一瓶拉菲，赶到餐厅刚坐下就看见小雨走了进来。他快步迎了上去。

"看你有点疲倦啊，今天事情多累了吧?"

宋萧潇摸了摸脸："是吗? 我脸上应该是写满了对你的思念才对啊。"小雨被他的举动逗乐了："少贫了。说真的，餐厅装修蛮有情调的。可价格也不菲呢，你身上钱带得够吗?"梦雨说着就拿钱包出来。

宋萧潇心里是又感动又心疼："不用现金，刷卡就可以了。以后有我在，你什么都不用担心。"萧潇把她的钱包放进她的包里，拉着她坐在自己的身边。

"看你这样花钱我也心疼啊。"

"哈哈，是吗，想当管家婆了? 知道了，老婆大人，以后我只管挣钱你只管花钱。"即使这灯光幽暗，梦雨还是羞得头都不敢抬。

萧潇握着小雨的手："好小雨，不逗你了。你看每天你和她们在一起的时间远远大于和家人的时间，她们和你是超越了亲情的友情。平时都对你这么好，我从心底里感激她们，真的。"梦雨千言万语在心里翻腾着，真的感恩上天把萧潇送给了她。

"等会儿她们来了，我就可能顾不上你了。你喜欢喝卡布奇诺咖啡，可以试试这里的卡布奇诺蛋糕；还有鲍鱼汁捞饭和鱼翅捞饭你要尝尝；西餐料理区的阿拉斯加雪蟹肉和法式鹅肝酱一定要尝；烧腊区的脆皮乳猪一定要吃；日本料理区的冰镇大生蚝和三文鱼是我的最爱，不知道你能不能吃得习惯。到时我拿些来你可以先尝尝。"

看着眼前这个男人，小雨是心潮澎湃。她不由自主地握住了萧潇的手，一脸娇羞地看着他。

萧潇也很意外，梦雨是那样内敛娇羞的女孩，就是两人单独相处时她也没有这样主动大胆过，何况在公众场合。正在两人含情脉脉时，小鹿姐和她的老公来了。可能是她老公在场的原因，小鹿姐显得含蓄多了。

"我们来得好像不是时候啊，老远就看见你们在甜甜蜜蜜了。"小雨听见这话羞得脸飞红，赶忙拉着萧潇站了起来。

"宋萧潇，这是张军，我老公。"小鹿姐向他介绍道。

萧潇上前握着张军的手打着招呼："张军哥好，小鹿姐也好。"他的调皮劲又上来了。

梦雨拉开了椅子让他们坐下。

"哈哈，夫唱妇随啊，配合得不错。"小鹿还是改不了那爱调侃的脾气。

"张军哥，你看小鹿姐就会欺负我。"

张军一米八的大个，典型北方人魁梧的身材，皮肤黝黑，声音洪亮。

"她呀，在单位净欺负你，可回家就欺负我了。"喝酒的人就是对酒敏感，这话还没说完呢，他一眼就看见了桌上的五粮液，"好嘛，宋萧潇。你还准备了两瓶啊？这我回家怕是要跪床头了。"引得大家哄堂大笑。

小鹿姐拿起手上的纸巾向他丢了过去："我看你还乱说话，我有这么凶吗？"

"谁不知道你很凶啊。"张军还没来得及反驳呢，小郑医生一只脚跨在包厢的门里，另一只脚还在外面就嚷嚷开了，李梅梅跟在他的身后走了进来。

"有你什么事啊？这是我们家庭内部矛盾。不说话没人当你哑巴。"这一见面，俩人又掐上了。

"你看，我就说一句，可她倒好。不和你一般见识。张军哥，好久不见。"小郑和张军握了握手，一转身，拍着宋萧潇身上的阿玛尼："'痛点'老弟，今天好潇洒啊。"

"小郑哥，梅梅姐快坐。"萧潇赶快岔开小郑的话。梦雨倒是没有在意，就是看见她也不认识名牌。她招呼着梅梅姐，看得出还在和小郑医生憋气呢。

"张军大哥，最近军营里忙吧？"

张军看着和自己同样为房子而发着愁的小郑，内心升起了同为天涯沦落人之感："是呀老弟，今天我们借着萧潇给的机会，好好痛饮一杯。"两人酒还没喝，话却唠开了。

看看时间也不早了，护士长还没来，宋萧潇在陪着客人寒暄呢，梦雨到饭店门口想迎迎护士长。打了电话她也没有接，估计是在路上了。还没走到包间门口，老远就听见小鹿姐在说："自助餐里有酒水吧？你干吗还自己带？"

"我是第一次和你们正式吃饭，当然要隆重些。"

小鹿拿起那瓶红酒，就要往柜子里面放："那把这瓶收起来。这里有红酒还有好喝的饮料，不要太浪费了。"

李梅梅笑着打趣："小鹿姐，拉菲你不想尝尝？"

小鹿一听瞪着萧潇："你也太破费了吧？"

"没有没有，小鹿姐。这些都是有时候应酬剩下的，别太在意了。今天就是高兴，大家尽兴就好。"

"那我们就恭敬不如从命了。"小鹿说着又把酒放到了桌上，她正对着门呢就看见护士长走了过来。

"抱歉抱歉，让大家久等了，堵车堵得厉害。"

宋萧潇刚拿来了些拼盘类的食物放在桌上，赶紧迎上去招呼着："大哥怎么没有来？"

"他呀，一天忙到晚的，有应酬推不开。对不起啊，萧潇。"一阵寒暄过后，人也到齐了。

萧潇让服务生把酒打开了，给每人倒了一点。他拉着小雨站了起来："今天我和小雨请大家来聚聚，深感荣幸。感谢你们平时对小雨的照顾和帮助，我们先干为敬。"

"干杯！""谢谢！"大家一起都喝干了。

护士长对着萧潇说道："小雨的优秀我们就不说了。你能追到她是你的福气，好好待她。"萧潇握住小雨的手："我会的，决不让她受委屈。"说完他就和小雨一起招呼大家出去拿餐了。

梅梅姐还是不理小郑，两人各走各的。宋萧潇看在眼里，对小雨耳语了一番，就径直向梅梅姐走去。

等到大家都回到包间里，再看见李梅梅时已经是笑逐颜开了。梦雨搞不清楚萧潇葫芦里卖的什么药，一头雾水的。但梅梅姐开心了最重要。

这边三个男人喝开了。张军酒量本来就大，一口一杯看得宋萧潇都晕了。小郑也是北方人，酒量也不错，他是奉陪着。萧潇自知不行，就尽量地跑前跑后给他们拿些好吃的来。

他一边照顾着这两位老哥，一边还不时地瞄瞄小雨。他注意到小雨只拿了一点点的东西就轻声问："你不喜欢吃？"

"不是呢，东西太多我都不知道怎么拿了。"

萧潇心里有数了，他趁着小郑和张军在拼酒的时候，出去给小雨拿了满满一盘精华回来。特别是那一杯草莓冰沙，红红的草莓汁在白白的冰沙映衬下，诱得人垂涎欲滴。

小鹿姐眼尖，她敲敲桌子指着萧潇对着那两位喝得正酣的人说："你看看你们俩，跟人家好好学学，就知道喝酒。"

梦雨接过萧潇端过来的盘子，笑嘻嘻地放到了小鹿姐面前。

"我哪敢要？你家萧潇在盯着呢。"又推了过去。

"哈哈，是我照顾不周。我去拿些放中间，大家一起吃。"

张军听到宋萧潇又要开溜，一把拽住他："那可不行，来喝酒。就我和小郑俩在喝，你要滑头。"

这时，李梅梅也给小郑拿来了一大盘他平时爱吃的海鲜来。

小郑心里乐开了花，知道萧潇说通了梅梅。"是啊，'痛点'老弟，坐下喝酒，今儿个高兴。"他拿起酒瓶就给宋萧潇倒了大半杯，"'痛点'老弟，这不多吧？我和张大哥已经喝这么多了，现在该你表现表现了。"

宋萧潇看着小雨担忧地看着自己，他笑着摇了摇头："好啊，今天我也特别高兴，能认识你们真好。你们和小雨就像是一家人，我为她高兴。"

小郑端起杯子站了起来："老弟说得对。从今天起，你就是我们大内科护士站的家属了。大家举杯，欢迎'痛点'老弟的正式加入。"

大家笑着闹着吃着，不知不觉萧潇就有点招架不住了。张军和小郑都是北方人，从小就能喝。萧潇是典型的南方人，平时基本上很少喝酒，除了应酬是没有办法的。再者，就算应酬还有他爸爸在前面挡着，所以他哪里是那两个人的对手啊。看见宋萧潇确实不能喝，张军和小郑又对拼起来。小鹿姐看不下去了，抢过酒瓶不让喝。

"你们还喝啊，这萧潇好不容易才来一趟，多给他们留点时间吧。今天让萧潇破费了，大家都散了吧。护士长你说呢？"

护士长指着张军对小鹿笑着："哈哈，你们家那位在喝我哪敢说啊。小鹿说得对，我们都吃饱喝足了各回各家。谢谢萧潇给我们相聚的机会，祝你们幸福满满。"

"还是护士长水平高，比我会说话。走吧。"小鹿拉起张军和众人一同站了起来。

李梅梅也站到了小郑身边："小雨，我什么都不说了，祝福你找到了好男人。"

小郑在旁边做了个加油的手势。他上前握住萧潇的手，使劲地摇着："兄弟，真是我的好兄弟。经常来看看小雨，到护士站坐坐。"

梦雨和大家都告别后，看着脸红脖子红的萧潇很是担心："没喝多吧？"

"没有。"后来一想不对，又装着，"喝多了，我头晕。走不了路了。"他故意跟跟跄跄地走着。

梦雨紧张坏了，赶紧扶住他："要不先休息休息。心里难过吗？要不要吐？"

看见小雨那样紧张，萧潇也不忍再装了："哈哈，逗你玩呢。不过，真的头晕了。我不太会喝酒。不过今天真的很高兴也很开心。平时我是最讨厌应酬了，但今天不一样。今天是聚会，是和你身边的朋友们聚会，所以我开心。小雨，送我回宾馆吧？"看着萧潇期待的眼神，想想他一个人在这里是有点不放心，梦雨点了点头。

萧潇心里那个乐啊，被风一吹酒也醒得差不多了。在宾馆外面的水果摊上，梦雨买了些水果提了上来。

一进门，她就被萧潇的热吻融化了。过了很久很久，像是一个世纪，他们才从窒息中清醒过来。萧潇爱怜地看着小雨，捧起她的脸轻轻地吻了吻。

梦雨从提着的水果里，拿了个梨子洗了洗，坐到萧潇的身边削起皮来。萧潇看着专心削皮的小雨，心里的爱都要溢出来了。

"小雨，说说那个吴医生怎么回事啊。"他调皮地看着梦雨。

"什么嘛，什么事都没有，我对他没感觉。"梦雨把快要掉下来的梨子皮放进床头柜上的烟灰缸里，又埋头削了起来。

宋萧潇感叹了一声："当然没感觉了，你不就是在等着我来找你的嘛。是不是呀，小雨？"说完忍不住还是在小雨的脸上亲了又亲。

"是，别闹了萧潇。不过也真是的。他性格太沉闷和他在一起也没什么可说的。不像我们，有好多话都说不完。而且你活泼的性格不知不觉就影响了我，和你在一起无比快乐。"

"哈哈，梦雨你这辈子别想跑掉了，你就跟定我吧。"他这一激动就要去抓小雨的手，小雨躲闪着。

"别闹，在削梨呢。萧潇，我很好奇你是怎么劝好小郑医生的？他平时可倔了，认死理。"

"你也不看是谁出马！不过不能告诉你，这是我们男人之间的秘密。"说着，他突然想起了什么，为了看清小雨的脸，就枕在小雨的身边，"小雨，我有个很奇怪的感觉，老觉得我们很早以前就认识了，你有吗？"

梦雨一心一意削着皮，就快到底部的那一圈了："是吗？我是觉得在你身边我就安心、踏实，还有……"

"还有什么？说嘛。"

"说了不准笑话我。"

宋萧潇举起右手："保证不笑。笑了就是小狗。"

"贫吧你。现在的小狗可宝贝着呢。还有就是，还有就是有种莫名的情愫，在心里流淌。"

萧潇一把把小雨搂在了怀里："你是爱我的，我的好小雨。"

"哎哟！"梦雨叫了一声。原来正拿着的小刀割了下小雨的手指，血一下就流了出来。

"都怪我都怪我。"萧潇拿起手放嘴里吸吮着。小雨心中又是一阵迷失。宋萧潇的感觉还要更强烈，他颤巍巍地抚摸着小雨温润的身体，感觉自己快要爆炸了。在最后一刻，理智让他平静了下来。他在小雨的耳边轻声说道："对不起，小雨，我要好好呵护你。把你最美的时刻留在我们的新婚之夜。"

小雨靠在他的怀里，什么也没说，什么也不想说，就想静静地感受着，感受着萧潇的爱和美好。

"小雨，今晚留下吧，哪怕是让我看着你睡心里也踏实。"小雨仰起脸看着他，点了点头。萧潇心中被爱和温暖包围着，他爱怜地在小雨的额头吻了吻。

"快吃些梨吧，能解酒的。来，张嘴我喂你。"

萧潇乖乖地张开了嘴："你也吃点。"说着就要把嘴里的喂给小雨，小雨让开了。

"梨不能分着吃。记得小时候，家里经济还比较困难。有次爸爸回家时带了满满一兜梨。我和姐姐可开心了，心想这下可以分到很多的梨吃。可妈妈只给我和姐姐各拿了一个。姐姐很不开心，就问妈妈还有梨哪去了。妈妈说舅妈生病拿去看她了，只给我们各留了一个。"萧潇听得入神忘记吃了，这是小雨第一次主动地说起家事来。

"快吃呀。你怎么不吃了？后来，姐姐的那个梨吃掉了。我的那个放那没舍得吃。姐姐其实一直惦记着呢，就和我商量分着吃，我们正吃得津津有味呢，被妈妈发现了。她一把抢过姐姐手里咬了一口的半个梨，塞到我手上。说是梨不能分着吃，分梨——分离。"

萧潇抬起小雨的脸庞，从她的眼睛里分明看见了忧伤。

"小雨，从我第一次见到你，就能感觉到你笑容的背后有种淡淡的忧伤，让人爱怜。我就有种要保护你的欲望。"

梦雨躲闪着他的眼神："那时是特殊时期，现在好了。"

"哦，和我说说呗。"

小雨就简单地说了下爷叔的事情："我见到你时正是上班的第二天，所以还没有完全地释怀。"

宋萧潇将信将疑，刚刚明明看见小雨的眼中出现了让他揪心的忧伤。还有在自己住院期间，看见小雨一个人的时候，忧伤总是会不自觉地流露出来。小雨到底怎么了？她肯定是遇到了什么解不开的心结。

"怎么又不吃了？喂你还不好好吃。"

"我吃我吃。"塞了满嘴的梨，他连话都说不清楚了，"求你一件事。"

小雨停下削梨的手，诧异地看着萧潇："什么事？还求我？"

萧潇赶紧咽下嘴里的梨："以后多给我说说你家里的事情，还有小时候的一些经历。你有姐姐真好，你不知道小时候我有多羡慕有哥哥姐姐的同学。还有一点，我想多了解了解我心爱的小雨，想了解你的一切。"

"行，只要你不嫌烦我就说。"

"怎么会呢？你不知道我有多么迫切。"

"行，可是今天很晚了，早些休息吧。今天你也累坏了吧？又喝了那么多的酒。"

"遵命，夫人。洗洗睡吧。"

那晚，宋萧潇几乎是一夜未眠。看着躺在自己身边心爱的小雨，一是高兴得睡不着，一是心疼。小雨那忧伤的眼神一直在他的眼前晃悠着。再看看现在躺自己怀里睡着了的小雨，躬身蜷缩着，那样美丽而恬静。他忍不住在那长长的睫毛上轻轻地吻了吻，暗暗发誓，要陪着她过一辈子……

第二天在医院里，小鹿看见梦雨远远地走了进来，她三步并作两步地就奔了过去："小雨，你家'痛点'可以嘛，怎么把那头倔驴搞定的？"说完还对着医生办公室方向努努嘴。

小雨看见她那样不由得笑出声来："我也不知道呢，他说是男人之间的秘密。"

小鹿一脸的不屑："还男人之间的秘密，你家'痛点'原则上还不能算是男人。我说对吧？小雨。"看见小鹿姐那不怀好意的目光，小雨脸腾就羞红了。

"小鹿姐，看你说什么呢。哎呀，羞死人了。"

"哈哈，不说这了，说正经的。'痛点'真的让我刮目相看，好好把握小雨。我老公也说你眼光好，选对了人。"

"是吗？张大哥才第一次见他呢。"

她们边说边走就快到护士站台了，小鹿拉着小雨停了下来："他每年都带多少新兵？什么样性格的人他没见过？听你哥的没错。"

梦雨看见小鹿姐那样真心地为自己，心里一阵感动："小鹿姐我知道。我和'痛点'都是真心对待这段感情，我们也会努力的。"

"这就对了嘛，走吧，上班。"她拉起小雨一阵风似的走进了护士站。

过了几天，宋萧潇和他妈妈萧女士悄悄地来沪签好了房地产买卖协议。萧妈妈的心思是一来看看宝贝儿子选好的房子，二来急着看看儿子为之神魂颠倒的女孩到底长什么样。可萧潇说什么也不同意带小雨来见他妈妈。他想着好不容易和小雨有个好的开始，生怕一不小心碰到她敏感的神经，不敢往前走了。他想着妈妈急切的心情也可以理解，就退了一步，让司机开车去了医院，反正他住院的时候妈妈来过，让她自己上去找找。

萧潇和司机在车里等着萧妈妈，心里正七上八下的，就看见他妈妈从医院大门走了出来。从妈妈的表情上也看不出什么，萧潇那个急啊。

"妈，你看见了吗？"他下车给妈妈开门让她坐到副驾驶的位置，自己坐在后排。

"看见了呀。"她老人家这才憋不住地笑了起来，"好你个萧潇啊，眼光不错嘛。"萧潇绷着的神经这才松了下来。

"哎，也不看我是谁的儿子。"想想还是不放心，凑到萧妈妈面前，"妈，你真的看见小雨了？不会认错人吧？"

萧女士看了儿子一眼，她知道儿子是真心喜欢这个小雨，从没见过哪个女孩这样让他紧张的。

"你老妈我是什么人？还会认错人？我去了四楼大内科护士站，就看见有个女孩笑盈盈地站了起来，眼神清澈见底，我就知道她就是小雨了。再一看她的工号牌可不是嘛，梦雨对吧？哎，她还是个党员啊，没听你说起过嘛。"

"老妈真厉害，我真没注意这个。你是怎么知道的？"听妈妈这么一说，那是小雨没错了。

"我说萧潇，你不是在医院里认识小雨的吗？她工号牌上戴着党员徽章你没看见？"

"哈哈，我只看见一排的笔呀什么的。妈，说说你们都说了什么嘛。"现在是萧潇着急了。

"我就问了问她们那里住院的一些情况，装作病人家属呗。她耐心细致、不急不躁。挺温柔的一个姑娘。"

萧潇开心地抓住他妈妈的胳膊，笑嘻嘻地看着他老妈："怎么样，她漂亮吧？"

"漂亮嘛，这要怎么看了。我们说了几句话她就忙开了，看着她忙碌的身影，我倒觉得她身上有种淡淡的美，由内而外散发出来，儿子眼光不错。"

萧潇被他妈妈这一夸，就更是想念小雨了，正后悔刚才没有悄悄地看她一眼。

"想什么呢，萧潇。你还没有告诉她我们家的情况？"萧妈妈转身看着正愣神的儿子，关切地问道。

"我没敢说，等慢慢让她知道吧。我怕她有什么想法。"

萧妈妈点点头："你自己看着办吧。我和你爸已经商量过了，只要你们俩真心相爱，其他都无所谓的。"

"我明白的。谢谢爸爸妈妈。"

萧女士摸摸萧潇的头："傻孩子，爸爸妈妈还要谢啊。要谢呀你自己和你爸说去，我可不当你们的传声筒了。只是你爸爸也老了，在商场打拼了这么多年，你要多理解理解他。哪有父母不爱自己儿子的？你爸爸对你是严厉了些，教育方法有些问题，唉，不说这些陈词滥调了。想想我儿子真的长大了，有了自己心爱的姑娘，时间过得好快啊。"

好一阵的沉默，他们看着窗外飞逝的风景，各想着自己的心思。

再说那头"倔驴"小郑医生，自从被宋萧潇点化开了之后，就和李梅梅欢天喜地地去看房了。房子小郑也是喜欢的，当时不就是因为没钱嘛。这下可好，说买就买了。这不，两人又甜蜜地腻在了一起。

而小鹿姐还是老套路，上网找房，联系中介看房。房子倒是看了一批又一批，然后就没有下文了。她有时候也真想放弃，可一想到女儿那可爱的笑脸，还有老妈鬓角平添的白发，自己就牵肠挂肚地整夜整夜不能眠，只能咬牙坚定地走下去。

一天她下班刚到家，以前一家中介的小伙子打来了电话："小鹿姐，新城这里刚刚出来一套房比较符合你的要求。你来看看吧。"

小鹿一看，已经快 18 点了，天都快暗了，等到赶过去最快也是 19 点 30 分，她有些犹豫。

"小鹿姐，虽然这套是给我们公司独家代理的，但我还有很多的同事，他们也会带人看房的。房东因为急于置换，很诚心地想出售。所以要价很合理，房型也很好，一梯两户完全符合你的要求。说实话，这套房很快就能成交的。"

小鹿真的心动了，但老公今晚值班不能回来，她给小雨打了电话。

就这样，她俩连晚赶了过去。

等中介接上她们时，已经是晚上快 8 点了。虽然是七八月天黑得比较晚，但也是华灯初上了。好在房子离地铁站不远，骑车过去才五六分钟。快到小区门口时，果然看见他们中介的其他小伙刚带买家看完房出来。小鹿知道这中介小伙还是比较可靠的，心里有点谱了。

进门后，正气的两房南北通透，客厅宽敞明亮。两个房间门对门，一个朝南一个朝北。朝北的小房间因为前面没有什么阻挡物，外面路灯的光亮照了进来，还是比较明亮的。主卧坐北朝南方方正正的，有个大的飘窗特别显眼，就是小鹿一直想要的样子。房子的整体格局比较合理，60 平方米的房子，看起来要比实际的面积大。楼层嘛，是多层房 6 层的 5 楼，楼层也还不错。多层房的得房率高啊，公摊面积少，也是个有利的地方。小鹿一下子就喜欢上了。只是这房子几乎没有装修，如果以后搬进来住还是要简单装修一下的。这时小鹿心里已经决定要拿下这套房子。她用询问的目光看了看小雨，小雨心领神会地点了点头。

这卖家是本地人，看上去还是比较诚实的，说是看上了其他的一套房想投资，就把这套出手后做首付。

小鹿也想把这套房定下来。她把中介叫到了门外，以要装修为借口，让他们帮着砍砍价。

说实话，卖家也是急于出手，这套房他开的就是底价。最终房东在让了 1 万元的总价后，成交了。小鹿当场拿出 2 万元的订金，约定明天的白天再来签合同。收好卖家的收条后，小鹿这才长长地松了口气，感觉就像是做梦一样，终于买到自己心仪的房子了。

梦雨亲眼见证小鹿姐一气呵成地完成了这件大事，很是钦佩："小鹿姐，祝贺你啊。"

"唉，小雨啊，这 60 万元我和你张哥要奋斗多少年啊。"

"不是贷款吗？慢慢还呗。"

"不贷款我们能买得起房？就这也要勒紧裤腰带过日子。你看，我们的工资里要分出一部分还贷吧？还有借我妈的钱也要慢慢还吧？女儿越来越大，花费也会越来越高。什么教育费用、课外辅导费、营养费、穿衣吃饭得花多少钱啊，想都不敢想。现在我是厚着脸皮蹭我妈的，她老人家不仅要费神给我带女儿，还要出钱养我的女儿。我这心里有愧啊。唉，现在也管不了那么多了。房子买好了，明年我老妈也可以退休了。正好把女儿和老妈接过来，一步一步地来吧。"

看着小鹿姐那无可奈何的神情，梦雨安慰着："慢慢会好的，小鹿姐。你看一直揪心着买房，这不是实现了嘛！"

小鹿一扫脸上的阴霾，她有些懵懂地看着梦雨："小雨，真像是做梦啊，就这样买了房子？我都有点不敢相信。快来捏捏我，不是在做梦吧？"

梦雨挽着小鹿姐，在她手上拍了拍："是真的，小鹿姐。看你都被房子折磨成什么样了。"

小鹿露出了她特有的天性："小雨，我最大的心病消除了。走，今天高兴，咱姐俩也去喝一杯。"

等到梦雨和小鹿姐分手后，才发现已经快晚上 11 点了。因为走得匆忙也没有和萧潇联系，等她拿出手机，才看见萧潇已经打了好几个电话。

"萧潇，对不起啊。我突然接到小鹿姐的电话，急急忙忙地陪她赶路看房，就忘记给你回消息了。"她赶紧承认错误。

"小雨，急死我了。你干吗了呢？"

小雨简单地和萧潇说了陪小鹿姐买房的事情，他也为小鹿姐高兴。

"唉，这么晚了也难为小鹿姐了，不过买到心仪的房子也是完成了件大事。我还告诉你件开心的事。"

"哦，什么呀？"

"这星期六是中秋节，我和爸妈说好了来陪你。"

"真的呀？太好了。可你不陪两位老人过节，他们心里会失落的吧？"

"真是我的好小雨。我都陪他们过了 27 年了，这次来陪你，他们也很支持我的决定。"

小雨眼眶湿润了，很久很久说不出话来。

"喂，喂，小雨你在听吗？"

"在呢。"

萧潇关切地问："是不是累了？跑了那么远的路。早点休息吧，等着我小雨。我来要好好亲亲我的宝贝。"

又快到节日了，梦雨心里是最怕有节日的。中国人过节都是万家团圆的日子，一家人其乐融融地在一起，哪怕是吃一碗面也是乐在其中。别看平时梦雨是那样坚强独立，可到节日里，她还是不敢给家里打电话的。一般都会选在节日的前几天给妈妈打个电话问候问候，只说节日要加班就不能给家里打了。妈妈也感觉到了些许奇怪，怎么节日总是加班？梦雨搪塞着，因为春节总是别人加班，平时的节日自己能上就上吧，不能老让别人吃亏吧。这个理由还说得过去，她一半说的是实话。只是不能让家人知道她心里的落寞，更怕在节日里打电话时会控制不住落泪。这些无论如何，她都不愿让家人知道，更怕他们担心自己。

想到这，她拿起手机打通了妈妈的电话，意外地在电话里听到叔叔的憨笑声。

"妈妈你回家了？那姐姐谁在照顾？"

"我都在你姐姐家待了两个多月了。她的婆婆现在在那呢。我再不回来，你爸爸也受不了了，他一个人照顾你叔叔哪行啊。"

"也是，爸爸好吗?"

"他很好，我们都很好，你别担心了，自己照顾好自己。"

这时就听见叔叔在电话里嚷着："好，好，我们都好。"

"挂电话了，你叔叔在闹呢。"

放下电话，梦雨心里一片惆怅。她想家了。想叔叔的欢闹，想爸妈的微笑，想养育了自己的那片静默的大山，想妈妈亲手包的粽子里那浓浓的独特的味道……

七　探寻梦花街

　　梦雨自从恋爱后，也发现自己内心发生了变化。以前只是简单地上班下班，看看书，逛逛书店和博物馆什么的，做什么都是那样泰然。而现在这样平静如水的生活被萧潇打破了。时不时地，萧潇就从自己的脑海里冒了出来。她想他的顽皮搞笑、想他温柔如水的关爱、想他和自己一同沉浸在美好的旋律里的心灵的交融、想他扑闪着大眼睛看着自己时怦怦的心跳。唉，有了个牵肠挂肚的人，内敛文静的梦雨也有些魂不守舍了。

　　这天她在宿舍里转着圈，盘算着怎样陪萧潇过好这个节呢，转身却发现小雪妹妹躺在床上悄悄地抹着眼泪。她心里一紧，是不是小丫头想家了？她走到小雪床边，关切地看着小妹妹："怎么了？和姐姐说说。想家了是吧？"

　　小雪一下子就抱住了梦雨："梦姐姐，我想我妈了。"

　　梦雨拿出纸巾仔细地给小雪擦掉眼泪："不哭，我们陪你一起过节。"

　　小雪猛地抬起头来，一点泪珠还挂在脸颊上："我们？你是说我姐夫和你？"

　　看见梦雨微笑着点点头，她破涕为笑："好呀好呀，我告诉我老妈去。"

"傻丫头，快把眼泪擦干净，别让你妈看见了。"

到了和宋萧潇约好的日子，梦雨早早就起床了。她仔细做好了这两天的计划，算好了时间，她要去南站给萧潇个惊喜。

自从去年杭州湾大桥开通后，从宁波到上海也就一两小时的车程，很方便。所以，萧潇来看小雨都是乘的车。一是不用自己开车找停车位，二是不想小雨起疑心。当他走到出站口刚想掏手机给小雨打电话呢，意外地看见了心爱的小雨笑盈盈地等在那儿。只见她身穿白底碎花的连衣长裙，外面罩着一件白色镂空的坎肩。脚上一双和碎花一样的淡棕色软底鞋，披肩的长发飘散开来，落落大方。萧潇心里一阵涌动，快步走了过去。

"不是说好了在宿舍等我的吗？怎么来接我了？想我了吧？小雨，你今天真美！"

小雨微微一笑，挽起他的胳膊："那就是说，以前我就不美了？"

萧潇还在傻傻看着她："也美，只是今天还要美，真的是美若天仙。"

梦雨悄悄地握住了他的手，有电流穿过的感觉，他们默默地相视一笑。

"这是要去哪儿？"萧潇看着十字路口不知往哪儿走了。

"今天你就交给我吧。"小雨满脸的狡黠。

"是吗？我满怀期待。"

"说好了，我怎么说你就怎么做。如果不听我可不开心的。"

看着小雨那调皮的模样，萧潇也是心情大好。他装模作样地考虑着："嗯，那好吧。唯老婆大人马首是瞻。"

"又调皮了不是？现在说好了，等会儿见到小雪妹妹嘴上不要太贫了。"

梦雨一路上就把欧阳小雪的事情慢慢地说给了宋萧潇听，不知不觉他们走到了一家大商场前。

萧潇有些诧异："你不是不爱逛街吗？今天这么有雅兴？"

"哎，而且我还要考验考验你。"

萧潇一听来精神了："好呀，考验我什么？说吧，我历来是经得起考验的。"

梦雨莞尔一笑："考验你的眼光啊。"她牵着萧潇的手，一路来到一楼的一个角落。只见真丝的或羊绒的围巾琳琅满目。

"萧潇，你是像你妈妈的吧？皮肤这么白。"

"嗯，是啊。我可是继承了我妈的所有优点。"

小雨脸上满是一副"你就臭美吧"的表情。宋萧潇可不管这么多，咧着嘴看小雨葫芦里到底卖的什么药。只见她挑出了一款玫瑰红的真丝长围巾，左看看右看看挺满意的。她让萧潇抓住一头，自己拿住另一头完全展开时，看到玫瑰色的底色上印着淡淡的黄色花，这令小雨不是很满意。她把那丝巾披在自己的肩上："萧潇，你觉得怎样？"

"真话？"

"当然了。"

这时营业员走了过来，她极力向他俩说着这款丝巾的好。萧潇看着梦雨微笑着摇了摇头。

"不是很满意，我们再看看。"梦雨礼貌地回应着营业员，把丝巾放回架上，拉着萧潇往前走。他们兜到了皮具专柜。

"萧潇，金利来的腰带还行吧？"

"还可以，蛮好了。"梦雨仔细地挑选起来，最后她看中了款价格

600多元的男士商务皮带，香槟色的合金扣，头层牛皮。

"这款怎样？好看吗？"

"嗯，这款挺不错的，小雨，你这是……"

"刚刚我们说好了，今天听我的。你只能我问你答。"

宋萧潇到现在还真没猜透梦雨想干吗，他心想就满足她吧："行，我保证。"

买好了皮带已经快中午12点了。梦雨给小雪妹妹打了个电话，让她来徐家汇会合。他们手拉着手，在摩肩接踵的人群中闲逛着，小雨有种恍如隔世的感觉。

"萧潇，刚才我有种错觉。我们仿佛是在20世纪30年代的上海弄堂里散着步，脑海里飘过的是王安忆的《长恨歌》里一些小弄堂里的情景，有些错乱了。"

"这些高楼大厦的背后，保留着老上海的老弄堂，确实有穿越之感，老灵的。"

小雨欣喜地看着萧潇："就知道你和我有同样的感觉。"

随着小雨的左弯右转，他们走到了一家毫不起眼的老东北餐馆的面前。

"到了，我们就在这儿过节。欧阳小雪是东北人，这家餐馆的东北菜很地道，让她吃吃家乡的味道。你不会怪我吧？"

看着小雨询问的目光，萧潇调皮地在她的脸颊捏了捏："怎么会？只要和你在一起就成。"他们找了个僻静的角落坐了下来。小雨随后麻利地点好了几道菜，看着萧潇一直微笑地看着自己，她心里有点发毛。

"你干吗呢？我是不是不太会办事？说实话，这是我第一次做这样的事情，难免有不周到地方，你就多担待点。"

萧潇看她的眼神里，都是满满的爱意："从选餐馆到点菜你都是为小雪和我考虑的，你自己喜欢吃的点了没？"

"有啊，我喜欢地三鲜，这里做法很地道的。以前有个同事也是东北人，就是她带我们过来吃的，我从此爱上地三鲜。"

萧潇情不自禁地握住小雨的手，轻轻地拍着："小雨啊小雨，以后看来养活你很是简单，我们家到时就买一堆的土豆啊、地瓜啊、茄子什么的就成了，保证把你养得白白胖胖。"

小雨正想张口反击呢，手机响了。她夸张地对着萧潇狠狠瞪了一眼，一边接起了电话。

"姐，我都找了半小时了，找不到在哪旮旯呢。"

梦雨赶紧出去把小雪妹妹接了过来："小雪妹妹，这就是……"

"我姐夫，别介绍了。哎哟妈呀，我姐夫咋这么帅呢？"欧阳小雪一看见宋萧潇就叫了起来。

"哈哈，看看小雪妹妹也说我帅呢。"萧潇站起来打了个招呼。

"嘚瑟吧你，小鼻子小眼的。"

欧阳小雪落座后一直看着对面的萧潇，对梦雨说道："那晚灯光太暗我还真没看清。姐，我可跟你说，你还真别大意了。像姐夫这么帅的男孩你可要小心看好了。"

梦雨招呼服务生上好了菜，这才坐了下来，就看见宋萧潇正一脸得意地看着自己。"人小鬼大，他的腿在自己身上，我怎么看啊？"

欧阳小雪拿手一比画："就这样，用一根红线。一头在姐夫手里，一头在姐这儿，拴住他。"

宋萧潇实在是忍不住地大笑起来："小雪妹妹真可爱，比我还能贫。告诉你呀，你姐让我今天老老实实地听她的话。没想到我老实了，却来了个比我还能贫的小妹妹。"

欧阳小雪急了，转向梦雨求助："梦姐姐你书看得多。书上说，每个人一出生的时候，月下老人就已经悄悄地给他（她）定好了红线了。于是世上的每个人都是在茫茫的人海中寻找着属于自己的那一半。你们找到了，就是月老给了你们的那根红线牵着的，我说得对吧？"

梦雨和萧潇对视了一下，他们从彼此的眼神里都读懂了自己。萧潇对着小雪妹妹竖起了大拇指。小雨微笑着端起饮料对着萧潇说："我们一起祝福小雪妹妹早日找到自己的那一半。节日快乐，小妹妹。"

小雪眼含泪光："我能认识梦姐姐就是我今生最大的快乐。每每在我快要支撑不下去的时候，你都给了我走下去的力量。你和姐夫难得相聚，却为了我整了这满满一桌的东北菜，你的用心我明白。姐夫，好好珍惜我姐。"

看见小雪真动了情，梦雨赶紧给她夹了点菜到碗里："喜欢吃就好。我们也要吃饭啊，在哪吃不一样？对吧？"

宋萧潇连连点头："放心吧，小雪妹妹。你姐她想甩也甩不掉我了。回去后，我一定用功学做'地三鲜'，让你姐嘴上也离不开我。"说完，还对着小雪眨了眨眼。

"哈哈哈，姐夫，我在你面前就是小巫见大巫啊。来，敬姐夫。"

大家都吃得差不多了，小雪拍拍肚子对着他们说："姐，姐夫。客气话我也不说了，这吃饱喝足我也该撤了。"

饭后梦雨本来是安排他们一起看场电影的。可欧阳小雪说什么也不同意，硬是说同事有约就先走了。

看着小雪妹妹远去的背影，宋萧潇用疑问的眼神问小雨："真的想看电影？"

"不是，想着小雪下午一个人在宿舍里怕她胡思乱想嘛。唉，这个小妹妹表面大大咧咧，可心思很细，也很善良。她从没离开过爸爸妈妈，所以要有个适应过程。"

萧潇拿起小雨的手握着："是个懂事的小妹妹。不过我老婆才是天底下最善良、最温柔、最舍己为人，还最美的佳人。接下来要往哪里去？老婆大人。"

小雨在萧潇的胳膊上拍了一巴掌，故意歪头想了想："我还有一件事没有办完呢。等完成后，就想找个安静的地方，什么也不想了，什么也不用想。只想静静地听着你的心跳，感受着彼此就好。"

温暖迅速地在萧潇的心中散开，他不由得紧紧抓住小雨的手。生怕一松手，她就会像风筝一样飞走了。

后来，梦雨还是在上海故事里看中了一条暗红玫瑰色的真丝长巾。丝巾两头手工绣的朵朵紫色的玫瑰逼真、立体又不失风韵。中间绣的粉色小玫瑰也很精致，点缀着令丝巾不显得呆板又落落大方。宋萧潇也看中了这款，小雨总算是大功告成了。

看着小雨选的这款丝巾，萧潇就明白她的用意了。心里涌起万般的爱恋在撞击他的胸膛，他看出不善逛街的小雨有些疲惫了，就拉着小雨回到了宾馆。

他小心翼翼地给小雨擦擦脸，洗洗手，又要帮她脱下皮鞋。梦雨挣脱了。但他还是拿起小雨的腿放在自己身上，轻轻地揉着。

"知道你不爱逛街，累了吧？"

小雨正感受着他的温柔，闭着眼睛说："还行，有你真好。哎，萧潇，给我今天的安排打打分吧。"她突然坐了起来，看着宋萧潇。

萧潇看着她也没说话，把她的身子轻轻放到床上躺好："我打100分。我的小雨心里总是装着别人。说说吧，东西是给谁买的？"

"你都知道了还问？"听着萧潇的口气，梦雨就知道他猜到了。不由得脸一红，就把脸埋床单里了。

"还害羞啊，是不是给公公婆婆买的？"

"讨厌、真讨厌。"小雨更不敢抬头了。

萧潇把小雨转了过来，看着她："说说为什么给他们买东西。"他故意板起脸来。

小雨急了："人家没有多想什么。就是因为你不能陪他们过节而来陪我，心里过意不去。我不知道买的合不合适，对于牌子呀什么的都不懂，只是我的一点心意。你回去不要告诉他们是我买的，就说是你孝顺他们的。"

宋萧潇看着眼前这个心爱的人，平时再伶牙俐齿现在也说不出半句话来，他紧紧地搂着小雨，在心里感谢着上天让他拥有这么好的女孩。

梦雨看萧潇好半天没有说话，伸手摸了摸他的脸："萧潇，明天陪我去个地方吧。"

萧潇现在对小雨的哪怕一个眼神一个动作都能猜出她内心的想法，听见小雨说话的口气，他心里一沉。这口气里有种东西让他捉摸不透，好像还掺杂着些无奈。他放开小雨看了看她，她眼神里又浮现出那种淡淡的忧伤，虽然只是一闪即逝，但萧潇的心里还是感觉到了疼。

他故作轻松地问小雨："好的，什么地方？说说呗。"

"明天去了就知道了。今天累了，我们休息吧。"

萧潇看着静静躺着的小雨，他一动不动，生怕惊扰了她。可心里清楚，小雨并没有睡着。萧潇更是睡不着了，心爱的小雨到底有什么心思困扰着她？他祈求着上天明天帮他解开谜底。

好不容易熬过了这难挨的夜晚，天蒙蒙亮，萧潇才迷迷糊糊地睡了会儿。睁开眼，小雨已经买好了早餐，坐在床边看着他呢。

"早，老婆。"萧潇调皮地伸了伸懒腰，顺势在小雨的脸上亲了亲。

"快去洗洗吃早饭，别把胃饿坏了。"

等他们手拉手地走到大街上时，太阳已经挂得老高了。今天的天气真好啊，阳光柔和地洒在身上。久违的蓝天上飘着白云，街边绿树成荫。可能是假期的关系，街上出来散步的、逛街的人接踵而至。看见这些，萧潇和梦雨也是心情大好。

"我们这是往哪走？老婆大人。"

"跟着我走就是了。"就这样，梦雨把萧潇带到了老西门。

他们从老西门地铁站里出来，萧潇也不问，就只管握着小雨的手紧跟着她。可越走她抓萧潇的手就越紧，嘴里还在嘟囔着："咦，怎么和爸爸描述得不太一样？"

"你爸爸？"

"是的。"小雨看了看萧潇点点头，"你看在拆迁呢。我爸小时候最喜欢来这花鸟市场玩，可惜现在拆迁。爸爸知道了肯定会落寞的。"

"你爸是上海人？"宋萧潇有些吃惊。

"是呀，不过他只是在这儿生活到 12 岁就被下放了。走，我们往前走。"

萧潇听到小雨说这些还是挺意外的，隐隐地感觉到这里对梦雨有非同寻常的意义。而这时小雨的手心里已经在微微地出汗了，他知道小雨在紧张、兴奋中。

"萧潇，你看梦花街。"

顺着小雨手指的方向，萧潇看见在一片新建的高楼背后，还保留着一些旧式的老弄堂。小雨急切地恨不得飞过去，她拉着萧潇小跑起来。

当他们手拉手站在这弄堂口时，萧潇明显感觉到了小雨在微微颤抖着。

"这就是爸爸小时候生活的地方，梦花街。"说完，小雨愣愣站在那里，一动不动。弄堂里来来往往的大爷大妈，都用疑惑的眼光看着他们。

看到小雨沉浸在回忆里，萧潇轻声耳语着："小雨，我陪你走走吧。"梦雨看着他点点头。

宋萧潇小心翼翼地牵着小雨的手，生怕一个声响就惊着了心上人。他们一路看着已经被拆迁改造拆了大半的梦花街，虽然在新楼面前已显破败落寞，但它们的身上还隐隐地透着老上海的气息。

"我们家的楼牌号已经不在了。"一路看了过来，小雨很是遗憾。

"小雨，我们找个地方坐坐吧，我看你累了。"

梦雨很是温顺地跟在萧潇的身后，一路上他们谁也没有说话。

在咖啡馆坐定后，小雨没等萧潇开口，就主动地说了起来："我爷爷是贵州大山里的孩子。因为穷吃不饱肚子，十几岁的时候跟着一个远房的亲戚当上了八路军。新中国成立后，因为我奶奶是上海人，他们就转业到地方上工作，被分配在上海的轻纺部门。后来因为奶奶的出身问题，被批斗、被免职。爷爷因为不愿和奶奶划清界限，加上工作上出了点问题，因此也受到了牵连。我奶奶想不通啊，就这样过世了，留下了10岁的父亲和8岁的叔叔与爷爷相依为命。奶奶的过世对爷爷的打击很大，他性格又太直爽，不久就被下放到了贵州的老家。就这样，他带着我爸爸和叔叔回来了。可一场意外，叔叔的智力停留在了五六岁的孩童时代。爷爷不久也撒手人寰。"

梦雨说到这停了下来。宋萧潇没有想到小雨家还有这样的坎坷经历，看着沉默不语的小雨，他心里好心疼："那你奶奶家里还有人在上海吗？"

萧潇起身和小雨坐到一起，他拿起小雨的手轻轻地握着，小雨手在微微地颤抖着。

她深深地叹了口气："没有了。听爸爸说奶奶是资本家出身，她是在学堂里接触到了革命而加入八路军的。全家只有她一个人投奔了延安，其他的家人在新中国成立前全部搬走了。听说有一部分去了美国，有的在我国香港，这么多年早失散了。"

宋萧潇若有所思："难怪你身上有种味道说不出来。现在看来是继承了你奶奶的那种大家闺秀的气质。"

小雨摇了摇头："你又来了不是。"说着说着，她眼里的光就黯淡了下来。

宋萧潇可着急了："小雨，再说说嘛。我还想听。"

梦雨抬头苦笑了一下，一边看着卡布奇诺，一边对着萧潇说："还有什么好说的。生活就像这杯卡布奇诺，有时甜，有时苦，有时味浓，有时味道又淡了下来。"

萧潇没有再追问什么，尽管心里有很多疑问：比如，她来上海这么久，为什么没有来这里看过？今天明显是她第一次来。还有她眼里的忧伤就来自这里？但在萧潇看来不是这样简单的。还有她和小鹿姐关系这么好，恐怕都没有对她说过自己家的这些情况，这又是为什么？她在心里把某些东西给封闭了起来，难道连对他也不能打开？宋萧潇明白还不能太急，他要慢慢地融化小雨，让她心里的疙瘩都给解开。

此时，萨克斯的《回家》飘了过来，宋萧潇听出了和平时不一样的味道。

因为公司有事，第二天一早宋萧潇就回宁波了。在路上，他给小雨发了这样一条短信：心爱的小雨，世界上任何的语言都无法表达我对你的爱。小雪妹妹说得对，你就是我上辈子修来的我的那一半。你总为别人考虑，我看着很心疼，让我爱你疼你一辈子吧。我替爸爸妈妈谢谢你，你是这么用心。我在你的包里放了一些现金，没有别的意思，是我妈让我给你买些零食吃的，是她的一片心。永远爱你，宝贝。

八 藏在萧潇心里的秘密

宋萧潇家的企业可不是梦雨以为的只是开个家庭作坊式的小公司。他的父母生意起步很早，都是温州人。因为贫困，又赶上改革开放的好时代，他们和许许多多的温州人一样背井离乡，挑着扁担就出来闯天下了。爸爸宋凯因为一直对海鲜比较精通，他就和几个朋友一道来到了宁波的沈家门专门贩卖海鲜。

一开始因为资金比较少，大家就把钱凑在一起，夜里在沈家门那边码头进货，然后赶头班渡船到宁波城区卖个好价钱。虽然辛苦，得起早贪黑没日没夜地干，但积累了一些资金。他们成功抓住了机遇，生意做得顺风顺水。因为主要业务都在宁波，后来就把家安在了这儿。

随着改革开放政策的深入，加上当地政府部门的励精图治，宁波的旅游业渐渐有了起色。宋凯看到了机遇，他心中有个大胆的规划，想打造出产、销、深加工一条龙的海鲜产业链。他的考虑是，以后来旅游的人越来越多，新鲜的海产品不好带，那加工过的海鲜美味就会受到游客的青睐。

可他的想法没有得到生意伙伴的支持。他们担心摊子铺得太大，资金会紧张。更重要的是，这海鲜深加工投入大，能不能很快出成效大家都没有底。而且现在做的生意空间也不小，利润也挺可观的，他们就不想着折腾了。就这样，他们分道扬镳了。

这次的拆分对宋凯也是个不小的打击。一起摸爬滚打、白手起家的好兄弟就这样离开了，他也有些动摇。宋凯暗暗反思，自己的决定对生意的拓展肯定有好处，不能目光短浅，只停留在批发上。可在感情上，他还是不能割舍。还有就是资金短缺的问题。本来大家一起干，资金上还真不是个问题。可现在只有自己一个人做，缺口还是不小的。萧妈妈是旁观者清，她坚定地站在老公这边，拿出了家里的全部积蓄，又把房产做了抵押筹了些款，不仅全力以赴地帮助宋凯建起了海鲜加工厂，还在选址、建厂、人员培训等方面亲力亲为。宋凯自己就腾出了时间，他跑银行、找关系，终于拉来了些投资。就是这样，资金还是有些缺口。于是宋凯就采取了分步走的办法，先期把深加工办了起来。在萧妈妈的全力支持下，他们的一条龙海鲜产业链就这样建成了，那年是 2001 年。

宋萧潇从小是由奶奶带大的。虽然是和父母住一起，但他们忙于生意也顾不上他。萧妈妈还好些，再忙再累，她还是给予萧潇很多的关爱。可爸爸宋凯就不行了，本来一个男人要在事业上打拼就不是很容易。再者，男人大多比较内敛，很深的情感是放在内心深处不会轻易地表达出来的。那时生意又刚起步，他为此投入了自己全部的精力，所以每天见到萧潇的时间很有限。就算是有些空闲，他表现出来的严肃认真也让宋萧潇心生畏惧。加上平时对萧潇的要求也较严，父子间的交流少之又少，所以一直以来萧潇和他爸爸有些隔阂，内心里就很排斥爸爸，认为爸爸只知道赚钱，不管他和奶奶。

但和萧妈妈就不同了，自从最爱的奶奶去世后，妈妈就成了宋萧潇心中唯一的慰藉。是妈妈的关爱，才让萧潇从失去最亲的奶奶的失落中感到了温暖。那时宋凯的事业慢慢地开始步上正轨，萧妈妈就专职在家照顾萧潇了。所以，在他的心里奶奶、妈妈最亲。特别是在上大学选专业的这个问题上，和他爸爸平时隐藏着的冲突就集中地爆发了出来。

宋萧潇自己理想的专业是中文系。从小到大，他就爱看文学作品，作文也写得很棒，经常被作为范文在班里朗读。这当然要归功于他的奶奶。她老人家虽然没多少文化可记性好，有一肚子的故事。多少个夜晚，萧潇都是在奶奶的娓娓叙述中甜甜进入梦乡的。奶奶过世后，萧潇就用零花钱买文学作品来读，只有当他沉浸在美好的文字里，才能让他感受到奶奶的存在。萧潇在以自己的方式纪念着可亲、可爱的奶奶。可宋凯哪想得到这些？就算他考虑到了，也一定不会同意萧潇上中文系的，因为他要为付出了全部心血的企业做好打算。在他的坚持下，萧潇无可奈何地报考了浙江理工大学的工商管理专业。为这，父子俩还闹到他的高中班主任那里，萧潇愣是没有拗过宋爸爸。从此，萧潇不再和他爸爸说话。上大学时，就是给妈妈打电话也不让宋凯接听，父子间的隔阂越来越深，极端时萧潇甚至想过和宋凯脱离父子关系。但看见每天为自己操劳的妈妈，他打消了这个念头。面对这针尖对麦芒的父子俩，萧妈妈可急坏了，没少从中调和。可怎奈两个人都是那样执拗，不愿低头让步，搞得是水火不容。

宋萧潇大学毕业后，自己找了份在杭州的工作，就是不回自家的企业，将宋凯气得直拍桌子。在妈妈的恳求下，宋萧潇还是乖乖地回来了。唉，萧妈妈说从小到大没要求过萧潇什么，但进家族企业是她对萧潇的唯一请求。看着本来保养很好的母亲，因为自己和爸爸这几年的冷战，鬓角已生出白发，这触动了内心柔软的萧潇。尽管是那样不情愿，但工商管理出身的他，完全明白要运作好 1000 多人的公司也不是件容易的事，每天的开销就是一笔不菲的数字。特别是进了公司后，看见父亲的种种不容易，他内心里有了些变化，明白了父亲为什么坚持让他选择这个专业。从那时起，他在心里一点一滴地消除着和父亲的隔阂，慢慢地父子之间有了些工作上的交流了。特别是有天半夜他口渴了，路过父母的房间时偶然听到爸爸和妈妈在谈心。

"我现在就是要硬着头皮上，你看这么多员工等着要吃饭啊。我们是无所谓的，门一关，别说是我们自己，就是萧潇这一辈子也用不完啊。可员工怎么办？好多都是跟了我多年的老人了，我不能眼睁睁放着他们不管。"

"我明白的。可我不是心疼你嘛，老都老了还这么拼。血管也不太好，你要是有个好歹，我们娘俩可怎么办？"

"你放心，我身体没问题。而且我们厂子里还是有稳定的盈利点的……"

萧潇不敢再听下去了，他轻手轻脚地退回自己的房间。那晚他想了很多，以前是自己的年轻、轻率误会了父亲，心里为自己的鲁莽、不懂事而羞愧。他想起曾经因为是宋凯的儿子而抱怨、为上天给自己的这一切而抱怨，因为这不是自己想要的，却又不能选择。所以，他委屈、他抱怨、他不能理解。可现在是明白了，作为企业家的父亲已经不是为自己、为这个家而打拼了。他感觉到了作为男人那博大、深沉的爱和作为一个男人的担当以及企业家对社会应尽的责任。这时宋萧潇心里除了敬佩，更多的是理解和愧疚，为自己不能独当一面而愧疚，为以前对爸爸的不理解而愧疚，更为自己以前的不理智而愧疚。他越是站在父亲的角度看问题，就越发现父亲的种种不易。

就比如这次的并购事宜，牵涉了许多的单位和部门。父亲带着蒋叔叔一家家地跑，一个章一个章地敲。萧潇数了下，已经有30多个公章了，还没有跑完。看着白发也悄悄地爬上了他的鬓角，抬头纹也纵横交错地长在额头，萧潇突然发现爸爸老了很多，以前挺直的腰板也略显弯曲了。但他不知道怎样才能更好地表达出来，作为一个男子汉那样地表达。

　　还有就是，在理智上他是能理解父亲的所作所为的。但在内心深处，因为感情上长期的隔阂，不可能马上就真正地释怀。父亲投在自己身上的目光太少、太少，少到可以忽略不计。

　　他就是在这样的矛盾和煎熬中，遇到了梦雨。小雨的出现让他眼前一亮。在她身上他觉得有种魔力，能使自己的内心瞬间平静；也激发了自己男子汉的保护欲。在她的面前自己能口若悬河、才思泉涌。而且在那清澈如水的眼神注目下，他不知不觉地就会卸下所有的伪装，做一个真实的自己。是小雨让他重新认识和找到了自我，小雨就是他心中的那朵"蓝莲花"。

　　萧潇就这样胡思乱想地到了家，刚进院里就意外地发现爸爸今天也在家，书房的窗帘半敞着，那是他的习惯。自从他们父子有了那些冲突和隔阂后，也不知道爸爸是真忙还是在有意地避开自己，在家吃饭的时间也是屈指可数。所以，萧潇养成了进门抬头看书房窗户的习惯。不在家最好，大家都不尴尬。就连萧潇找女朋友的事情他也从不过问，不像别的父母见孩子挑三拣四的就会横加干涉。萧潇暗自思量，可能是对逼迫自己上了商学院的补偿吧。萧妈妈看见萧潇进了门，就让阿姨开饭了。只见儿子从手提袋里拿出一个包装很精美的红色礼盒递给了她。

　　"打开看看，喜欢吗？"看见儿子递过来的丝巾还真的很合意。

　　"真漂亮，很喜欢。你买的？"萧妈妈拿起丝巾在身上试着。

　　"小雨让我告诉你是我买的。"看见儿子一脸得意，萧妈妈的心里也是乐开了花。这条丝巾她是真心喜欢。这个梦雨还是不错的，细心又可爱。

"这是给爸爸的，爸爸。"他对着书房大声地叫着。

"老宋，快来呀，快来打开看看。"

"来了听见了，叫那么大声，什么事嘛。"宋爸手里拿着老花镜，亦步亦趋地走了过来。

"快看看，儿媳给你买的东西。"

看着夫人脖子上的丝巾和她那兴奋的笑脸，宋凯是面不改色："说什么呢？就儿媳了？"萧妈妈一点头，很是肯定地对着老宋："自从我见了她一面，心里就认定她是我儿媳了。"

宋凯一听更是诧异了："你们什么时候见面了？我怎么不知道？"嘴里还小声嘀咕着："见面也不叫上我。"

萧妈妈一听可乐了："你人在宁波呢，我们怎么叫你？等会儿再说，你先打开看看喜不喜欢。"宋凯接过了木匣子，挺厚实的："这孩子，眼光不错。我喜欢。"

萧潇看见爸爸是左看右看，满脸的欣喜，心里别提有多高兴了。

萧妈妈感慨着："这孩子懂事得让人心疼。老宋你是没有看见她，见了我保证你喜欢。真是个好孩子。萧潇，这花了不少钱吧？"

"是啊，她买的时候什么都不说就问好不好看。买皮带的时候我以为是给她爸爸买的，后来看见她选了这款丝巾就明白了。"

萧妈妈听见儿子这样说可着急了："你这孩子怎么能让她花这么多钱买东西？她的工资也不高吧。"

萧潇走过去搂着妈妈，在她肩上拍了拍："放心吧，临走的时候悄悄地在她包里放了些现金。"

听见儿子这样说，一直没有说话的宋凯像是自言自语："这小雨很懂事啊。"

"是啊，爸爸。她说因为我没有陪你们过节，所以买了东西让我带给你们，还让我说是自己买的。"

宋凯点点头："嗯，是个善良的好姑娘。你说她们家是贵州的？"

萧潇边吃饭边把今天了解到的小雨的一些情况说给了爸妈听。

"我就说嘛，这孩子身上有种美不一般，原来还真是啊。"萧妈妈说道，"我说老宋，我们的儿子眼光可不一般啊。"

宋爸没有接腔，闷头在吃饭呢，显得若有所思。

萧妈妈用筷子碰碰宋爸的碗："吃饭还在想心思？跟你说话呢。"

他这才闷声没头没脑地说了句："小雨家有点复杂呢，这孩子一定吃了不少的苦。有机会真想和老梦好好聊聊啊。"可能是这些年来儿子和他交流最多的一次的刺激，又对着萧潇说道："以后多为小雨考虑考虑，这孩子不错。"萧潇听着没敢告诉他们自己心里的担忧，他眼前又浮现出小雨那忧伤的眼神。

"萧潇，上海的项目过完节后还是要抓紧落实。眼看着国庆节也要到了，可能又会耽搁些时日。目前还有几个部门跑下来就差不多了。如果谈成功，你就准备接手管理吧，我也会派个得力的人去辅助你。"

"爸妈放心，我会加倍努力的。"看着眼前这对父子关系总算是走上正轨，萧妈妈暗暗地给儿子竖起大拇指。

自从让宋萧潇陪着自己去了趟老西门、走访了梦花街，梦雨内心并没有因为亲眼所见而有所释怀。相反，却如平静的湖面泛起了涟漪，带动湖底也被翻起。她为什么不敢自己来看看？就是怕想象过无数次的、带着爸爸和自己童年美好回忆的地方和记忆中大相径庭。她怕这种落差会带走童年里仅存的美好，会带走自己生命里的被称作"命运"的这种东西。她不敢，她害怕，所以小心翼翼地把回忆保存起来，轻易不去触碰。说白了，是赌不起也输不起。后来遇到了萧潇。她强烈地感受到萧潇的感情和自己内心所迸发出的那炽热的爱。是爱让她勇敢起来，她想试着轻轻地揭开那一层又一层的面纱，想让阳光透进来。可事与愿违，自己的内心并没有轻松，反而变得更加沉重。难道真的是"相见不如怀念"？难道真的是摆脱不了命运的捉弄？难道真的就只能这样一辈子背负在心里面？说真的，她很感激萧潇没有追问下去。因为她知道自己会控制不住地流泪，为爸爸、为自己。她不敢说下去，更不敢想下去，只能在心里默默感叹命运的捉弄。

"小雨，在想什么呢？我都叫你好几遍了。"护士长一边脱下工作服，一边和小雨说着话，"你今天这么早就来接班了？季主任打电话过来了，是我接的。他说你已经缺席心理干预小组好几次的活动了，是不是有玫瑰花的陪伴就不参加组织活动了？"

梦雨脸微微一红："季主任也知道了呀。他真这么说的？"

护士长坐在小雨的身边，换下了护士鞋："我是原汁原味地还原了季主任的疑问。哦，他还说，小组活动正在有序地展开，而且越来越热闹了。欢迎你回去看看。"

梦雨想了想还是应该去参加的，本来就要起带头作用，而且还可以和大家增进了解："护士长，季主任没说哪天吗？"

"说了，这星期四，你正好下夜班。"

护士长已经利索地换好了自己的衣服从里间走了出来："对了，忘记告诉你，他们已经改在中午活动了。你下夜班正好。小雨，我今天有事请了几小时的假，外面帮我多盯着点。"看见护士长急匆匆的样子，梦雨点点头："放心吧，你可是很少请假啊。"

护士长一声叹息，边梳着头发边和小雨数着家常："唉，家家都有本难念的经。还不是为了我那宝贝女儿。这马上就要冲刺参加中考了，开全家动员家长会。你大哥忙得是神龙见首不见尾的，只能我请假了。"

小雨听护士长这样说，就收起手机站了起来："那我现在就去接班，你去忙吧。"

没来上海前，梦雨和大多数人一样认为上海的考生很幸福。名校多、师资力量强，占有得天独厚的先机，好像不怎么需要努力就能考取好的大学，最起码是不用像外地考生那样拼命，那样头悬梁锥刺股式地赶走独木桥。可接触了一些身边的同事才发现，不是自己想的那样。至少身边同事的孩子都不是那样的。就拿护士长的女儿小蕾来说吧，6 岁就开始在学习钢琴课，已经拿到了八级证书。花了多少人力财力不说，这背后的艰辛也是能想象的。小蕾还好，只是学了钢琴。有些孩子会连续报几个兴趣班，连节假日都游走在各个课堂间，美其名曰素质教育。更有一部分学生家长，在节假日里请家教上门，那课程也是毫不含糊，就和正常的上课一样，课程表排得满满当当。大部分的家长可不是为了孩子的素质教育下这样的血本，他们是考虑孩子能顺利地考个证书当个特长生，好为将来挤进人人向往的、心仪的高中做准备，那样考上理想的大学就有保障了。所以在这里，孩子中考不比高考轻松。

护士长的女儿小蕾从小乖巧，学习也很好，在年级里属于第一梯队的，一直保持到考上初中。在初中二年级的时候还能保持，可初二下学期成绩下滑到第二梯队了。护士长还没有什么感觉呢，可她女儿状态不对了。开始的时候她只是感觉女儿越来越不爱说话了，也不太和他们交流，不再是以前那个一回家就叽叽喳喳讲同学这同学那的快乐的小布谷鸟了，常常是安静地做着作业，心事重重的样子。护士长试着和她交流，她一般都回避，用各种理由来搪塞。护士长着急了，以为是女儿青春期谈恋爱了。她偷偷地翻看了女儿的日记，并没有发现这种迹象。可字里行间，是满纸的忧伤、悲观。而且自述不能集中精力，对什么也提不起兴趣。护士长这才发现了事情的严重性，小蕾出现了心理问题。她试探着提起和女儿交往较好的几个女同学，小蕾也是不温不火地搭着腔，有时干脆就当作没听见。她不敢问女儿考试的成绩，也不敢当面说任何和考试有关的话题，而且还有意无意地吹吹风道：其实智商不是最重要的，情商高才能在社会上站稳脚跟。小蕾听见也只是嗤之以鼻，不反驳也不理睬。最后，小蕾发展到只要考试就会生病，不是肚子疼就是身上痛，护士长这才找到理由让小蕾来医院看了心理医生。平时不敢啊，怕她逆反更不能收拾。通过这件事，梦雨是实实在在地感受到了学习在他们心中的压力不比别人小，这就是中国式青少年成长的烦恼。唉，都免不了。梦雨不由得也长叹了一声。

话说星期四下了夜班，梦雨在医院食堂吃完了中餐就赶到小会议室来了。还真像季主任说的，人员增加不少，围着的圆桌就快坐满了。她找了空位刚坐下，就被吴主任看见了。

"小梦啊，看看你给我们带了好头，人多了不少吧？等会儿还会有人来参加的。"

梦雨看着吴主任，满面春风地笑着："队伍壮大了好呀，可不是我的功劳，是说明需求旺盛。"

"哎，小梦说得好。"季主任一手拿着茶杯，一手拿着个笔记本走了进来。

"小梦啊，现在不仅是需求旺盛，而且还发言踊跃。等会儿听听就能感受到了。"

"是啊，季主任。我就是想着来感受感受呢。"

看着人到得差不多了，季主任敲了敲桌子："大家静一静，时间有限，还有几个人没到，我们边聊边等吧。"

季主任话音刚落，门诊内科的张主任就开口了："季主任，我先来，正无处诉说呢。"

梦雨看见张主任慢条斯理地坐在那，一脸的无辜："今天我的一位老病人又来复诊。以前他倒是经常找我，也就是一些小毛病看看。最近他自述是胃部不舒服来就诊的。刚开始挂的消化内科，胃镜做了，呼气试验也做了都没什么问题。但他就是胃胀。开了胃药吃了也不见好，就又跑来找我。我仔细地看了病历，又和他聊了几句，感觉他心情忧郁。他自述做什么都提不起兴趣而且失眠，那我就怀疑是轻度抑郁，给他开了百忧解。这下可好，像是捅了马蜂窝。他刚拿着处方出去还没有两分钟呢，就气冲冲奔了回来，把处方扔我脸上，还说我庸医，神经病。唉，你说这人可无语。"张主任两手一摊，很是无奈。

"是啊，老张，"吴主任深有感慨，"我们作为专业技术人员，不能因为病人的曲解而丢掉专业知识去迎合他们。我们医者心里的苦就在这里说道说道吧！"

"我就是心里不舒服他这样对我。都是老面孔了，怎么不问问就发火呢？还把处方甩我脸上。当时我正为别人问诊呢。你说气人不？"张主任说着说着，脸涨得通红。

看着心情激动的张主任，心理科的吴主任开口了："张主任情绪激动可以理解。我们都是坐诊几十年的老医生了，什么样的病人没见过？什么样的委屈没受过？是吧，老张。你已经给他诊断了轻度抑郁，那就当他是在发病嘛。你想啊，他正生病着呢，就不和他计较了。"

"哎，不愧是心理科专家啊，几句话就让我茅塞顿开。受教了，老吴。"

"哈哈，不是我有多么神奇。是你自己刚才的表述，就把心中那个结说了出来。说开了，不就解了嘛。"吴主任谦虚地摆了摆手。

"画龙点睛。老吴刚才起到了画龙点睛的作用。"

季主任笑着接过话茬，还不忘做起了推广："我说张主任啊，你是体会到了我们干预小组的威力了吧？你这心里的负面情绪任由它压在心里，是不是就会越积越深？你这一通竹筒倒得，多好呀。心理负担轻了，就能以更好的状态投入工作中，良性循环啊！这么好的事，要多为我们干预小组做宣传啊！"

"季主任你是不知道，心理干预小组哪还需要我做宣传呀。我就是被别人宣传进来的。"张主任的一句话，说得大家哄堂大笑。

"好事情嘛，看来我们心理干预小组也是小有名气了。那下面谁来接着发言？"吴主任敲敲桌子环视着大家。

"我来说说吧。"快人快语的手术室小徐护士举手发言，大家都被她的举动逗乐了。季主任停下记着的笔记，看了看小徐："积极发言好呀，那就给大家说说。"

小徐怯怯地说了句："我说的好像是和医疗没有关系的事情，也可以吗？"

吴主任给了她肯定和赞许的目光："当然可以。只要你愿意说，我们就愿意听。"大伙又是一阵笑。

"哦，那我说了。上星期，急诊室来了位 DIC 的病人，是从外院转过来的初产妇，情况很是危急。我们整整抢救了八九小时，才从死亡线上把她拉了回来。我当时累得只想瘫坐着了，后来想一想不行啊，女儿放学了还在家等我呢。等我拖着灌了铅的双脚踏上地铁的时候，都要崩溃了。碰上了下班高峰，我是被人流挤上了车。如果就这样站着不动也好，可以放松不用自己用力，别人就把你挤住了。可一到站就有人上下啊。上上下下，下下上上，我被人流挤进来，又挤出去，那一刻我真的想就躺地上哪也不去了。本来我女儿已经请人接送了，可人家也有特殊情况不是。想着我那天中班，可以在女儿放学前赶到学校的。可拖班了整整两个多小时，让人老师也不得不陪着。唉，我们这上有老下有小的，真的是焦头烂额。老人得不到照顾，孩子嘛也是自己凑合着。家里冰箱永远塞满了各种速冻食品，我女儿不满 11 岁，有时候我们顾不上，她就自己用微波炉转热了吃。唉，说出来都是满眼辛酸泪，心力交瘁。"

小徐护士说完了，会议室里一片叽叽喳喳声，大家在交头接耳地议论着。

"唉，我现在是深刻地理解了不鼓励自己的儿女考医学院的同事的想法了。看看我们周围，优秀的孩子很多，但有多少是报考了医学院的？这不能说一定是父母干涉了孩子们的想法，但最少是不鼓励。我自己就是一个例子。"张主任说得有些激动。

"呵呵，张主任说得有些道理，我也留意到了这种现象。我们身边的同事、同学第二代报考医学院的确实不多，也包括我的孩子。当初让他报考他不愿意，我没有坚持。这些孩子从小耳濡目染父辈们艰辛的工作环境和状态而心生疑虑，我们不怪他们。但这条路总要有人走下去，而且还要坚定地走下去。你我都快要工作 30 多年了不还是为了心中那份神圣在这儿坚守？我大学同学的孩子，他高考唯一的志向就是医学院。为了他心仪的学校不惜复读准备了两年，这也是我身边活生生的例子。我问他为什么这样执着地报考医学院，他说自己从小就是听着父母讨论病情长大的，特别是看见他们因为一个一个疑难杂症被攻克后流露出的那种欣喜，他深受触动。他的父母用自己所学的知识，挽救了多少病人的生命和病痛，他认为这就是很有意义的一件事，值得他全身心为之奋斗。同志们啊，现在的就医环境和医者的工作状态确实不尽如人意。但向前看，路总会越走越宽。"

季主任顿了顿接着说道："小徐护士这样的情况我想不会是第一次遇到，也不会是只有她一个人遇到过。在座的各位很多都有同感吧，所以大家的表情有些凝重。我们奋战在第一线的医务人员确实很辛苦。在单位作为医院里的中坚力量，那么多的病患不仅考验着你们的体力和脑力，还考验着你们强大的意志力。这也是个战场，是看不见硝烟的战场。那句话怎么说来着？你们是世界上最可爱的人。而作为社会中的一分子，你们中的大多数人或多或少都存在着诸如房子、车子、票子的困惑。而且还上有老下有小的，压力也不小。院领导多次开会讨论了关于医护人员的比例问题，请你们相信会解决的。可能一下不能完全达到标准，但领导们一直在努力，也在尽力想办法改善你们的工作环境。会好的，一切都会好的。"会议室爆发出热烈的掌声。

"一切都会有的，面包也会有的。"张主任的打趣引起哄堂大笑，大家在这欢笑声中结束了这次的活动。

梦雨顺着人流正往外走着呢，季主任端着茶杯和吴主任并肩走了过来："小梦啊，这次叫你来说说对心理干预小组一些想法吧。"

梦雨稍稍考虑了下："季主任，我感觉特别好，大家发言也很踊跃。只是时间是不是短了些，我看很多人还有好多心里话没说出来呢。"

季主任和吴主任相视呵呵一笑："我说什么来着，这个小梦就是有想法。不瞒你说，我和吴主任已经在考虑这个问题了。只是大家工作都很忙，又是利用休息时间在参加活动。你看还有很多的同志在值班想参加还不能参加呢。"

小雨想了想："那可以把每月的活动改成半月一次，甚至可以每周一次也行啊。"

吴主任听到这儿笑开了："让年轻人参与进来是个不错的选择。你看，我们俩老头就没有这灵光。"

季主任更是笑逐颜开："小梦啊，院党委对心理干预小组的活动很重视。他们让我们科先试点，就是要摸索出一条可行的路来，然后在全院推广。现在小组活动慢慢得到了大家的认可，等我们在时间的把握上成熟了，我就准备向领导汇报，进行全院推广了。不过现在全院的职工大部分已经很认可了嘛。"

他指着吴主任说："我们老吴投入了不少的精力，功劳很大的啊。"

吴主任笑着摆了摆手。

季主任接着对梦雨打着趣："小梦啊，你是我们科的骨干，尽量多参加吧。不过谈恋爱也是不能耽误的，这么好的姑娘给耽误了就是我们的罪过了。"

梦雨羞得一溜烟跑了，边跑边说："主任放心，我一定参加的。"

宋萧潇自从端午节陪小雨过完节后，一直忙着并购的事宜抽不出空来。行政部门在盖完第 33 个公章后，基本算是完成了第一阶段的工作了。他们公司的法律顾问列出了第二阶段的工作程序放在了他的桌前：尽职调查、尽职调查报告、审评、确定成交、上报项目建议书、并购协议书及附属文件签署，董事会决策。这些还只是第二阶段。第三阶段：资金注入、办理手续、产权交接、变更登记。看着眼前的这些列项，他心头还是沉甸甸的。完成一个项目不简单啊，但再苦再难他都要全力以赴。为了心爱的小雨，为了爸爸，为了公司的员工。

忙的时候还好，他一心扑在工作上。但只要一闲下来，小雨的笑脸就浮现在眼前。有时看看表正是她的上班时间呢，也不能给她打电话。

那段时间加班成了他的常态，等到他空下来，基本已经很晚了。但再晚，他都会给小雨发发消息，如果还没睡就打个电话聊聊，以解相思之苦。一般小雨没接到他电话前都不会睡的，会看看书等着他空下来。两人这样越是见不了面就越是想对方，经过一个多月的煎熬，饱受相思之苦的梦雨实在是忍不住买了车票来到了宁波。萧潇自然是欣喜若狂，当他望眼欲穿地等到心爱的小雨出现在面前时，他呆呆地看着说不出话来。只见梦雨穿了件雪纺的玫红色长裙，把雪白的皮肤映衬得更加娇媚。长裙裁剪合身，使小雨玲珑剔透的身材凸显了出来。

一个多月没见，萧潇明显消瘦了，梦雨很是心疼："怎么瘦了？工作很忙吧？"

萧潇下意识摸了摸自己的脸："没事，我这是不用减肥药就能减肥呢，省钱。你还说我呢，你更是刮大风就能被吹跑了。我们宁波风大，快让我牵着你。"他虽嘴里说着俏皮话，可心里无限的感动和想念在涌动着，轻轻一拽就把他的小雨拥在怀里。

梦雨羞得脸绯红，赶紧挣脱出来："这么多人看着多不好。"

萧潇嬉皮笑脸地凑上前来："我就是要全宁波人民知道，梦雨是我的。"

"好了，现在已经全知道了。"

"哈哈哈哈，"萧潇更是忍不住大笑起来，"我的小雨就是这么可爱。"

他最爱看小雨脸上一抹红晕时的样子，娇羞又妩媚。所以常常就忍不住逗她。

"再笑就不理你了。"

看见梦雨装作转身不理的样子，他是想笑又不敢："好，不笑。其实我是开心，从心里感动你不远万里来看我。"小雨那怦怦跳的心这才平复了下来。

"用词不当，没有万里路。"她调皮地抓住了反击的机会。

"好，那就日行千里好吧。"萧潇看见小雨开心，自己也心情大好。

"那也不对，认罚吧你。"

萧潇还从没见小雨这样地敞开心扉，自己万般的爱意一下涌上心头："好呀，说吧，罚什么？"

小雨故作思考状："暂时还没有想好，先记着吧。"

萧潇放开小雨的手后退一步，一弯腰："老婆大人，我记住了。"

小雨见状笑得合不拢嘴，挽起萧潇的手，头自然地靠在他肩膀上："萧潇，没有让你告诉爸妈我来宁波，没生气吧？"

萧潇在她手背上轻轻拍了拍："傻姑娘，怎么会呢？我有耐心，等你准备好了的那天，我就隆重地把你介绍给公婆。"萧潇说到这，突然像想起什么似的："小雨，有一句话'丑媳妇怕见公婆'。你也不丑啊，这么美的姑娘公婆看见喜欢还来不及呢。"说完就抿着嘴在那偷着乐。

小雨一甩手："少来，我还不知道你肚子里有几只蛔虫。"说完一脸的得意。

"错了吧错了吧，你应该是我肚子里的蛔虫。"

小雨一跺脚，萧潇赶紧打开了车门："梦雨小姐请上车。"萧潇特意选了家里的别克商务车。

小雨有些意外："你会开车？"

萧潇点点头："别怕啊，我拿驾照已经3年多了。"

小雨不好意思地笑笑："别误会，我不知道你会开车的。"

萧潇给小雨系好安全带后，猛然在她的脸上亲了亲："想死我了，小雨。"

梦雨也满怀爱恋地看着他："这不来看你了嘛。我们这是去哪？"

"嗯，你爱看书。今天的第一站就去我国现存最古老的私人藏书楼——天一阁。"

"天一生水，好名字。"梦雨脱口说了出来。

"哎哟，我的小雨就是不一般。这名字就是这由来。"他一边开车一边给小雨介绍起天一阁的概况来："这天一阁始建于明嘉靖四十年，由当时的兵部右侍郎范钦建造。因他爱书，收集的藏书又多，就建造了藏书楼，取自天一生水，所以就叫天一阁。好像是乾隆三十七年吧，年代我有些模糊了，不过这个不重要对吧？题外话了。"他对梦雨眨眨眼，又学着导游的口吻，一本正经地介绍着："乾隆下诏修纂《四库全书》。范钦的八世孙范懋柱敬献出家族藏书 638 种，令龙颜大悦。这对乾隆也有了触动：私家藏书都如此丰富，那堂堂皇宫里岂不是更要讲究了？于是下令按照天一阁的房屋、书橱的样式，建造了著名的'南北七阁'用于收藏新修订的《四库全书》，天一阁从此闻名天下。"

"你好厉害啊，知道得这么详细。我就没听说过天一阁。"梦雨看着窗外美丽干净的市容，心里很是喜欢。

"这你就不知道了吧？第一，我上学的时候老师带着我们来参观过，要写作文的。第二，我差点就学了中文系，对宁波这点的文化历史还能不清楚？只是今天没有时间带你去余姚河姆渡遗址了，等下次来一定给补上。"萧潇一边小心翼翼地开着车，一边给小雨介绍着路过的一些景观。

"河姆渡是知道的，课本里学过，下次有空带我去看看。萧潇，问你个问题。一座城市的灵魂你觉得在哪？"

萧潇思考了会儿："我还真没想过这个问题呢。不过你这样问，那应该是历史博物馆了。"

梦雨点点头："是的，我认为一座城市的博物馆就是它的心脏、是它的灵魂。上海博物馆去过吗?"萧潇摇了摇头。

"那是我最喜欢去的地方。下次我们一定要一起去看看。每次去都能带给我不同的感受,它是这座城市历史文化的沉淀,又饱含着很多的人文情怀,所以我说是灵魂。"

萧潇停好了车,来不及放开安全带,就一把搂过小雨:"我真爱不够你,我的小雨。你总能带给我惊喜。"他炙热地吻着小雨,吻得小雨透不过气来。两颗心融化在了一起。

参观完天一阁后,萧潇没有开车。他牵着小雨的手,悠闲地漫步在宁波的月湖公园里。萧潇看小雨没有说话,知道她还沉浸在天一阁的古朴典雅中。

"小雨,这范老先生有两条族规你知道吗?"

"什么?"这时月湖公园里人少,又在闹市区的中心,更显得难得。

"代不分书,书不出阁。"

"哦,那第二呢?"小雨喜欢这样安静的环境,又是这样的自然静谧。

"这第二条啊,就是像你这样喜欢读书的女孩子也不能进入东明草堂的。"

"哦,还好我生在现代。刚才还在感叹呢,那么多的书,读起来多过瘾啊。不过现在我可是踏进去了。"萧潇没有说话,只是低头吻了吻小雨。

他们边走边看,周围静悄悄的。在月湖的环绕下,树木茂密,远处花团锦簇。这动静结合的闹市区里的月湖公园,着实让小雨喜欢到不行。萧潇找了长椅,拉着小雨坐了下来。

"走累了吧?坐下歇歇。这月湖也是有来头的,我来给你摆摆龙门。"

萧潇的开场白挑起了小雨的兴趣。

"月湖，开凿于唐贞观 636 年，宋元祐年间建成了月湖十州。这月湖是宋元时期的浙东文人墨客相聚的地方。唐代大诗人贺知章、北宋的王安石、南宋宰相史浩等都在此留有印记。这月湖就是因贺知章在天宝三年告老还乡后居住于此，很多的文人雅客来此相聚，后人慢慢改建成现在的月湖公园。"

小雨嗅着这清新的空气，感受着如穿越般的时空转换。

"难怪不一般，有这样的历史沉淀。"

萧潇得意地说："我们这古迹还有很多的。你听说过保国寺吗？它的大雄宝殿前就写有五大建筑之谜，欢迎国内外的学者来破解。"

梦雨一听就来了兴趣："说说嘛，我想听。"

萧潇如数家珍："保国寺的大雄宝殿建于北宋时期，为江南地区罕见的具有汉、唐独特风格的木结构建筑。房间的顶用黄桧木错落搭成，是层层相叠的斗拱结构建筑，又被称为无梁殿，上面不落灰、不结网、不生虫、飞鸟昆虫都不落上。你说神奇吗？是我们国家的建筑瑰宝。"

看见小雨心驰神往的眼神，他拍拍小雨的肩膀："我们这儿要带你去、带你看的地方多着呢，以后等你嫁过来我天天陪你去。小雨，饱尝了文化大餐，也不能不品尝我们宁波地道的美食。走，去吃海鲜。"

小雨一直沉浸在保国寺那些神奇的建筑构造里，半天才回过神来："人杰地灵。萧潇，我知道你为什么反应总比我快了。我要去吃海瓜子。"

萧潇摇摇头："小雨啊小雨，你这是为了给我省钱啊。"

"才不呢，我就爱吃海瓜子。它薄薄的外壳里裹着粉红色的肉，既好看，又味道鲜美。"

萧潇怜爱地看着小雨："好，我的小雨，带你去吃。"

饭后，萧潇又领着梦雨参观了天一广场，看了看美丽的三江口。不知不觉天色已经暗了下来，在三江口那一片灯光的映照下，宁波又展现出亚热带风情的美来。

梦雨纵然心中万般不舍也不得不离开了。她早上就买好了回程的车票，时间就快到了。萧潇坚持要开车送她回去。可考虑今天玩了一天他也累了，而且开那么远的车小雨也不放心。萧潇拗不过她，只能作罢。

"小雨，那说说对宁波的印象吧。"萧潇开着车在送她去车站的路上，他找个话题来掩盖心里的落寞。

小雨略做思考："干净、温暖。"萧潇用眼神疑问着。

梦雨调整下自己的坐姿，使得更舒适、更靠近萧潇一些。

"干净是我对这城市的第一印象。特别干净美丽，像是个美丽的仙子，不惹尘埃。温暖是因为我在这里没有一点陌生感，无论你带着我走到哪里都是这样的感觉，冥冥之中像是来过千百回。温暖还因为这里有你。萧潇，知道吗？你今天就像是为我打开了宝库的大门。我喜欢这里，喜欢这城市的底蕴。"

"还喜欢这里的人。你不说，那我就臭美下。"

宋萧潇心中升起无限的柔情，他想把小雨紧紧地抱在怀中，不再放开。

九 超越亲情的友情

梦雨从宁波回来后，就一直忙着紧张的三基考试，还有区卫生局开展的技能竞赛。三基考试倒没什么的，反正从事这个职业用大家的话来说就是活到老、学到老、考到老。毕竟现在的科技日新月异，新的东西出来很快，特别是这个行业有着这样的特殊性，救死扶伤、人命关天不得不小心谨慎。所以，一般只要有空，梦雨就会参加些技能培训或专家讲座什么的，以了解当今的一些新的技术和新的方法。再说没有这些积分，继续教育过不了关，也不能继续执业。小鹿一听就头疼了，她现在哪有这样的精力啊。

"这些东西还是你们这些学霸去吧，我本来学习就不好。现在看见这就头大。"她这样说，所以一些比赛什么的都是梦雨参加。但基本的考试她是逃不掉的，只能乖乖做题。其实，参加比赛只是梦雨为了提高自己的一方面。最少自己心里要过一遍操作流程吧，而且往往一些重要的技能竞赛还有笔试题的，所以一般有点空闲时，书还是要看看的。知识就是这样，如果老不看不学，有时候也会陌生的。

宋萧潇最近还是忙得脱不开身，她正好可以多加强些练习。所以下班后她大多时间会留下来，看看专业书籍，有机会就温习温习一些操作流程。时间就在这紧张而忙碌中又过去了一个多月，梦雨参加的比赛也都已经结束了。她们拿了团体第二名，梦雨个人拿了第一。办公室王主任和科主任季主任都亲自到了现场观战，对于取得了这样的好成绩还是比较满意的。

小鹿姐最近也是在紧张地忙碌着她家房子的事情。也不知道她在网上怎么找到了一个新闻帖子，说是一对高校的年轻教师因为没有多少存款，后举双方老人的所有积蓄订下了一套房子，付了首付款后往下的手续就没法办了。因为找不到卖家了，手机失联了。有人就给他们指了条路，赶紧去房子里看看啊，不行就把锁给敲掉。当他们心急火燎地赶到房子里时，现实更让他们崩溃。原来卖家在卖房给他们之前已经和别的买家签过了网签协议。那人也和第一个买家玩起了失踪。第一个买家发现上当后，就把锁敲了搬进去住了。这对高校小夫妻傻眼了。他们想走法律途径。可咨询律师的答复是，第一个买房人有权最先拿到赔偿款或是房子。当时那女孩就瘫在律师所里了。全家人所有的积蓄全部打了水漂，而且还投诉无门。就算是赢了官司也很难拿到房款。找不到卖家呀，跟谁要钱去？就算是他们大海捞针把卖家找了出来，他能拿得出拿不出钱还得打个问号；想拿房更是渺茫了，除非第一个买家不要了，才能轮到他们。这是真正的房、财两空，无路可走。她想不通，就爬到那房子的楼顶准备跳楼，这件事被网曝了出来。当小鹿姐断断续续、颤抖着声音说完这个新闻时，梦雨也是吓得不轻。

"小鹿姐，没事的。也不会每个人都碰到这样倒霉的事情吧？那卖家看着挺老实的。"

小鹿抓着小雨的手，一脸愁容："小雨啊，为我祈祷吧。但愿我的房子顺顺利利地办完手续。你不知道，我这几天都没怎么睡着觉。出现那样的事不是要人命嘛。"

梦雨看着小鹿姐，心里也是阵阵辛酸。

"小鹿姐，吉人自有天相。你是刀子嘴豆腐心，老天会保佑你的。"

"唉，我老公也这么说。看来他不是仅仅在安慰我。"看着小鹿姐眉宇间稍稍有些舒展，梦雨提着的心也放了下来。

"小鹿姐，你们房子什么时候办手续啊？"

"快了，还有一星期。等这次手续办完就等放贷款了。卖家收到贷款我就可以拿到房子了。""咳，这不就得了？一星期很快就到了。"

小鹿一拍小雨的手："快什么快？一个星期后才是办手续。手续办完后最快20天银行才会放款。等卖家拿到款后，才会交房子给我。不等到拿到房子，我的心都是悬的。"

梦雨搂着小鹿的肩一边往屋外走去，一边说："放心吧，小鹿姐。这一个月里我天天为你祈祷。"

看着文静、稳重的小雨使出浑身解数在宽慰自己，小鹿内心倍感温暖。

经过了一系列的签字、办手续、转资金什么的，小鹿的房子终于拿到手了。俗话说人逢喜事精神爽，小鹿姐一把抓着刚进门的梦雨高兴得又笑又跳的。

"小雨，我终于有自己的房子了。梦梦，是我的房子。哈哈哈哈！"

看见小鹿姐满脸的激动，小雨心里也替她高兴："手续全办好了？那我们可要庆祝庆祝。"

小鹿这才放开抓着小雨的手："我可是高兴坏了。我老公说我睡梦中还在笑，就像个孩子一样。"梦雨一边麻利地整理着摊在桌上的病历卡和一些记录本，一边笑着说："如果是我也会高兴坏了的。关键是你可以和女儿朝夕相处了，我也为你高兴。"

小鹿姐还沉浸在喜悦里："谁说不是呢！他们男人就是会装，高兴了也不表现。不过你家'痛点'可不这样，他可是个温柔的江南小男生。"

梦雨听见呵呵一笑："嘴里说着我家'痛点'好，可心里比谁都心疼老公。"

小鹿姐笑得更开心了："那可不，一日夫妻百日恩嘛。哎，小雨，说真的，一想到那对高校小夫妻，我的心就揪了起来。你说这可怎么好。"

小雨也是一声叹息："他们也真是倒霉。最好是能把卖家找到，看能不能追回些钱款来。"小鹿拿出刚用过的一些器械在整理着，给小雨说："我看够呛。那人就是有预谋地诈骗，会这样轻易地就出来让你找到？真正的大海捞针。"

小雨想了想也是，只能祈祷老天开恩了，想想也是心酸。可能是小鹿今天心情好，不想让这沉重的话题破坏了气氛："小雨，说个笑话给你听，我老公昨天说给我的。"

小雨做了个洗耳恭听的表情，还继续专心地整理着台面。

"我老公他们部队的一位手下来了家属，陪了两天没有假了，就写好路线画好路线图让他们自己去玩。他们就拿着画好的图自己去找地方了。走着走着，就看见一堆人急匆匆地往一个地方赶，有的人还连走带跑的。凭着经验，这么多的人往一个地方涌肯定错不了，那就赶紧去看看是什么美丽的风景吧。你猜怎么着？他们随人流走进了地铁站。回来和家人感慨啊，还是俺们那小地方的犄角旮旯好呀，也没见人上班还要跑着上的。"

小鹿姐说着说着突然悟出了什么没再开口，梦雨也是满心的感慨，默默地做着事情，心中的酸楚只有自己明白。

时光荏苒。在不知不觉间，流走了岁月，而沉淀下来的一些东西是岁月所带不走的，比如，友情、亲情，还有爱情。它们会随着时间的流逝而历久弥坚。尽管平日里联系得不是很紧密，但彼此间的亲密是岁月所磨不掉的。看似平淡，平淡得都不曾想起；可有时候，突然之间的一个短信就能让彼此间泛起爱的涟漪，架起一座链接的桥梁，亲情、友情就这样生生不息，绵绵不绝。没有多余的寒暄，没有过多的掩饰，一句真诚的问候就足以了解，那温情瞬间就泛滥开来，包裹着你，浸润着你，如同又回到了过去的美好时光，仿佛不曾偷偷溜走过那些匆匆岁月。

梦雨很多的时候都在想着一个问题：亲情和友情之间除血缘之外其他还有什么共同的东西？就如萧潇所说的超越亲情的友情，亲情因为血缘而维系得更紧密，而超越亲情的友情，是在日常生活和工作中建立起来的一种温暖的、浓浓的美好的情怀。它超越爱情、胜过友情、近乎亲情。有的时候，梦雨也会拿姐姐梦依和小鹿姐比较，会和小雪妹妹比较谁轻谁重。其实她得不出结论。和她们的这种美好的情感同样也深深地印在自己的心底，也会因她们笑而笑，因她们的哭泣而难过。而这超越亲情的友情也时刻温暖着她的心。因为有了他们，自己才没有了孤独和寂寞。因为她知道，自己不是一个人在前行。

这段时间里，萧潇忙着公司里的事情脱不开身。梦雨虽然想念，但萧潇那绵绵的爱时时温暖着她的心。还真像是小雪妹妹说的，有根红线牵着彼此也不感觉到寂寞。

欧阳小雪最近也是忙得见不到身影，好长时间她们都没有能坐下来聊聊了。正想着呢，小雪妹妹就约她吃饭了。梦雨知道她肯定有事情和自己说，就满口答应下来。等到了约定餐厅，欧阳小雪和一位身材高大的外国小伙手拉手地站了起来，笑嘻嘻看着梦雨。梦雨还真是吃惊不小。

"姐，这是……"

小雪还没说完，那外国小伙就热情地伸出手来，抢着说："我叫戴维，是欧阳小雪的男朋友。"中国话说得不错，还带着浓浓的东北味。"梦姐好，经常听小雪说起你，请坐吧。"

小雪拉着梦雨咬起耳朵："姐，戴维就是我们公司招聘我的那位人力资源部的主管。他是来中国留学的，后就留在中国发展了。"

梦雨看着眼前的这位高鼻梁蓝眼睛的戴维，一时没有找到合适的话来。

欧阳小雪看着戴维笑着说："亲爱的，我们给老姐整蒙圈了。是你说还是我来？"

戴维怎么肯放过说中国话的机会，抢着说："当然是我来说了。"接着又不好意思地问小雪："我从哪里说起呢？"

看着对面有些腼腆的小伙，梦雨想自己是不是让他紧张了："想怎么说都行，我愿意听。"

戴维果然放松了下来："那就从我第一次看见小雪说起吧。"小雪妹妹点点头，她给梦雨和戴维倒满了茶水。

戴维这时就说开了："其实那天小雪来打听招聘的事情我就明白得差不多了。看着这个小姑娘很失望地远去，什么都没有对我们说，我就留着把她的资料收了起来。从这件事能看出她是个善良的好姑娘。"

"是留心或者说有意也可以。"小雪耐心地纠正着。

梦雨还从没有见过小雪妹妹这样温柔，小姑娘是真的恋爱了。

"是留心。要知道我们的企业文化里个人能力固然重要，但我也是读《麦田里的守望者》长大的。我是很看重那里面表达的东西的。"

看得出戴维在努力地想用中文来表达那寓意。

"道德和理想。"梦雨顿了顿接着说，"霍尔顿坚守着心中的道德和理想。也可以说是种精神。"

戴维诧异地看着小雨："梦姐读过这本书？嗯，你表达得太好了。英文我能说，中文我就找不到合适的词。正是小雪的善良让我看见了她身上的闪光点。对了，梦姐姐。小雪还说我们的相爱是'善良比聪明更重要'最好的证明。不过，她工作能力也很强的。"

小雪看着兴奋着的戴维，眉头一扬："怎么样我没说错吧？我姐书看得多，是个知性的好姐姐。而且心地善良、美丽大方。"

戴维不停地点头："就是就是，也不看看是谁的老姐。"戴维一本正经的调侃逗得他们笑了起来。

"好了，别净说我了。还等着你们的下文呢。"

戴维两手一戳："就是就是，我接下去说。"看见他那憨样，梦雨和欧阳小雪忍不住相视一笑。"虽然那时对她的印象很好，但我发誓我没有私心的。她进来后在我们的下属公司工作，工作能力强，又活泼可爱。她的主管领导——我的一哥们对我说，他有老婆不能那个什么的先得月了，那我就赶紧地先得月了。"

这下连梦雨也有些忍不住了，又不好笑得大声，那个憋啊。小雪妹妹已经是笑得倒在戴维的怀里了。

"不行了不行了，哎哟妈呀我要岔气了。"这时服务生端着菜走了过来，小雪给梦雨和自己倒了杯饮料，她端起杯子和戴维站了起来。

"既然从心里就认定你是我姐，客气话就不说了。千言万语在杯中，祝姐姐尽快嫁给姐夫，好事成双。戴维把红酒干了。"

戴维这时可不乐意了，他赶紧摇了摇手："等会儿，只是你表达了，我还没有表达呢，"他转过头来，对梦雨深深一鞠躬，"梦姐，如果不是你，小雪怕是坚持不到现在。那我们就没有可能认识了。所以，我敬你。"

梦雨也是无限感慨，她对戴维说道："小雪妹妹是她自己有能力加上努力才走到了今天。这个小妹妹很聪明、善良、可爱。戴维，好好待她。"

戴维一拍胸脯："梦姐姐放心，我保证严阵以待。"

"哈哈哈……"小雪笑得是前仰后合。戴维知道自己可能是用错词了，很是疑惑地在那搜肠刮肚地想着呢，梦雨也是忍不住地笑出了声。

"你还严阵以待呢，我又不会吃了你。"

戴维求救似的看着梦雨："那应该怎么说？梦姐。"

小雪这才止住了笑，装着一本正经地说："你应该是把我含嘴里怕化了，捧手里怕摔了。"戴维搂住她吻了下，很得意地说："谁说不是呢，我现在就是这样啊。"

看着眼前这幸福的一对，梦雨真为小雪妹妹找到了幸福而高兴。这时她意外地听到了背景音乐里的《蓝莲花》："没有什么能够阻挡/你对自由的向往/天马行空的生涯/你的心了无牵挂/穿过幽暗的岁月/也曾感到彷徨　当你低头的瞬间/才发觉脚下的路/心中那自由的世界/如此的清澈高远　盛开着永不凋零/蓝莲花"。

许巍那干净清澈的声音，把梦雨带入了一种意境。她猛然间意识到，在物欲横流的现今，而我们保留着最初的梦想，不忘初心，活在当下。虽然有痛苦、有彷徨，但内心从没放弃，也不轻言放弃。尽管路不好走，但我们一起携手走过，沿途的美丽的风景也就是支撑着走下去的力量。比如，眼前的小雪妹妹、小鹿姐、小郑和梅梅姐，还有千千万万生活在这大都市的外来务工者，只有坚持走下去，路才能越走越宽。

"梦姐，是不是想姐夫了？"小雪妹妹关切地看着梦雨，才把她的思绪给拉了回来。

"对不起，想起一件事，走神了。"

小雪给梦雨的杯子里加了些饮料，又把一块刚上来的黑胡椒牛排放她的面前："赶快吃，冷了就不好吃了。""姐，我和戴维租好了房子，就快要搬走了。只是好舍不得你。"

戴维起身去了卫生间。梦雨看着可爱的小妹妹："傻妹妹，你找了自己的那一半应该和他在一起。我不是有你姐夫吗？再说，我们在一个城市里，时不时地聚聚也挺好啊。"

欧阳小雪开心地笑了起来："姐，你可是第一次亲口承认宋萧潇是姐夫了。"

梦雨脸一红，笑着说："在我心里，他早就是了。"

小雪开心地端起杯子和梦雨碰了碰："来，为我的姐夫干一杯。"

"我也祝你们幸福。"梦雨放下杯子，关切地问小雪，"戴维他对你好吗？"

欧阳小雪一脸的笑意："好，他很爱我。"

"那我就放心了。这个月老还是很开明的，把红线的那头都牵到美国了。"

"哈哈哈……"这两个被爱包围的女孩，幸福写满了脸庞。

梦雨在回宿舍的路上就迫不及待地给萧潇打去了电话。一来她是真想他了，就想听听萧潇的声音；二来，就是急切地想把小雪妹妹的喜讯和他分享。

宋萧潇接到小雨的电话开心极了。最近这边事情繁多根本脱不开身，心里对小雨又是无限的牵挂和想念。他整天除了开会就是和蒋叔叔一起处理并购中的问题，一会儿是要重新评估，一会儿又是添加补充材料什么的。尽管萧潇对这种并购案心里有准备，可意外加上复杂性远远超过了自己的预期。他明白如果不是爸爸派蒋叔叔全力帮着自己，他早就干不下去了。

就还有个让他咬牙坚持下去的动力就是小雨。如果此案能成功，他就可以去上海和心爱的小雨朝夕相处了，想想都激动。

就说前几天吧，去上海和对标公司协商某数据的问题，他本想事情完成后可以去医院看看小雨。可哪承想，为了不耽误事情的进程，只能连夜赶回了宁波。如果提早告诉了小雨，她怕是要很失望的。不过自己心里也是失望了很久，怎么就没看上一眼小雨呢。

好在尽管很难，但事情还是向好的方向发展着。首先，对标公司没有漫天要价，还积极配合着并购事宜，足以看出他们的诚意；再者，有些方面的进展还是挺顺利的，就是比较复杂、事情多，这也能理解。这么大的并购案，复杂程度可想而知。这不，在大家共同努力下，特别是在宋爸爸派的得力干将蒋叔叔的大力协助下，他们终于完成了前期的调查、评估、审计、协议等手续，报告已经放到宋凯的办公桌上了，只等董事会批准。宋萧潇这绷紧着的神经才松了些。

看着放在眼前的报告，宋凯心里还是感到安慰的，儿子经受住了考验。这么重大的并购案，把儿子推到了前面，不就是想给他个锻炼的机会嘛！谈成谈不成都不是太重要，重要的是让萧潇积累些经验，又培养了抗压能力，这比赚钱更重要。

其实萧潇也明白，爸爸在背后做了大量的工作，只是不想让他知道而已。他现在越来越体会到父亲作为企业家的不容易，也懂得了他那深沉的父爱。他把父爱藏在心里、藏在对萧潇的严格要求里、藏在了背后默默关注自己的一切，包括小雨。这就是爸爸爱他的方式，他脑海里闪出：父爱如山——这就是最好的诠释。

想到这，他拿起电话给爸爸打了过去："爸，我是萧潇。今天回家吃饭吗？外面的饭还是要少吃，太油腻不利于身体健康。"

电话那头半天没有声响，过了好一会儿宋凯才说了句："告诉你妈妈，我今晚回家吃饭。"后来，司机德叔告诉萧潇，他爸爸是推掉了一个很重要的饭局回的家。

这以后，宋凯一般把应酬尽量放在中午，晚上甚少在外面吃饭了。萧潇也很欣慰，眼看着并购项目进展顺利，自己可能要离家很长一段时间了，他心里对爸爸妈妈升起了不舍和愧疚。以前关心他们太少了，只是被动接受着他们给予的无私的爱，还以为这是理所应当。可从小雨身上他看见了爱是给予，爱是互动，爱是无私，爱是忘我，爱是日常生活中涓涓细流的汇聚，爱是高山大河般蓬勃的生命力。他为自己的狭隘而脸红；为自己拥有这样一位好姑娘而欣慰、而心怀感激。所以他暗暗发誓，哪怕再苦再难，他也会为这些爱他的人竭尽所能，也会爱他们一辈子。

萧潇只是告诉小雨过段时间自己可能就来上海工作了，具体的他没有细说，小雨也没问。她只是觉得生意上的事情自己又不懂，问多了怕萧潇有压力。但想到萧潇能来这里当然是最好了，可以长相厮守也是她梦寐以求的。想到萧潇能来上海工作，梦雨的心就怦怦地跳了起来，笑容不知不觉地荡漾在了脸上。而萧潇这里一切都在紧锣密鼓地进行着。这时中介也给萧潇打了电话约拿房了。喜事接二连三地赶来，萧潇也是情不自禁地哼起小调调来，别提多高兴了。

连轴转了好几个月都没好好休息，这一放松下来，梦雨的倩影就时时刻刻浮现在眼前，萧潇的心就像猫抓似的坐立不安。这天一得到爸爸宋凯的通知，他就飞奔下楼。德叔早已笑嘻嘻等在那了。只是他没发现，董事长办公室的玻璃窗前，有个身影直到他们的车看不见了，才转身离开。

德叔直接把车开到了新房的小区里。自从上次草签过协议后，就没进来过。他满屋子转了转，精装修的房子保养得不错，是那种典雅的风格，很对萧潇的胃口。特别是书房的装修，别具一格。只见书柜虽然占据了整面墙，但呈扇形，那画面就铺展开来，不落俗套。在宽大窗户处，设计了榻榻米。坐在这里看书，不仅光线好，而且随性又不显呆板。在色彩上，也体现着主人的用心。书柜的对面，是幅高仿真的爬山虎，郁郁葱葱；对应着窗台上的绿色植物，使书房里的绿色和白色的书柜交相辉映，相互交替，既和谐又大气。可以看出，房主人是真正的爱书之人，这是萧潇最满意的地方。

当初还不是一眼看中这书房的设计而心动的？知道小雨肯定对这块是最满意的。

看了看时间还早，他仔细地用手机记下该添置的家具，赶紧下楼找了保洁重新打扫好屋子，又去了趟家具城，正好赶上小雨的下班时间。

路上心情有些小激动呢，想着和小雨的爱巢就要大功告成了。可是一想到怎么给小雨说这个问题可难住他了。心里是恨不得马上把自己的一切都给小雨坦白，可理智又告诉他不能操之过急。小雨心里的那个结还没有解开他不敢冒这个险。到底是什么样的东西困住了心爱的小雨，他百思不得其解。小雨是这样善良，而又处处为别人着想。如果不是很严重的事情，她是不会有这样的表现的。唉，冰冻三尺非一日之寒，他要用爱的温暖来融化掉。

"'痛点'老弟，什么时候来的？也不过来坐坐。"萧潇刚才闷头想着事情，没想到在三楼意外碰见了小郑医生。

"嗨，郑哥好，刚到的。这不才进来。"

小郑拍了拍萧潇的肩膀："还没见着小雨吧？今天她们可能要拖班呢，有个抢救病人刚送来没一会儿。"

听到小郑这样说，萧潇有些失望，不过想想能看见小雨心里也是开心的。他笑笑对小郑医生说："没事，我等她。对了，梅梅姐还好吧？"

小郑医生一听可笑开了："好，好。你老弟真有两下子。梅梅现在在我面前就是个小绵羊，让她往东她不会往西。"

听着小郑医生的比喻，萧潇笑着竖起了大拇指："厉害了大哥，佩服佩服。"

小郑搭着萧潇的肩膀拉着他往自己的办公室里走，萧潇还不忘扭头朝护士台看着。

"看什么看，这会儿她们肯定在病房里忙着呢。到我办公室有东西给你。"

他把萧潇推进了办公室，从抽屉里拿出一份请柬："恭请老弟和弟媳大驾光临。"

萧潇一看是小郑医生的结婚请柬，双手接过："恭喜大哥，我们一定准时赴约。大哥是十月一日啊，有什么需要老弟帮忙的尽管说。"

小郑故作神秘："告诉你老弟，我现在只给你一个人写了请柬。因为我随时都在等候你的光临。其他人都还不知道呢！你远在万里之外，至于帮忙就免了，按时来赴约就是看得起我了。"他指了指萧潇面前的椅子："快坐啊。我们哥俩就免了客气那一套了。"

萧潇接过他递给自己的水杯，坐了下来。

"我有时间的，这段时间刚忙完了，工作告一段落了。"

"难怪好久没见你来了，我还想你怎么熬得住不见小雨呢。哎，老弟，我还真有事情找你帮忙，做我伴郎怎样？我最好的同学孩子都快能打酱油了，本来想请另外一个同学的。想想梅梅说了邀请小雨做伴娘的，那我干吗不请你做伴郎呢？再说就算是有人使坏捉弄小雨，有你保护她我也放心了。不然你梅梅姐可饶不了我，就这么说定了。"他以不容置疑的表情看着萧潇。

萧潇当然是开心的："恭敬不如从命，都听大哥的。"

小郑落实了这件事很是开心，他拍了拍萧潇："老弟，按道理今晚我们应该去好好地喝一杯。但考虑到你这么久没来了，嗯，不能打扰你们的春光呀，先记下吧，我欠着。"

萧潇呵呵一笑抱了抱拳，就去找小雨了。小郑说得没错，小雨和小鹿姐正忙得不可开交，连护士长也在帮忙呢。小雨和护士长看见了他，笑着点了点头又都忙开了。小鹿姐用手点了点萧潇，用唇语说道：好你个萧潇。萧潇笑笑算是回答。

等到小雨手头里的事情告一段落，护士长就催着让小雨先走。小雨哪好意思啊，护士长硬是把她推出护士站："你的事情我来做。还不快去，人家几个月没来了吧？别让他等急了。"小雨这才快速地换好衣服，拉着萧潇走出了医院大门。

萧潇看看手表已经晚上7点多了，想想她们应该还没有吃饭呢，就和小雨一起叫了些外卖送过去。小雨感动地踮起脚在萧潇脸上吻了下，把他的手抓得更紧了。望着夜空下的繁星点点，小雨小鸟依人般地依偎在身边，萧潇心里暖暖的。

"小雨，今天我们也只能买东西回去吃了。"小雨很是意外，没有明白他的意思。

"是这样，我不是马上要来这边工作了嘛，我爸爸的朋友借了套房子给我们住。我拿到了钥匙，刚才把床换了，等会儿有人送上门呢，我们得赶快回去等。"借着夜空，萧潇才敢快速地把那个谎给编了，生怕小雨看出自己脸上的尴尬来。

小雨没说话，萧潇急了，以为她在生气："你一直在忙，我没有找到机会给你说呢。"小雨看见萧潇急了忙回答道："没有，你刚才说话太快我在适应呢。"

萧潇把头抵着小雨的脑袋深深地吸了一口气。"你干吗呢？萧潇。"小雨问。

萧潇一看他们走到了僻静处没人，一把抱着小雨深深地吻了下："你身上散发着淡淡的香味，是天使的味道。"

小雨轻轻依着他的胳膊："快走吧，你不怕人家送到了家里没人？"

后来，因为太晚了商家打来电话改在明天送，他们没有等到床。萧潇就想着让小雨睡在沙发上，自己打个地铺就行了。反正是夏天也不冷的。他抱起正收拾着饭盒的小雨，看着她："小雨，今晚委屈你就在沙发上睡吧，别回宿舍了好吗？陪我说说话，好想你啊。"

小雨看着他期待的、充满着渴望的眼神，自己内心里的那一掬相思泪也泛上心头。她抱着萧潇，第一次主动地吻了他。千般的相思，万般的爱意都融化在这吻中。

那晚，梦雨也没有睡沙发，而是和萧潇一起躺在地铺上。他们情意绵绵地诉说着相思，有时候什么也不说就静静地握着彼此的手、听着心跳、感受着对方的爱意。当他们并排躺着时，萧潇握住小雨的手放在自己的心口。

"小雨，搬来和我一起住吧。"梦雨没说话，萧潇转过头看着她。小雨害羞地点了点头。萧潇高兴地一下子坐了起来，兴奋地大声问着："你同意了？真的同意了？"小雨红着的脸埋在了他的胸口。

十　情定大上海

秋天真是个好季节。忙碌了大半年的劳动者们，在这个季节里满眼都是金灿灿的麦穗、红彤彤的苹果、黄澄澄的鸭梨、紫晶晶的葡萄，映衬着蓝莹莹的天空，这时的世界就像是被魔法师随手拿起的魔法棒点燃了，为人们开启了一个美妙的童话世界大门，让这五彩斑斓的秋的世界呈现在人们的眼前。天高云淡，和着丰收的喜悦，伴着这美景，叫人如何不爱它！

所以，人们对秋季的偏爱也就不足为怪了。

梦雨当然也不例外。她爱这秋的累累硕果，更爱家乡大山里的层林尽染。她怀念啊，已经 5 年多没有亲眼所见，常常在梦里想念。

而今年的秋季，给她带来不一般的感受。更是让她终生都难以忘怀。

自打宋萧潇提出让自己搬过去一起住，那就说明今后自己不再是一个人了，也就意味着他们的关系有了质的飞跃。梦雨内心清楚这一刻迟早要到来的，但当它真的来临，还是有梦幻般的感觉。

"在想什么呢?"萧潇碰了碰站门口发着呆的小雨，还没等她回答，就将她一把拦腰抱起。

"新娘子进门了，来带你参观参观。"他抱着小雨在屋子里转了一圈又一圈。

"快放我下来，快放下来。"小雨挣扎着要下来。

"要下来可以，奖励一下呗。"萧潇脸凑了过来。

小雨抱着他亲了亲，萧潇顺势把小雨放到床上。她黑色的长发瀑布般地散开在床上，红润的嘴唇微微张着，性感而迷人。吻如雨点般地落了下来，落到小雨的脸上、身上、嘴上。萧潇身体里的荷尔蒙像匹脱了缰的野马，肆意地跑了出来。原始的冲动在体内燃烧着，他差点迷失了自己。

"萧潇。"小雨轻声的呼唤才让他冷静了下来。这才看清，自己压在了小雨身上。萧潇赶紧坐了起来，为刚才的失态懊恼着。

"对不起，小雨。我不是故意的。我也不知道……"

小雨用手捂着他的嘴："你压疼我了，喘不过气来。"

萧潇更是羞愧难当："小雨，对不起。"

小雨转过萧潇的头，看着他："我明白的，等我准备好了。"

萧潇紧紧地搂着小雨，不愿放开："我们就这样坐上一夜我也愿意。"

梦雨自从答应和萧潇住在一起，就已经考虑清楚了，心里早就把他当作自己的男人了，可那一步就是跨不出去。萧潇的温柔体贴、他的善良豁达、和自己的琴瑟和谐，这样的男人很难得，是个可以托付终身的好男人。小雨明白，彼此都已爱到骨子里了。所以才会有：风雨同行，灵魂做伴。可跨过窗户纸般的这一步，很难很难。有时候，小雨也想把心里的痛和他说说，可是不知道怎么开口。连她自己都想不明白的事情，她也不想说。几次看见萧潇心疼的眼神，她明白这是他在为她担心、为她着急，想为她分担。可话到嘴边又咽了下去，没法说明白。她因此更加懊恼、更为焦虑、更加不知所措。有时自己也会暗自流泪，如果没有那次手术，生活就会不一样了，可是没有如果。

而萧潇自从那次冲动后，就时刻提醒着自己他爱小雨，不想做违背她心愿的事情。并且自己也说过要把最美的时刻留在新婚之夜。现在想想，只要能陪在小雨的身边，和她分享着彼此的点点滴滴，共同感受着生命里的美好，就已足矣。现在公司里的事情也不多，先期的资金已经注入了，正在办理着手续呢，所以空闲时间比较多。静下心来读读书，买买菜，然后接小雨下班，回来后看着她手脚麻利地做着可口的菜肴，他是心满意足了。

话说这天小雨又是下夜班，他想给她补补，就在菜市场里买了条活鳜鱼，打算自己下厨做给小雨吃。算好了时间，他刚把鱼给蒸上，正准备下楼去接小雨呢。有人冷不丁地从背后一把抱住了他。萧潇故意不动，他在感受着小雨那特有的温情。当小雨准备放开他时，萧潇猛地转身一下子就吻住了小雨，深深地吻着她。

"昨晚累吗？病人多不多？小雨。"

小雨反而是一脸心疼地看着他："你会做饭？"

萧潇得意地捏捏她的脸："当然会了。我从小跟着奶奶，她教我做的。"

小雨闻到了一阵鱼香："你做的鱼？好香啊！"

萧潇一听更高兴了。

"等会儿多吃点，我做的清蒸鳜鱼。奶奶说这样做营养价值高。"

看看时间差不多有10分钟了，他拖着小雨到卫生间帮她洗好了手，又换好了衣服，这才一起在餐桌前坐下。"你等着，鱼马上就来了。"

等他端着热气腾腾的清蒸鳜鱼过来时，梦雨不自然地低下了头，眼圈红红的。

他心里一惊，手一抖："小雨，怎么了？"

小雨低着头，抱着他，把脸埋在他怀里。

他知道小雨在流泪。"傻姑娘，这好好的哭什么。"他心疼得不行，拿起纸巾擦掉小雨的眼泪。

"出来这么久了，你给了我家的味道。"

宋萧潇悬着的心这才放下："好小雨，不哭。这就是你的家，就是我们的家。"

这是小雨第一次在他面前流泪。上次在梦花街那样的触景伤情，她都挺着了。可见，这些年在外漂泊，对小雨来说真的有些累了。

那天梦雨躺在床上打开了话匣子："小的时候爸爸在城里上班，半个月才回家一次。一般他回家时我们是挺高兴的，而爸爸只有喝完酒才会显得开心起来。有一次，我记得刚放学，就看见爸爸兴冲冲地拎着条鱼回来，这条鱼的身上散布的黄色斑点很是漂亮，还是活的。那时物资匮乏，这种鱼我们家是没有见过的。爸爸告诉我们他要亲自下厨做道清蒸鳜鱼给我们吃。我和姐姐都很好奇地看着爸爸怎么做，要知道平时他还从没有下过厨房呢。爸爸就在全家人的注视下，挽起了袖子，把妈妈洗好的鱼用辣椒生姜大蒜等调料放上，嘴里还唠叨着缺点什么，然后让我和姐姐给他看时间，不要超过10分钟。妈妈也把锅里的水烧开了，就见爸爸把用作料调制好的鱼放开水里蒸了，对我和姐姐说到了8分钟就叫他。他说奶奶做这个特别讲究，超过一斤的鱼要蒸10分钟，一分不能多一分不能少，少了就没有了鱼的鲜味；多了鱼肉又失去了鲜嫩，肉老就不好吃了。我和姐姐就在那盯着钟看时间。爸爸这边在另外的锅里上了些热油，放入他做的调料炸得满屋都是香气。时间到了，鱼出了锅，爸爸淋上做好的调料汁，撒了些自家种的香葱，这才感叹了一句，这是你奶奶的最爱。叔叔闻着香味可高兴了，拍着手：吃鱼了吃鱼了，妈妈来吃妈妈来吃。那时我们还小，不能体会爸爸的心情。只是觉得平时妈妈做的鱼都是红烧而且是重口味，今天的清蒸鱼清淡鲜美，鱼肉鲜嫩，不一会儿就吃完了。而爸爸只是默默地喝着酒，没有吃鱼，也没有再说一句话。"

萧潇从小雨的叙述中慢慢地体会到她从小生活环境里的那种压抑，生活的不平坦在她家人心里或多或少地都留下了些创伤，特别是叔叔的现状更是给这朝夕相处的一家人带来了难以磨灭的印记。他心疼地搂紧了怀里的小雨，知道她心里的那块冰已经裂开了。看着睡梦中的她脸上浮起的笑容，一定是梦见了家乡，梦到了家乡的味道。

宋萧潇来上海一晃已经一个多月了。公司里该办的手续也已经办齐，接下来就是产权交接这个环节了。这表面上看起来很简单，就是平稳过渡下，其实不然。蒋叔叔是千叮咛万嘱咐地让萧潇明白，进行产权交割，并在业务、人员、技术等方面进行整合是需要充分考虑到原企业的组织文化和适应性的。这是整个并购程序的最后环节，也是整合并购能否成功的关键。所以要他全力以赴地做好这个环节的工作。

考虑到接下来工作的重要性，自己肯定要花大力气的，陪小雨的时间就少了。再说他还没有见过戴维，所以就和小雨商量，约了个时间把小雪妹妹和她的戴维请来家里做客。本来想把小郑医生和梅梅姐一起约来，可他俩忙着筹备婚礼都快手脚并用了，也只好作罢。

见到戴维，尽管萧潇心里有所准备，但还是没有想到他是那样心无芥蒂，就是个快乐阳光的大男孩。一进门，他就把手里的红酒递了过来："姐夫好，一直想来拜访你的。"

萧潇赶紧把他们让进门来。小雪妹妹给梦雨带来了一束鲜花，一眼看见客厅的桌上一束玫瑰鲜艳欲滴地怒放着："哎哟，姐，你看我笨样。现在姐夫在家还能不给你买花?"

梦雨开心地接过了小雪手里的花,一边说道:"哪有女人嫌弃花的呀,多多益善。"说着从柜子里拿出一个花瓶,小雪连忙帮着插了起来。

"戴维喝咖啡还是茶?"梦雨看见萧潇带着戴维正在书橱前看他们的收藏图书呢,冲着戴维问道。

"姐别问了。他呀,最爱中国的绿茶。"小雪说话间,一瓶花插得是错落有致、争奇斗艳,煞是好看。

"真漂亮,小雪。"小雨由衷地感叹着。

欧阳小雪自己也是左看看右看看,还时不时地用手规整规整:"这是我们的基本功,也是要学的,插花艺术。"

"小雪,你要茶还是咖啡?"

"我当然是咖啡了。"

她把插好的鲜花放到了阳台的那个条桌上,阳光照在上面仿佛给它赋予了生命,更增添了几分美丽。

"难怪了,插得那么好看。自从你姐夫知道我喜欢粉色玫瑰,你看家里天天都是这个色了。"梦雨说。小雪看了看桌上的玫瑰,随手插了几下层次感就出来了。

"真棒。小雪妹妹我可要向你学习啊。教教我。"

梦雨把泡好的咖啡递给她,转身走进书房去招呼戴维了。

戴维看见梦雨走了进来,对她说道: "老姐是不是爱死这个书房了?"

"她呀,整天不是书房就是厨房。"萧潇满眼都是爱意,小雨自然就靠近了他怀里。

"还说我呢,你自己窝这儿的时间还少吗?"梦雨说完,拿眼神示意着榻榻米。

"我是妇唱夫随，跟随夫人的脚步在书海里遨游。戴维，你可学着点。"

看见萧潇是那样俏皮开朗，戴维由衷感叹着："姐夫，我是真的喜欢你。你真的是太……"

小雪听见书房的说笑声，奔了过来："戴维，你这是喜欢上姐夫，就准备把我甩了?"

戴维搂过欧阳小雪亲了下，一脸无辜："我哪里敢，我可没这个胆。不然你这小老虎还不把我给撕了。"

戴维那特有的外国人拖着的东北腔，显得分外可爱。萧潇和小雨被他俩逗得笑得不行。

"戴维快去客厅喝茶，不然要凉了。"

梦雨让萧潇陪着戴维去了客厅，自己拉着小雪说悄悄话。

戴维一听说喝茶，跑得飞快。只见嫩绿嫩绿的芽尖在开水里上下翻舞着，乳白色的容器里瞬间就被淡淡的绿色包围、碰撞着，美得竟如一件艺术品，让人不忍破坏。他深深地吸了口气，用手轻轻地摆动了几下，那香气沁入鼻中，他陶醉了。

"这香淡淡的，很好嘛。这么漂亮的茶，肯定好喝。"

萧潇看见他们俩一个外国人喝中国的绿茶，而小雪妹妹喝着西洋的咖啡感觉很有意思。

"戴维，你们是不是为了更好地跟上彼此的步伐，所以进行角色互换啊?"

小雪轻抿一口咖啡，看着戴维还在惊喜得欣赏着那绿茶，叹道："真没办法，见着了好茶话都不会说了。姐夫问你话呢。"

梦雨笑着对小雪说："别管他们了，让他俩聊去。我们去厨房。"

萧潇看见戴维还在那欣赏呢，他是真喜欢啊，也懂茶道的，很高兴。毕竟一外国小伙这样喜欢中国的绿茶也很自豪啊。他就笑着说："等会儿给你一罐带回去慢慢品。想知道这碧螺春的历史吗？"

戴维真是喜出望外，高兴得直点头："当然当然，姐夫快说。"

萧潇看看他："你先小抿一口，我再说。"

戴维听萧潇这样说，先是试了试水温，就小心翼翼地喝了一小口慢慢地品味起来。

"怎么样？嘴里有什么感觉？"

戴维仔细地回味着。

"开始是满嘴的绿茶清香，而后舌头上有点点甜的味道。"

萧潇点点头："还真是喜欢茶啊，没错。中国话来说这就叫回甘。"看这戴维还真的能品出些门道，萧潇也来了兴趣。

"中国的茶文化要追溯到茶圣陆羽时期。据说，他是一名弃儿，被智积禅师养大。可能是禅院里佛学的熏陶，他把禅学里的思想融入了茶文化中。因为喜爱，后来他隐居江南，一生都在嗜茶、品茶，最终精于茶道，写成了世界上第一部茶叶专著《茶经》。不仅如此，还创造了一套茶艺、茶学、茶道，终成一代大师。从这你可以看出，中国人对于茶文化的热爱。再说眼前这碧螺春茶，又以产自苏州太湖的洞庭山为最正宗，又名洞庭碧螺春。洞庭西山的碧螺春茶，特点是芽多、嫩香、清汤、味醇。所以民间又叫'吓杀人香'，是中国十大名茶之一。你看这茶叶，微微卷曲着被白毫包裹着，状若螺丝。所以被我国清朝的康熙皇帝提名为'碧螺春'。这名字的由来你是知道了。你再看，这茶清汤，看似很淡，那这香气从何而来？中国古人的智慧就体现在这儿。这洞庭产茶区的茶农，把茶树和桃、李、杏、梅等果树交错种植。一行青翠欲滴的茶树，接下来就是一排挂满枝头的果树，枝杈相连、根脉相通。这样茶吸果香，香味就这么来了。"

宋萧潇的一番话把他们都听入神了，梦雨和欧阳小雪也被吸引到客厅里来了。萧潇一看可来劲了。

"你们可知道这香气的来历还有种说法，要听吗？"

小雪这急性子哪受得了卖这关子。

"哎哟姐夫，你就快说吧，都急死我了。"

萧潇笑着打趣道："我说我说，不快说我们中午没饭吃了。这香气还有种说法就是少女的体香。传说，古代上等的碧螺春不是人人都能采摘的。到了采茶时节，茶农要挑出漂亮的少女，而且一定要是少女，来采第一茬。采完的茶叶还不能放篓子里。"萧潇说到这儿就停住了。

小雨很是疑惑："不放茶篓里那还能放哪啊？"

萧潇哈哈一笑："放少女的怀里。所以，上品的碧螺春都带着少女的体香。不过我们这等普通的人家是喝不上上品碧螺春的，那都是上贡给皇帝和大臣们的。当然这是野史，没有史料记载的。"这一说还真是出乎大家的意料。

小雨将信将疑看着萧潇："不会是你编的吧？还真有这事？"

宋萧潇一脸无辜："我每年都去茶农那里买茶，因为熟悉了嘛，听他们说的。"

戴维听到这才算是从碧螺春的历史中回过神来，他急不可耐地摩拳擦掌了。

"姐夫，我现在就要看看那碧螺春。这么好的茶我要好好欣赏、品尝。"

萧潇去柜子里拿出了一罐包装精美的碧螺春茶，递给了戴维。

"我这是在江南第一富豪沈万山茶庄里买的。虽然不是上品，但还能喝。你可以带回去给美国亲人尝尝我们中国的美味。等明年我给你茶农那买的茶。"

说着他又递给戴维一罐，从那开着的口子中可以看见没泡前的模样。"这罐已经开封了，就是你现在喝的，带回去好好欣赏吧。"

戴维喜出望外，赶紧站起来双手接过："谢谢姐夫，那我就不客气了。"

两人正客套着呢，梦雨做了满满一桌菜端了上来："快来，各就各位，边吃边聊。"然后对着萧潇说道："你今天说得够多了，让戴维也介绍介绍他们国家的一些风土人情。谁不说俺家乡好嘛。你是不知道，戴维可能说了。"

小雪帮着小雨姐摆着碗筷，一边对萧潇说："我姐就是细心。戴维这半天没说话了，可是憋坏了。"说得大家都笑了起来。

萧潇给每人倒好了红酒，端起酒杯："好，什么都不说了，等着听戴维的。欢迎你们常来玩，干杯。"

戴维呷了一口酒杯中的红酒，头都不抬地吃起菜来："我才不上当呢，等我吃饱了再说，姐姐做的菜就是好吃。"小雨看戴维喜欢吃自己做的菜很是开心。

"慢点吃，喜欢以后就多来走动走动，不就常吃到了？"

萧潇一听点点头，接着话茬："小雪，我过段时间要很忙了。你们有空就过来陪陪你姐。你姐以前一直住宿舍，人多热闹。现在我如果不能常常在家，怕你姐……"

小雪端起酒杯，对着萧潇和小雨说道："打住姐夫。我能白吃白喝还不用自己做饭不要太开心了。祝你们白头到老，干了。戴维一起来。"

小雨看着面前自己深爱着的男人，心又被融化了。

等到吃饱喝足，戴维这才一边品着茶，一边和大家聊了起来："我出生在亚利桑那州的一个小镇。自小是因为偶然认识了一位中国邻居，产生了对中国文化的兴趣。你们知道吗，在我们那儿有这样一种说法：看见中国人和印度人，你就会想起高校教师和 IT 工程师；看见黑人，就会想起运动员和歌手；看见犹太人，就会想到银行家。所以中国人在我们的印象中是有文化的象征。特别是认识了那位中国邻居后，就更加激发了我对中国文化的兴趣。所以大学毕业后我就去哈尔滨留学了（那邻居是哈尔滨人）。才到那几时，感觉真冷啊！整天都待在室内不敢出门。可我喜欢那里的冰雕、雾凇，很美很美，也就不觉得冷了。"

"难怪你口音里带着浓浓的东北味，我还以为是小雪的关系呢。"梦雨收拾好桌子后，给萧潇端了杯茶坐了过来。

"谢谢老婆。"萧潇自然而然地就握住了小雨的手。小雪眼尖，对梦雨吐了吐舌头。

"当然有关系，"戴维用夸张的语气接着说，"就是因为小雪是哈尔滨人，我才对她动心的。"

看见大家都面带疑惑地看着自己，他两手一摊："因为哈尔滨在我心中最美。所以，小雪在我心中也最美。"戴维逗得大家哄堂大笑，萧潇这才体会到了戴维的风趣幽默。

"言归正传……"说得大家又是笑声一片。

"是言归正传（zhuan），不是言归正传（chuan）。"小雪笑着纠正着。

"好，言归正传。"戴维也不笑，一本正经地接着说，"在中国留学后，感到你们国家朝气蓬勃。而且越是生活久了，就越喜欢中国文化，舍不得离开所以就留下了。后来因为公司的关系来到了上海。如果不来这儿，也不可能认识欧阳小雪——我的最爱。所以还是很感激。"小雪很是感动，一脸的幸福模样。

梦雨看在眼里，心里也是暖暖的。她起身给戴维和萧潇的杯子里添了些茶水。

"戴维你是亚利桑那州的？那里有个科罗拉多大峡谷很有名啊。"

"是啊，姐夫，我们小镇离那不远，姐夫感兴趣的话我就说说。科罗拉多大峡谷是因科罗拉多河长期的冲刷而形成的特殊地貌。因河水夹带大量的泥沙常显红色，所以我们管它叫红河。它发源于洛基山脉，最后又流入加利福尼亚海湾。峡谷特别特别地长，有400多米，平均宽度16千米，景色非常壮观。"戴维如数家珍，萧潇示意他继续说。

"科罗拉多高原里还有很多的'桌状高地'。"他连比带画地说着，"这种地形是因为侵蚀作用而形成了平台型的大山或堡垒状的小山。顶部平坦但侧面很是陡峭，平时吸引了很多的背包客去探险。我也经常去那里走走，很多的地方是值得去看看的。欢迎你们去那里玩，我做向导。有些地方还留有早先印第安人留下的画。"他顿了顿，努力地搜索着合适的词语。

"哦，是壁画吗？画在崖面的？"萧潇提醒着。

"对，是的。是壁画。如果对那里不熟悉是找不到的。我有空带你们去。"戴维说完热切地看着他们。

萧潇很是感兴趣，他看着梦雨："怎么样？考虑考虑吧。什么时间我们一起去那里走走看看。"

小雨知道萧潇想去那里感受下大自然的鬼斧神工带给人类的震撼，可好像有点遥远。"好是好呀，可我们整天忙得恨不得一天当两天用，有空去那么远吗？"

萧潇想想也是，拍拍小雨的手安慰道："不过，总会有时间的。"

"就是，姐夫说得对。只要有心，会有机会的。最好我们一起去，让戴维给你们做向导。"

萧潇点点头:"戴维家在那里,总归是有机会的。戴维,说说你眼里的中国和美国最大的不同在哪里?"

戴维放下茶杯,稍稍思考了一下:"怎么说呢,我好像说不来。要说感触最深的可能是这样。"他坐正了身子,用手在茶几上蘸了些水,比画着对萧潇说,"比如,中国和美国都是大国。土地面积很大对吧?但中国的一些资源,有用的那些资源好像都集中在东南沿海这一带,西部地区相对匮乏。这样的话,人群就容易往有资源的地方聚集。所以你们就形成了北上广深这样的庞大人群密集地。而我们国家不同。我们每个州的资源都比较平均,没有你们这么高的集中度。所以,人口的流动性非常大,各取所需,这样就不会集中在某个地区了。在我们国家,经常全家打起背包往车顶一架,就可以从东部跑到西部。西部的开发也很好呀,不会因为资源的问题而苦恼。那西部的人群也随时可以往东部去,只要你需要就会有机会和资源。我看过一份资料,说是每个美国人平均一生要在 12 个城市生活过。我这样说不知道你们明不明白。所以,这也是我们普通的家庭以租房为主的一个重要的原因。"

萧潇若有所思:"戴维很有见地啊。是不是还有个原因,你们那的租房市场比较稳定,有完善的保护措施?所以大家就可以放心地租住了。"

戴维听后很是赞同:"当然了。我们是以租为主的市场,相应的保护措施很是到位的。"小雪也很是感慨:"所以我们就是租房,买房没有提到议事日程。"

戴维微笑着点头表示同意:"这租房子也很好啊,你看又不用交税,还有人替你管理多好啊。"

萧潇看小雨半天没有作声,趁机试探性地问她:"小雨,这房子要是我们自己的你开心吧?"

梦雨从沉思中回过神来,她看了看萧潇:"你们说到买房我就想起了小鹿姐和小郑医生,那经历不是一般的深刻。买这么大的房子我是不敢奢望的。我的愿望很简单,只要有个属于我们自己的小窝,哪怕是一室一厅,哪怕就这样是借的,只要能和你在一起就好。是吧小雪?"

欧阳小雪正小鸟依人般地依偎着戴维呢:"唉,他就是租房我这不也是心甘情愿地跟着?"说得大家一阵欢笑。

接下来的时间果然如宋萧潇所料,在产权交接的时候出现了大大小小、各种各样的问题。业务方面还好些,本来就经过一系列的谈判已达成共识,就是在人员和技术方面出现了不少的问题。萧潇很多方面还是倚重了蒋叔叔,是他利用自己和爸爸的人脉和关系,在一点一点地疏通。萧潇有时候也会给爸爸打电话咨询些事情,有些还是要他爸爸出马才能摆平的。他现在真是忙得天没亮就出了门,披着星戴着月才能回来。关键是他在小雨面前也不能多透露什么,所以就尽量不把公司里的事情带回家来处理。

梦雨本来就不过问他工作上的事情,看见他这么忙,能做的也只是在生活上多体贴照顾。她如果上夜班,都会在出门前给萧潇准备好早上吃的牛奶和鸡蛋。她不会做点心,一般提前买好了萧潇喜欢吃的西点放在桌上。如果自己那天在家,她知道萧潇是不会让她起床的,那她就晚上上床前给萧潇准备好早餐才会去休息。

相伴的日子甜蜜又温馨。这不又快到中秋节了,梦雨想起去年的中秋节还是萧潇陪自己过的,仿佛就在眼前呢,时间可过得真快呀。她算了算正好自己要上夜班,所以就悄悄地给萧潇的爸妈买好了节日礼物,让他回家陪二老过节。

这小雨为萧潇考虑得周到，萧潇的心里也是牵挂着小雨的。在得知小雨上夜班不能陪自己回去后，就在放假前特意抽空提早回来。正好戴维也去外地出差了，他就打电话叫来了小雪妹妹，他们就这样提早一天陪梦雨过节。而小雪正好也有事情要和梦雨商量。

"姐，你说神奇不？总公司把我调了过去，竟然做起史玲玲的主管了。"

梦雨一听可高兴了："这不是好事嘛。"

小雪皱着眉头："我这不是愁死了嘛。你说我们俩见了面是我尴尬还是她尴尬啊？她要是老和我作对，在背后搞些小动作不是也是个麻烦吗？听说她在部门里也是小动作不断的。只要是公司里的外籍员工她就往上靠，他们开始不是很了解当然愿意和她交往了，可时间长一些，本性就暴露了。这也是我发愁的原因。"

宋萧潇听出了些名堂："小雪，你是不是觉得史玲玲会拿你和戴维的关系做文章？"

小雪轻轻叹了口气："是的啊，姐夫。她肯定会这样想，然后在背后捣鬼。"

萧潇笑着反问小雪："你的升职是戴维帮的忙吗？"

"当然不是了姐夫。人家外国公司可不兴搞这套裙带关系的。再说戴维的为人你们还是应该有所了解的，他也不会为了我而做违背公司的事情。"

萧潇两手一摊，学着戴维的招牌动作耸了耸肩："这不就结了？你还愁什么？"

小雪恍然大悟："哎哟妈啊，姐夫可真会开导人，难怪我姐爱死你了。我怎么就没有想到呢？姐夫说得对，身正不怕影子歪，嘴长她身上爱咋咋地。"

小雨看着眼前这个可爱的小妹妹，真的是为她感到高兴："小雪，短短的一年时间就做上主管了，真的要恭喜你。也为你高兴。从这可以看出你的能力超群。姐还是那句话，善良比聪明更重要。所以，至于史玲玲你就当作第一天认识的人，和其他的人一样看待。这样会有利于处理好人际关系，也便于开展工作。"

萧潇用赞许的目光看了看小雨，和小雪打趣地说道："看出来姐夫和姐姐的差距了吧？应该佩服你姐才对。所以是你姐夫爱死你老姐了。"

梦雨被萧潇说得不好意思起来："少来，就会贫。"

十一　小郑医生的十字路口

经过这些天的朝夕相处，梦雨已经习惯了宋萧潇的陪伴。这天下了夜班，她一个人坐在空落落的大房子里显得落寞，看书也提不起精神来。可她心里很清楚让他回去陪陪父母是正确的。她想起多少个夜晚在夜幕降临、华灯初上时，看着万家灯火心里感叹；多少次从家家户户厨房窗户飘出的菜香使她怀念起家的味道、妈妈的味道。这一路走来，自己也有了萧潇进入生命中，现在也有一盏灯是在为自己守候、为自己点亮，还有什么不满足呢。正感慨呢，手机响了："小雨，下班没？""下班了，在家呢。""吃过饭没？想我吗？""在单位食堂吃过了。你在家还好吧？""问你想我了没有。""你说呢，呵呵。""那就是想了。我可是想得恨不得马上就飞到你身边。""哈哈，那就飞吧。"

这时就听见开门声，萧潇笑嘻嘻地跑了进来，一下抱住了小雨："我这不是飞过来了？"小雨又惊又喜，还没顾上说话，萧潇就吻了过来："想死我了，小雨。"

"哎呀，门还开着呢。"小雨推开他赶紧把门关上。

"哈哈，我这是猴急。"

小雨看他那样也笑开了："吃过饭没？怎么没在家多陪陪爸妈？"

"哎呀，我着急赶回来见你，就忘记吃了。这叫废寝忘食吧。"他坐下换好鞋子，"我现在怕是没地方去了，只能赖在这儿了。这不刚过了节，向爸爸汇报完工作就被赶回来了。怎么样？公婆不错吧。"

小雨心疼地赶紧让他去洗洗手，自己准备到厨房里去。萧潇抓住她："别急，过来看看。"他打开了一个包装精美的袋子，拿出一件粉红色的长袖连衣裙和一个粉色的香奈儿小坤包："怎么样？喜欢吗？"小雨平时是不关注什么名牌的，但香奈儿她还是认识的。

"你买的？"

萧潇一脸委屈："我哪有空啊！你看到家就快吃晚饭了，然后和爸爸及蒋叔叔一起汇报工作到很晚，今早就急着赶了回来。"小雨想了想也是，他确实没有时间买。

"那这是哪来的？"

萧潇一边洗手一边伸出头看着小雨。

"你婆婆买的。她老人家说不能总让小雨帮我们买东西，我们也得表示表示嘛。"

小雨拿起衣服看着，还真是自己穿的号。哪有这么巧的，肯定是萧潇捣的鬼。

"你妈怎么知道我穿多大的号呀？"

萧潇调皮地用手上的水弹了弹小雨的脸，嬉笑着走了过来："她早就悄悄地来看过你了，不仅她老人家看过了，听妈妈说，就是爸爸也自己悄悄地见过你。"

这太意外了，想着他爸妈过来看过自己，脸一下子就羞红了。

萧潇看见小雨绯红的脸，忍不住抱着她在脸上亲了又亲："他们也是着急抱孙子，别生气啊。"

小雨白了他一眼："谁说就生男孩啊？我喜欢女孩。"

萧潇喜出望外啊，忙不迭地点头："女孩好，女孩好，像她妈妈肯定是个漂亮的小棉袄。"小雨害羞地捂住脸："少来，又被你套进去了。"萧潇笑着又把小雨拉进了怀里。

"你妈买这么贵重的包要花不少钱吧？"小雨平时就听小鹿姐说 LV 啊香奈儿什么的都是奢侈品，多少钱她还真不知道。

"只要你喜欢就行。哎，你快穿上试试。我妈说你穿上肯定如出水芙蓉般的美丽。"

这样一说，小雨更是害羞了："还是等会儿吧，我赶紧给你做点吃的，别饿坏了。"

萧潇低头吻了吻小雨的发梢："别做什么了，就吃点泡面。回家妈妈做了那么多好吃的，减减肥。"

小雨从冰箱里拿了个鸡蛋和一碗泡面："妈妈有没有说你瘦了？萧潇。"

"还瘦呢，看看我都长小肚子了。"萧潇从背后紧紧地抱住了小雨。

"别闹，都做好了，快去吃。"小雨煎了荷包蛋放泡面里端上餐桌，自己在旁边陪着，"萧潇，怎么没在家多陪陪你爸妈？"

萧潇一口煎蛋噎在嘴里，刚想张嘴说话，小雨赶紧打断他："慢慢吃，吃完再说话。也没人和你抢，怎么还像个孩子？"

萧潇好不容易咽下那口煎蛋，这才舒了口气："你不是不知道，不让说话这憋得难受嘛。"小雨看见他故意夸张地逗着自己，也被他的憨样给逗乐了。

"好，等你吃完面我不说话专听你说。现在你吃饭不要说话就听我说，这样公平吗？"

萧潇一听乐坏了。他拿起一根筷子摇头晃脑起来："这样好的美事到哪去找？古时候是听琴品茶，高山流水觅知音；我现在是就海鲜面，有阑珊处佳人陪聊，岂不乐哉美哉？"

小雨听罢，一脸严肃地看着萧潇碗里的面："萧潇，你的牙有没有被酸掉啊！"

宋萧潇实在是撑不住，放下筷子大笑起来："小雨，你真是损人都不带笑的，可笑死我了。高，我服你了。"

小雨故意板着脸，拿起筷子递给他："还笑？快吃，面都涨掉了不好吃。"

萧潇揉揉自己的肚子："不笑了。可你要说话算数，我听着呢。"

小雨看着他，示意萧潇赶快吃，低头想了想，缓缓道："其实，刚才看见你吃煎蛋的样子，我想起小时候的一件事。那是妈妈第一次动手打了姐姐，也是她唯一一次动手打人，所以我印象很深刻。那天是姐姐的生日，好几天前她就一直盼着了。本来爸爸答应送姐姐礼物的。可那星期工厂里有事，爸爸没能回来。这下梦依不开心了。姐姐生日那天，妈妈做了长寿面，又给我们和叔叔煎了荷包蛋，算是给梦依过生日了。姐姐本来就不开心，赌气呢，就一根一根地在挑着面吃，那黄灿灿的煎蛋没动。我们家那时只有逢年过节才会吃上鸡蛋的，平时妈妈会拿去换点零用的东西。最多时不时地给叔叔煮个背着我们悄悄给他吃。那天叔叔看见煎的鸡蛋，三口两口地就吃完了，看见姐姐碗里的还没有动呢，上来就抢。那就是一根导火索，梦依心里的不痛快全爆发出来了。她用力推开叔叔不让抢，两人就这样互不相让，你推我攘的。就这样碗摔地上碎了，煎蛋和面也洒了一地。梦依大哭起来，叔叔也被吓坏了。妈妈气急，打了姐姐一巴掌。我们都怔住了，梦依被怔得忘记了哭泣，叔叔则躲在那里抱着头哆哆嗦嗦'不哭不哭'。妈妈自己却忍不住抱着姐姐流起泪来。"

萧潇心里一酸，走了过来抱起小雨沉默了好一阵。

"妈妈她现在是在姐姐家还是回家了？"

梦雨没想明白萧潇这样问的意思。她叹了口气："我前两天给她打了电话，说是要到姐姐家带外甥，梦依的婆婆回自己家去了。"

"那我们和姐姐视频吧？让我见见她们。求你了，小雨。"

看着萧潇满怀期待的眼神，梦雨点了点头。就这样，小雨正式地把萧潇介绍给了家人。视频结束，萧潇开心地抱起小雨在客厅里跳起舞来："小雨，你搬过来住的事情也请示过妈妈呀？"

梦雨一脸的认真："那是当然了，她老人家不同意我还不敢呢。"

萧潇一脸的坏笑："那就是说她老人家早就认我这个女婿了？你怎么不早点告诉我呢，还害得我紧张兮兮的。怎么样？对我刚才的表现还满意不？"

小雨看他那装着一脸的无辜样，用手在他脸上划了划："羞不羞啊，就你还紧张兮兮？把我妈和梦依哄得都乐开了花。"

萧潇更是一脸的无辜了，他搂着小雨随着音乐转过了茶几："那我还不是为了让她们对我有个好印象？哎，小雨，你当时和丈母娘说我们住一起时，她老人家都说了什么呀？"

小雨趴在他怀里调皮地看着他："你真想知道？"

萧潇点点头，露出了少有认真的表情："当然了，真想。"

小雨不紧不慢地拖长声音说道："她就说，嗯——"看萧潇着急得要跳脚了，她才接着道，"哈哈，急了吧。妈妈就说和爸爸商量好了，只要我们真心待对方就行，要我看清楚人，别上当就成。还说小雨长大了。"

萧潇心里一阵感动："你爸爸那里也通过了呀？哈哈，太高兴了。早说呀，害得我心里七上八下的。小雨，我猜你长得应该像爸爸。"

萧潇明显感觉到怀里的小雨僵住了，只见她起身默默地拿起连衣裙走进卧室关上了门。

看着她的反应，萧潇有些蒙圈了，努力思索着哪句话不太合适。他在房门口踱着步徘徊着，小雨的反应有点太奇怪了。唉，小雨到底有什么事情不好开口对自己说呢？他甩甩头，等小雨哪天愿意告诉自己吧。

已经是 9 月中下旬了，天气还是这样闷热。午后阳光明晃晃地照着大地，热气还是熏得人有点吃不消。好在早晚分得开，较为凉爽。所以病人一般在中午时分要少些，刚上班和下班前就相对比较热闹了。还有些人更为聪明，看病看得较晚了，那就干脆不回去，在医院的大厅里找了僻静的位子坐坐，里面有空调，也比外面的大热天舒服。等到热浪退去，他们也就散了。

中午时分，梦雨和小鹿姐也有了些倦意。大热天的做好了一些常规的治疗，病人大多也都在休息。就算是有事情，他们也会按铃的。正在她们互相打着趣想天当被地当床呢，23 号床按铃了。小鹿姐抬脚就走了出去："我去，眼皮重死了。去走走清醒下。"

听着小鹿姐那踢踢踏踏的声音远去，小雨继续在整理着病人的一些记录表。可一想，这 23 号床不是刚刚输好液的马，怎么回事？她仔细听着那踢踢踏踏的声音会不会再次响起，可过了好一会儿小鹿姐都没回来。梦雨觉得奇怪了，小鹿姐在干吗呢？她站起身走进了病房。

小鹿知道梦雨进来了，头也没抬："赶紧去找小郑来。"

小雨看了一眼病人，似有意识障碍。她昏昏沉沉的脑袋马上一个激灵就清醒了过来，拔腿就往办公室跑，一边走一边在脑海里回想着 23 号床的一些基本情况：一个多星期前入的院，因感冒咳嗽自行在家吃药，后不见好转，并发胸疼家人送院治疗。有 10 年的糖尿病史，CT 显示左下肺纹理有不规则的阴影。白细胞 15（10~9/L）单位，血糖 20 单位，被收入大内科病房住院。因其自行服药期间用过抗生素，所以入院没有进行细菌培养，只采取常规的抗生素治疗。效果不是很明显。但因有糖尿病史，所以也不能用激素治疗。难道是酮症酸中毒？梦雨脑袋里飞快闪过。

等到她和小郑医生赶到 23 号床那里，看见病人身上出现了散状的出血点。她心里一惊，这比她想象得要严重得多，而且病情发展得好快。小郑医生让她拿来了氧气袋给病人吸上氧，和她们一起将 23 号床推进了抢救室。他们很快建立了静脉通道，按医嘱用 1000 毫升的低分子右旋糖酐，加入抗凝的 PAMBA 200～400 MG 每滴。但效果不明显，病人出现了微循环障碍症状，尿少尿闭，血压下降。紧急调来大量新鲜血浆输上，可最后病人还是出现了休克，最终形成多器官功能衰竭，人没了。看着嘀嘀作响的那条直线，小郑医生没有放弃，他拼命地想抢回些时间，直到被同事拉开。

从中午一直抢救到了晚上，还是没能拉回病人，小郑医生是心力交瘁。他一遍遍回想着各个细节，自己在哪一步做错了？可脑海里翻了个遍也没能明白。虽然是看似简单的肺炎引发 DIC（弥散性血管内凝血）导致病人死亡，但是他明白绝不是肺炎引起的这么简单。罪魁祸首应该还是糖尿病的并发症。

可外面病人家属情绪激动，说中午输好液后人还好好的，他们才刚刚离开一会儿人就没了，他们更是不明白。小郑理解病人家属的感受，可自己尽力了，真的尽力了。

季主任敲了敲门走了进来："心里不舒服是吧？说说看。"

小郑现在思维有些混乱了，他有气无力地看着领导加导师："季主任，我内心是知道自己真的尽力了。可就是心里不舒服。"

"是不是想就是个肺炎怎么人就没有了呢？抢救都抢救不回来？"小郑无奈地点点头。心里那个委屈呀，又说不出口。

看着垂头丧气的小郑，他在爱徒的肩上拍拍："告诉你啊，我还见过普通的阑尾炎而引发了 DIC 人也没了呢。我刚看了你的抢救记录，基本没有问题。这病人是晚期糖尿病患者，最终引发急性出血而导致的。病人家属要求病理解剖，正好可以还你清白。不早了，今天你也累坏了。不要想太多，回去休息，好好睡一觉，有事情明天再说。"

可小郑医生瘫坐在那儿一动不动，也不说话。

季主任只好打电话叫来了李梅梅，让她把小郑劝回去休息。

宋萧潇那天因为公司的事情没有忙完，给小雨发了消息要晚点回家。可等到家都晚上 10 点多了，见小雨没在家他着急了。正好护士长给他打来了电话，让他来医院接小雨。

他一路跑到医院才发现出事了，四楼的护士站里一片狼藉。花盆摔得满地都是，椅子也被翻倒在地，就连导诊台也被掀翻了，乱哄哄的满屋子人。萧潇看见派出所民警正在劝着一群情绪激动的人，时不时还推推搡搡的。他可急坏了，冲进护士站里间，这才看见小雨、小鹿姐和护士长她们在和上夜班的护士说着话。见她们都还安好，他那怦怦跳着的心才平复下来。看见宋萧潇走了进来，护士长安排他护送小雨和小鹿姐回家，这里她留下。院领导也正在协助派出所处理事情呢，所以小雨和小鹿姐也就随萧潇先走了。

一路上她俩都没说话，只是紧紧地握着手，表情木然。萧潇也没好说什么，他给小鹿姐叫了辆计程车，准备和梦雨一起送她回去。

"你们不用送我了，到家给你们消息。萧潇，多陪陪小雨，她吓坏了。"说完，挥手让司机开车走了。

萧潇这才感觉到紧紧抓着自己手的小雨在微微颤抖。他心疼地看着一直低头不语的小雨，把她紧紧地搂在怀里。

166

"小雨别怕，我在这儿陪你。"

梦雨默默地抬起头，眼泪唰地流了下来。

等到了家，他帮小雨调好了洗澡水。小雨默默地洗完了澡，这才依偎在他怀里瑟瑟发抖。萧潇心如刀割："小雨，和我说说吧，说出来就好了。"

过了好一会儿，梦雨才断断续续地说着今天发生的事情："他们好凶啊，一群人直接就冲了过来，看见东西就砸，还指着我和小鹿姐骂。把我们护士台也给掀翻了，我们吓得只好躲进里面的操作间。平时整理好的资料也给搞乱了，但我们也不敢出去。他们那么多人，那么凶。幸亏小郑医生被梅梅姐劝回去了，不然要出事情的。"

萧潇低头看了看，只见她两眼发直。他一遍又一遍地想用吻安抚小雨那瑟瑟发抖的心。

"其实他们不能怪小郑医生的。这个病人发病很急，我们抢救也很及时，就是可惜没能救回来。"

"当我看见他身上的散状出血点，心里就知道不好了。很是可惜了，没想到病程这么快。他们真的不能怪小郑的，他尽力了。"

萧潇等到小雨不瑟瑟发抖了，才把她抱上了床。尽管心里是多么想知道今天发生的事，但他明白现在最好是让小雨自己说出来，把心里的委屈发泄出来才是。

给她倒了杯牛奶，又拿了些点心让她吃下，他回书房给蒋叔叔打了电话，安排好明天的事情后，这才悄悄推门进了卧室。

他轻手轻脚地走到床前，只见小雨还睁大眼睛在那想着心思呢。萧潇上床让小雨头枕着自己，轻轻地拍着她："睡吧，小雨。别想了，明天一切都会过去的。"

"这梅梅姐过几天就要做新娘了，却碰上这种事情，心情肯定不好。唉，明天还不知道会怎样呢。"

"警察不是都来了吗？他们还敢闹？"

"谁知道呢，但愿吧。""萧潇，我睡不着。脑子里尽是今天的场景。"

萧潇想了想，起身倒了些红酒。他轻轻哄着躺着的梦雨："小雨，干脆我们喝点酒吧，反正也睡不着，还不如我们聊聊。"

梦雨点了点头，起床拿了些小零食用小绒毯垫着，和萧潇靠在床上喝起酒来。

可能是酒精的作用还是怎么，她缓缓地说起了儿时的一些事情："小时候我上的是乡里的小学，比较简陋。全校几百人，连一个像样的操场都没有，就只有校园背后的一个小山丘。天晴时还好，还可以去上面玩耍。可一到下雨天就只能待在室内了。后来老校长就发动我们每天课后自己动手挖，连体育和自习课都用上。我们就每人每天从家里带些简单的工具，男同学拿锄头、带小铁锹，我们女生大多是背着背篓和小竹筐的。我们在老师的带领下，以班级为小组一块一块地挖。尽管经常弄得满身满脸的灰尘，但每个人脸上都洋溢着欢笑，因为以后就有我们自己的球场和操场了，是我们自己的劳动成果。慢慢地，手上起泡了，后来磨破了又变成了茧。即使这样也没有人会偷懒，大家都干得可欢了。我们全校师生挖了一个多学年，那操场终于完成了。看着自己亲手挖出来的操场，全校师生在上面高兴地跳着、唱着、蹦着。从此，我们有了做操的地方，有打篮球、踢毽子、甩沙包的地方了。那一刻真的很美好，在我们小小的心里就像是拥有了整个世界般的那样美好……萧潇，你要知道，今天我们真的尽力了，小郑医生也是拼尽了全力。萧潇，我困了，我真的好累。"

萧潇看见小雨满脸疲惫，眼皮都抬不动了。他赶紧接过她的酒杯，把东西拿下。小雨蜷缩着睡着了。萧潇轻轻拍着她，看着那心力交瘁后的脸庞，一直强忍着的他，鼻子一酸，眼角泛起了泪光。

第二天萧潇很早就醒来了，他蹑手蹑脚起了床，把所有该准备的事情都做了一遍。看着小雨还在安睡着，他拿了本书边看边等着她醒来。

梦雨一觉睡到了 10 点半。平时她滴酒不沾，昨晚喝了那么多的红酒，现在还有些头痛。她睁开眼，看见萧潇有些模糊的身影。可不是嘛，坐那看书呢。梦雨躺着一动不动偷偷地看着他。眼前的他总是让自己内心充满着温暖。他是那样英俊、善良、体贴、懂我。小雨在心里默默地感谢上苍对自己的厚爱。

"小雨，醒了？"

萧潇放下书走到床边，用脸贴了贴小雨的额头："是不是头还晕？你不会喝酒的，是不是起不了床了？"

小雨正享受着他的温存，赖着不想动："几点了？萧潇。"

"10 点半了，我做好了醒酒汤，给你拿过来。"

梦雨一听就想爬起来，可还是有些头晕目眩的。

"都这么晚了呀，我睡得可真沉。你怎么没去上班？"

萧潇按住了她："别动，我去端过来喂你吃。我嘛，请好假了，你放心吧。"

萧潇本是想让她也休息一天，可考虑了一下，她还是没有同意。出了这样的事情，她心里恐惧，别的护士也不会好受，让别人替自己上班不好。再就是她心里还是惦记着医院里的情况，就是在家休息心里也会七上八下的。

宋萧潇还是不放心，陪着她一起去了医院。到了四楼一出电梯门，一眼就看见医生办公室被砸坏的门修好了，不过新补的地方是那样刺眼，看着心里不舒服。萧潇明显感觉到小雨握着的手紧了下。唉，真是心疼。她面部表情虽没什么变化，可心里的苦只有自己知道。

还有那些被打坏的花盆座椅也都被一一修好，新换的绿色植物和花盆盆景摆放整齐。楼道里安排有两三个医院保安在巡视着。萧潇看到这里，紧张的心情才有些放松下来。

梦雨换好衣服在护士台里接班了，一直示意着让他回家去。萧潇看了看手表，4点还不到呢，想着去看看小郑医生，他推了推医生办公室的门，才发现门是锁着的。保安看见了走了过来，告诉他郑医生休婚假了。他拿起手机给小郑哥打了过去，他们约好了见面的地点。

宋萧潇赶到饭店，就看见小郑医生独自坐在角落里，菜已经上好了，旁边还放着一瓶酒。看见萧潇走了过来，小郑也是苦笑了下，算是打了招呼。

"梅梅姐呢？"

小郑摆了摆手："她忙着看婚礼场地去了。兄弟，别管她，我们俩今天一醉方休，不醉不归。"便叫来服务员拿了两个大杯子，倒得满满的。

萧潇没有他的酒量，想着小郑医生心里不痛快，就让服务员又拿了两个小杯子来。

小郑摇摇头，很是伤感："兄弟，我从举起右手宣誓希波克拉底誓言开始，就从没想到我还有从窗户逃出办公室的这一天，想破脑袋也没想到会有这一天。"

宋萧潇听到这也是吃了一惊："听小雨说梅梅姐不是把你劝回家了吗?"

小郑没接腔,他端起酒杯:"来,兄弟,陪老哥干一杯。"他一口气喝了满满一大口,萧潇想给他倒小杯里都没来得及。

"'痛点'老弟,我一直铭记着'我志愿献身医学,热爱祖国,忠于人民,恪守医德,尊师守纪,刻苦钻研,孜孜不倦,精益求精,全面发展。我决心竭尽全力除人类之病痛,助健康之完美,维护医术的圣洁和荣誉。救死扶伤,不辞艰辛,执着追求,为祖国医药卫生事业的发展和人类身心健康奋斗终生。'我自问一直也是恪尽职守。这个病人的死亡,整个过程我仔仔细细地像看电影那样,过了一遍又一遍,就没有想到哪里我有疏漏。当然,他家属的心情我是能理解,但这样的过激行为也很让人心寒。说实话,死亡是我们每个人都不愿意看到的。无论是家属也好,医生也罢,都是这样的心愿。可医生不是上帝,有很多的时候哪怕自己有多么想把他从死亡线上给拉回来,可那也只是个美好的愿望而已。人类还有很多的局限,有很多自己不能认知的东西。医学也是一样,在很多的病痛面前,我们有时也束手无策。看似普通肺炎,人却走了,我心里比谁都难受。憋屈啊,老弟。可我们也是人啊,兄弟,这儿也会疼。"他用力敲打着自己的心口,一仰头又喝了一大口酒。

"不知你听小雨说过没,我们这个行业就是活到老要学到老。因为知识要更新,人类在发展。只有这样才能更好地为患者服务。我们也是在竭尽全力。"

他又抓起酒杯准备往嘴里灌,萧潇一把抓住他的手:"别喝了老哥,如果认我这个老弟,就先吃口菜。"

小郑叹了口气放下酒杯:"老弟,你知道昨天我为什么不想离开医院吗?我就是在反思、就是在苦想:想抢救时的整个过程,想这个病人从入院到现在的所有病情，还想自己心里的无奈和无助。老弟啊，有时候那种无助就像有把刀子捅着你的心，疼啊。"

萧潇看着小郑医生一脸的痛苦，心知劝是劝不住的。他索性倒了两小杯酒："来，大哥，小弟敬你。无论结果怎样请你相信，绝大多数的患者还是很感激你们的努力和付出的。说实话，没认识小雨前，我对你们这行业也是有些看法的。可自从和你们接触后，慢慢就理解了你们工作的艰辛和不易。从昨晚到现在，看见小雨那害怕无助的样子，我的心好疼好疼。但，郑哥，你要坚持走下去。因为你们的工作是非常有意义的。"

小郑也一口干了杯中酒："这话没错，兄弟。就冲你选择做我们护士站的女婿，就知道你能理解。兄弟，好样的。正是因为有你们，所以我们就更加兢兢业业做好每天的工作，这也是我坚持下去的信念。我不是有好些同学都改行做其他的事情了吗？可我还在坚守心中那份神圣的信仰。"

"老弟啊，我有个同寝室上下铺的同学，改行做医疗器械销售，赚翻了。他听说我买房缺点首付款，就来找我，让我辞职和他一起干，我没同意。不是我有多高尚，是我不想改变初衷。知道是为什么吗？这事一直憋在心里难受啊，连梅梅我都没说过，没法开口。我为什么义无反顾地选择了医生这个行业，哪怕再苦再难都不改初心？我有个妹妹，从小特别黏着我，我到哪她到哪，一直跟在后面'哥哥，哥哥'地叫。在她5岁那年，突然变得特别爱摔跤，一不注意就摔倒了。开始家里人都没引起重视，只是交代我要看护好妹妹。那时哪懂啊，没人能懂。直到后来她两只眼睛都接近失明了，我爸爸才发现不对。等到了县医院去检查时，医生让我爸爸把妹妹直接领回来了。是视网膜细胞瘤，癌细胞已经侵入脑部。如果，我是说如果早点发现，还是有生还概率的。没过两个月妹妹就走了，就这样永远地走了，走时是那样痛苦不堪。那年妹妹才5岁，我8岁。那时我就暗暗发誓，长大后一定要当名医生！一名治病救人、不让妹妹这样的悲剧重演的医生。我知道妹妹在天上看着呢。"

小郑说到这里两眼发直，泪水悄然滑落。

宋萧潇心口也是堵得厉害，没想到小郑哥心里也埋着这样的辛酸。好一阵沉默。

萧潇知道任何语言都是苍白的，他握了握小郑医生的手，倒了一小杯酒站了起来："大哥，我知道说什么安慰的话都是肤浅的，那就用这杯酒敬你的初心。还有，天堂里没有病痛。"

小郑这才从思绪里回过神来，一口喝干了杯中的酒。因为心情不好加上酒精的作用，他的眼神蒙眬而迷茫。他抬眼看了看对面的宋萧潇，像是喃喃自语："天堂里没有病痛。好。"

他抓起大杯的酒，猛灌了一口。

"这让我想起一个人。我的一位大学同学是市里三甲医院的泌尿外科主任。那天他当班时，有位外地来的50多岁的父亲带着女儿前来就诊。我同学翻看病历，知道他们被多家医院婉拒过。看那肿瘤的位置在血管外一点，确实不好动手术，风险极高。看到我同学也摇着头，那老父亲跪下了，抱住了他的腿，求他救救自己的女儿，这是他们最后的希望。权衡再三，我同学答应试试，他说他也是孩子的父亲。在那老父亲同意不能保证手术中安全的前提下，我同学走上了手术台。"小郑医生长舒了一口气，本来就落寞的眼神里透着更多的无奈和悲凉。

萧潇就静静地听着，等着小郑医生的倾诉。

"结果手术非常成功。那个肿瘤被完整地剥离出来了，本来皆大欢喜。可谁料到就在缝合时，血管毫无征兆地破裂了，血一下子就喷了出来，止都止不住。结果可想而知，人还是走了。"

他顿了顿，眼睛直直地看着桌面："这时那老父亲不依不饶了。他老家呼啦啦来了一大群人，有在院门口拉横幅的；有堵在同学上班的路口、诊室门前的，干扰正常的接诊秩序。他们断断续续闹了一年，卫生局、派出所都干预了好多次，但都没有得到最终的解决。我同学因此患上了抑郁症，有天走上了他们医院的楼顶飞身而下，留下了一个 3 岁的女儿和同为医生的老婆。"

好久好久，小郑埋着头都没有说话，萧潇心里也酸酸的，搜肠刮肚也找不出合适的语言来，只好伸手在小郑的胳膊上拍了拍，以示安慰。

好一会儿，小郑抬起头把手一挥，似要赶走那些阴霾，他对着萧潇说："不说那些不高兴的事了。兄弟，听哥一句话。小雨是个很不错的女孩，好好对她，不能辜负她。我对梅梅也是，有时候心里还是有些愧疚的。"

萧潇看他能从之前的思绪里抽出来，也松了口气。他夹了点菜放小郑医生的盘子里，一边说道："大哥放心，我会谨记你的教诲，一辈子对小雨好的。"

小郑医生抓起面前的酒杯又一口喝干："那就听她们的话，不要违背她们的意愿。梅梅想办个盛大的室外草坪婚礼，我一开始就很反感。结个婚搞得那样兴师动众。结婚是两个人的事情，搞得自己像个猴在被人耍。这里办完，还要去她们家办；她们家办完还要去我老家办。兄弟，想想我头都疼。可女人这辈子也不容易，又是自己最看重的时刻，想咋地就咋地吧。唉，梅梅跟着我也不容易，我太大男子主义了，不像老弟你那样细心。她经常说我是病人第一，她第二。我有愧啊，兄弟。我……这下我要好好休息休息，什么也不想，好好陪陪她。兄弟，我……心里堵，堵得慌。"

小郑说着又端起酒杯要喝了，萧潇没有办法，只能趁他不注意把白酒换成了白开水。

"兄弟你知道吗？昨天要不是三楼有个平台。唉……怕是连梅梅我都保护……不……了，还男人。"

他端起酒杯又一口喝干，醉眼蒙眬地看着萧潇："呵呵，被保安从三楼用……梯子……你想不到吧……老弟。"

后来，梅梅姐办好事情过来，和宋萧潇一起把他架了回去。

人生就是这样，总会在你不经意间遇到些沟沟坎坎。有些人会坚定抬脚蹚过，一笑了之；而有些人则会犹豫不决、畏缩不前；还有些人会退缩回去、重新选择；极端的人却走了相反的道路，偏离了人生轨迹。可不管怎么走，都是自己内心的选择。

在这犹豫的十字路口前，有个影响抉择的重要因素，那就是你有没有坐标。是的，就是埋在你心里的那个标志性东西。俗话说，人人心里有杆秤。如果这杆秤深埋在心里，你的路就不会偏到哪里去。它总是在牵引着你、陪伴你一路向前。

小郑医生就是个有坐标的人。发泄过后，该干什么就干什么。从宿醉中醒来，他做的第一件事就是拉着李梅梅去拜访同学的遗孀，同为复旦同窗的谭美晶。

再次见到谭美晶，她的状态还是一如既往的温婉、从容和淡雅。当初他的哥们就是被她这江南小女人的气质吸引，追了好几年才抱得美人归。看得出，她已从失去挚爱的阴影中走了出来。

"嫂子，我们这一天瞎忙的也没抽出空来看你。也还怕你看见就会想起大哥而伤心。所以，也没好贸然前来打扰。"

在他们大学期间，李梅梅没少和他们在一起玩，彼此都很熟悉。

"要放在以前还是真会。你们知道我最怕什么吗？最怕看见老同学，也怕听他们的电话。要是看见小郑啊，那老公学生时代的点点滴滴就会冒出来，心会更疼。现在不同了。小郑你是最熟悉他的人，我问你，在学校时，你们聊得最多的话题是什么？"

谭美晶平静地看着他俩，她柔和的目光里，因为坚定而更显明亮。

"当然记得，大哥和我聊得最多的除了你，就是如何做一名合格的外科医生。"

谭美晶深深地吸了口气："是啊，他为了这个理想一直坚定地前行着，不惜搭上了自己的性命。我想过很多次，如果老公也能像其他医院那样，拒绝做这台手术，那我们现在是不是还可以坐在一起，快乐地聊着天，我的女儿是不是也不会失去疼爱她的爸爸。可那就不是我的老公了。我知道哪怕只有百分之一的希望，他都不会放弃。因为那百分之一就是苦难家庭的全部希望。如果有来生，让他重新选择的话，他还是会做同样的抉择。这就是他的理想、他的抱负。"

他们坐在咖啡馆靠近一棵大树的位置，正午的阳光透过树枝的斑斑点点透了过来，照在谭美晶身上。她被如梦幻般的黄色光晕包裹着，好美啊！

谭美晶沉浸在自己的思绪里："他这次接下这台手术，并没有告诉我。一般接到比较棘手的病例，他会和我聊聊的。事后他说，自己知道手术风险很大没有把握，怕我担心。说实话，我在心里埋怨过，就算不为我们母女考虑，也要为自己的前途想想啊。可出事后，他背负着那么大的精神压力，我哪能说得出口。同事的不理解、一些人的冷嘲热讽，加上病人家属一而再再而三去医院、去卫生局闹事，他最终还是没能挺过去。一年啊，整整一年，他的内心经历过怎样的挣扎没人能懂。作为妻子，我为自己的无能为力而痛心。我不怪那些说他想出风头的人，因为他们根本就不懂我老公；根本就不会明白装在他心里崇高的、为了医学事业可以抛弃一切杂念的信念。人一旦没了这信念，他在这世间就如同行尸走肉。就是因为懂得，所以我走出来了。我为他骄傲，我没有嫁错人。

"我为什么申请调到小儿科工作？儿科工作累，又吃力不讨好。没人愿意去，我去。我们当初为什么选择医学院？不就是想着治病救人、为患者解除病痛吗？儿科的工作是不好做，但我不仅仅是医生，还是位母亲。"

娇小的谭美晶此刻散发出的力量感染着小郑和梅梅。小郑心中更是五味杂陈、感慨万千。

"嫂子，来的路上我还和梅梅商量着怎么安慰你呢。现在倒好，你给我们上了一课啊。知道我刚才在想什么吗？我真的很幸运遇到你们。当初为了大哥能追上你，我们在背后搞的那些小动作仿佛就发生在昨天。你和大哥到现在还保持着初心，坚守自己的职责和理想，我佩服。特别是嫂子你，经历这么大的打击，却还无怨无悔，你和大哥都是我们的榜样。"

谭美晶温润的脸上浮现出如少女般的羞涩。她看小郑心情有些沉重，就故意岔开话题。

"我还不知道你们背后搞的那些小名堂？早就看出你们是有理想、有抱负的人，不会随波逐流。所以就故意想考验考验他的。梅梅，你当初是不是也看上小郑这点了？"

李梅梅飞快地看了小郑一眼，有些不好意思："嫂子，我那时哪有你这样的眼光啊！只是觉得他人好，长得又英俊，就……"

"就死乞白赖地跟着我了，甩都甩不掉。嫂子还记得我们上学那会儿，她跑我们学校多少回啊。学校门槛都快被她踏平了，还没少和嫂子挤上铺。"

不愧是知根知底的老同学，谭美晶这招真有效。只见小郑扬扬得意地在那嘚瑟，梅梅气得是横眉冷对。

这一说还真勾起了对大学的回忆，她提起老公的一桩糗事来："梅梅，你还记得我们 4 人第一次去学校外面的那家咖啡馆吗？就在咖啡馆等他们的那次。也是这个季节。"

李梅梅记忆犹新："当然记得了。那天本来说好是大哥请的。结果我们咖啡是喝了一杯又一杯，坐了好几小时也没能等到大哥。然后嘛，某人也不见了踪影，害得我俩就差打报警电话了。"

李梅梅笑嘻嘻看着小郑尴尬的表情，心想看你还敢嘚瑟不。

小郑装出无辜状，一个激灵就想把话给圆过来："不是，嫂子。我那不是第一次喝咖啡不适应嘛！后来一想不行啊，大哥这么久不出现，那大嫂你会生气的。就跑去图书馆把大哥给抓回来了。哪承想，两位美女不见了。这不能怪我，对吧，嫂子。"

"大哥没来你就跑呀，还强词夺理呢。"李梅梅怼着他。

"不是，梅梅你想啊，我如果不把大哥抓回来说清楚，那后果很严重的。"

谭美晶陷入了回忆中："是呀，那天他帮着导师查资料，手机没电了都不知道，也忘记了时间。这就是他，这才是他，我怎么会生气呢！"

又是好一阵的沉默，大家都没再说话，各自沉浸在回忆里。

还是谭美晶打破了沉默："你们今天来找我，不会就是叙叙旧这么简单吧？"

李梅梅从包里拿出她和小郑的结婚请柬，双手递给了她："恭请大嫂光临。"

谭美晶惊喜地看着他们："真好，恭喜你们修成正果。这么些年，小郑终于要迎你进门了，你大哥也会为你们高兴的。"一直很坚强的她，眼角也泛起了泪光。

"大嫂。"

"我没事，真的没事。替你大哥为你们高兴着呢。"

回去的路上，小郑一直不太说话。看着在沉思的他，梅梅心里七上八下的。她清楚在小郑大学同学里，他和大哥关系最铁、最是惺惺相惜。她仿佛又看见小郑得知大哥患上抑郁症时的表情，心里酸楚楚的。

哪怕小郑再粗心，和梅梅在一起这么久了，还是能感受到她的心情的。他搂着梅梅，坚定地对她说："梅梅你放心，我有这样的大哥大嫂，就不会给他们丢脸的，也不会给你丢脸的。我是想明白了，天若有情天亦老，月若无恨月常圆啊！人生难得圆满。那就从今天起，做我该做的，其他留给时间去评判。我是小郑我怕谁！"

李梅梅这些天来心里悬着的石头终于落地了，她眼一热，把脸埋在小郑的怀里。

十二　两个人的婚礼

10 月 1 日，小郑医生和李梅梅的婚礼如期举行。一大早天还蒙蒙亮，梦雨就赶紧把萧潇叫起了床。他们简单地吃了些早餐就准备赶到小郑他们的新房里。按照梅梅姐的安排，小雨他们也过去一起让化妆师化化妆。因为她和小郑医生两家都在外地，也就省去了接新娘这样的俗套了。婚庆公司给他们准备好了酒店的新婚套房，化完妆后，就直接从酒店去婚礼现场了。

那天萧潇让小雨穿上了妈妈送给她的那条粉色连衣裙，心里不得不佩服妈妈的眼光。那粉粉的底色，在裙摆处绣着的朵朵荷花，把小雨白皙的皮肤映衬得如出水芙蓉般的美丽。真丝的面料自然下垂而飘逸，腰间打着细细的皱褶把那纤纤细腰显露得恰到好处，身材也完美地展现出来了。宋萧潇左看看右看看，上看看下看看，跑去房间，从首饰盒里拿出一条挂着心形吊坠的彩金项链，过来给小雨戴上。

萧潇看着镜子里楚楚动人的美丽倩影，才满意地点了点头。俯身在小雨的耳边轻声说道："真像美丽的新娘。"

梦雨白了他一眼："少来。"又看着那条项链追问道："哪来的？我怎么感觉像掉陷阱里了。"

宋萧潇做了个鬼脸："妈妈送你坤包和裙子，那我只能买项链了。"

看看窗外已露出一抹红晕，时间不早了，梦雨只好作罢。

"先记着，回来和你算账。"萧潇这时也换好了衣服。

今天他特意选了套浅色银灰色的西装，打着银灰带暗红色条纹的领带，很是精神。和梦雨的粉色真丝连衣裙也是很搭的，超凡脱俗。

他走上前挽着小雨的手："看看我们般配不？像不像新娘和新郎？走喽，去结婚现场。"小雨看着镜子里神气十足的萧潇，再看看面如桃花的自己也开心地笑了。

虽然小雨对于梅梅姐说的草坪婚礼有心理准备，但见到那绿草茵茵、装饰一新的婚礼现场，她还是被震撼了。真漂亮，又气派。

只见几千平方米的草坪上划分出几个区，正中间是一条摆放花型拱门的通道，通道后面就是欧式的一座教堂式建筑的大门，这里就是主婚区了。两边绿地上长长的条形桌摆放整齐，用鲜花设计出的造型在白色桌布和绿草蓝天的陪衬下更加娇艳。而一片一片空草地，被各种造型的彩色气球装点着。有动物造型的，也有一束束的用红丝绸束着，把整个婚礼现场烘托得温馨而甜蜜。

小雨很喜欢主婚区通道两旁粉色气球编成的两个连接的心形造型，中间还有根长长的大红色的气球相连。她微笑着指给萧潇看，耳语着："丘比特之箭。"

萧潇心领神会点点头，指指小雨，又指指自己。看着从没化过妆的小雨，在经过化妆师的巧手后，本来就天生丽质，现在变得真像是个美娇娘了。他努力地克制着自己，尽量不往小雨那边看。就在这内心煎熬中，音乐响起了。

萧潇站在小郑医生的身旁，看着梅梅姐挽着她爸爸的手，深情款款走向了在拱形门前的小郑，那一刻他有些幻想了。他悄悄地看了眼小郑哥，不由得感叹着爱情的强大。只见他脸上满是柔情，是那一刻他心境的表达。

梦雨一直注意着梅梅姐和她爸爸，自始至终，梅梅姐脸上写满了幸福，眼睛始终都凝视着小郑，用眼神互动着。作为女孩子，这一刻怕是要藏心底一辈子的。当梅梅爸爸把女儿的手交给小郑医生时，在她的手背上拍了拍。梅梅姐幸福的脸上荡漾着娇羞，而她爸爸眼里一闪而过的落寞还是让小雨有些感慨。唉，爸爸这一刻的心境怕是复杂得不好形容吧？梦雨心里更是复杂得不敢想下去。

当小郑医生深情地掀开梅梅姐的面纱时，现场气氛沸腾了："快吻她，快吻她！"大家起身哄闹着。小郑医生竟然难得露出了羞涩，飞快地吻了吻梅梅姐。漫天的彩片从天而降，犹如进入了一个梦幻般的世界，把婚礼带入了高潮。这时梅梅姐转过身，对着小雨站的位置就把捧花扔给她了。下面一片哄笑声："下一个，下一个！"

萧潇深情地看着羞红了脸的小雨，走过去牵起了她的手。

接下来就是新人向爸妈、来宾分别敬酒，双方互敬。后面还有些小的娱乐互动节目，赢了的嘉宾还有些小礼物，大家参加得积极踊跃。看着有些人仰马翻的场景，全场笑声一片，好不热闹。

梦雨最喜欢的还是那个放飞气球的环节。原来在草坪上用红丝带扎住的一束束的气球是用来放飞的。看着漫天飞舞的彩色气球随着音乐节奏在慢慢地升高，小雨心里默默地祝福着这对新人：这放飞的是理想，是希望，也是梅梅姐他们新生活的美好开始。愿天下有情人终成眷属。

那天婚礼结束回到家后，萧潇问小雨对婚礼的感受。小雨说因为是梅梅姐的婚礼，所以她喜欢。萧潇又追问希望自己的婚礼怎样？小雨答就希望是两个人的婚礼，她想静静地做他最美的新娘。

小郑医生和李梅梅的盛大婚礼，一扫医院里的阴霾，给这压抑、沉闷的环境带来丝丝喜气。这天就收到了好消息，23 号床病人的解剖报告出来了，权威部门也出具了相应的鉴定报告，病人是因糖尿病导致的酮症酸中毒而引发的 DIC 导致的死亡，还了小郑医生的清白。

其实，病人家属冷静下来后，经过一些部门给他们讲解的可能发病的一些专业知识，他们还是出现了一些后悔的情绪。这报告已出，加上专业部门的鉴定结果，家属也认可了，皆大欢喜。

后来，在科里的例会上，季主任特意把这件事当作典型病例进行了讲解。最后的病理解剖证实了他的判断，病人就是因为严重的糖尿病并发症而引起的 DIC 导致了急性出血。病程急、病势凶险，加上又是晚期的糖尿病人，没有什么自主恢复功能，所以增加了抢救的难度。对于抢救的过程他给予了肯定。他还分析了自己刚走上工作岗位做学生时的一个案例。病人是他自己的老师，因阑尾炎发病，也是晚期的糖尿病患者，引发 DIC 没有抢救过来，病人死亡。那是他自己亲眼看着导师的离世。所以，看似普通的肺炎、阑尾炎都能让人送了性命，但作为医者要明白背后的真相。他也一再强调，作为医生要知道自己在做什么，应该要做什么。但也要学会保护好自己。比如，规范的病例书写、合规的病程记录，这些都是要经得起检验的法律文书，要做好规范化。小郑医生这次之所以能这么快地从这次的事情中解脱出来，与他平时严谨的工作作风分不开。季主任扬起手中的病程记录说，这样的记录堪称范本。

小郑医生也谈了些自己的切身感受。特别是病人引发 DIC 后，病势的凶险程度让他印象深刻。所以他提出，在平时糖尿病的管控上要下好功夫，真正引发大范围的 DIC 后，就会回天无力。

这场医闹的风波就这样过去了，但带给大家思考的东西很多。比如，现如今的就医环境；比如，作为医者该以怎样的心态来接受挑战；再比如，如果再次遇到这样或更为不理智的患者又应该怎样保护好自己。虽然话题有些沉重，但生活还要继续。作为医者还是得脚踏实地、抖擞精神走上工作岗位，因为他们心中有颗仁者之心。

经过一个多月的努力，产权交接也平稳地完成，宋萧潇现在可以真正地松口气了。自己的努力没有白费，而且这也是公司的大事。他计划着搞个小型的交接仪式，就和蒋叔叔商量好，让他爸爸宋凯过来主持。既然爸爸要过来，那要不要让小雨和他老人家正式见个面，这又让他犯难了。

从现在小雨的一些表现来看，她也愿意慢慢地聊些家里的情况。但萧潇还是没有十足把握她能接受他们家的现状。因为从小的生活环境，小雨内心敏感而脆弱，会不会给她增加心理负担？萧潇思考了很久，觉得这件事总是要解决的，所以决定以此来试探下小雨的反应。

他特意选了个小雨下夜班的日子，只是和她说是时候让她了解下自己的工作情况了。梦雨也没多想。平时之所以不过问萧潇的工作，主要是因为自己不懂生意场的事。再者，怕多问会给萧潇压力。

等他们到了会议现场，小雨还以为是陪萧潇应酬来的。渐渐地，她感觉到气氛有些不对，萧潇才像是这场的主角。可疑惑归疑惑，这样的场合也不便多问，只能是随萧潇应酬着。

当所有人的目光都朝着一个方向，只见大门处走进来两位气度不凡的来者。萧潇更是牵着小雨的手，快步迎了上去。

"爸，妈，这是小雨。"

宋萧潇扭头在梦雨耳边低语："拜托，我晚上回去解释。"还捏了捏梦雨的手。

萧妈妈早已满面春风，上前拉着梦雨说道："不用介绍早就如雷贯耳了，小雨可真漂亮。"

"叔叔，阿姨好！是我失礼了，早应该去拜访的。"尽管她心里恨得牙痒痒，但面上还要过得去的。

"不碍事，你工作那么忙。就是以后可以多走动走动，老宋你说是吧？"

宋凯笑着点点头，还没等开口呢，主办方就过来请走了他们。

梦雨总算松了口气。可宋萧潇不淡定了，他明显感觉到她手心里汗津津的，知道自己这么做是为难小雨了。可事已至此，只能走一步看一步。

接下来签字、授权等那些仪式，梦雨就像是在看场戏，她脑袋嗡嗡的，已经不能思考，只能尽力保持着微笑，配合好萧潇。

宋萧潇是何其了解小雨，他现在是肠子都悔青了，只能飞快想着对策，怎样使他俩脱身。

费了九牛二虎之力，找了一千个理由，才说服萧妈妈同意他们不参加晚宴。但下午茶是不能免的。萧潇只能勉强同意了。

当他们一家人坐在酒店的咖啡厅时，梦雨的那种不自在就消失了。她第一眼看向萧妈妈时，就发现她围着的是自己送的那条丝巾。这么重要的场合，不管是出于真心喜欢，还是想拉近彼此间的距离，至少说明老人家很用心，这举动也让小雨感觉到了温暖。

"小雨，听说你刚下夜班就赶了过来，很辛苦吧？"宋凯关切地看着小雨说道。

"没关系的，叔叔。我还好的。"梦雨还能说什么。

　　自从萧妈妈进了咖啡厅，视线就没从小雨的身上离开过。宋爸爸暗示好几回了，可人家愣是没看见。

　　"叔叔，阿姨，今天是个好日子，还没祝贺你们呢。我就以咖啡代酒，祝你们生意兴隆，财源滚滚。"梦雨说完就要站起身来。

　　说时迟那时快，萧妈妈顺势就挪到了她身旁的那个卡位，按住了她："什么你们我们的，马上不就是一家人了吗？不要这么客气。小雨你说是不是呀？"

　　只见梦雨脸一下就红到耳根，宋爸爸赶紧打着圆场："你可别吓着她了。小雨，这个项目是萧潇一手在这边办理的，今晚的晚宴按说是推不掉的。但考虑到你确实辛苦，萧潇说你身体又不舒服，反正来日方长，今晚有我们这两张老脸撑着了。"

　　"谢谢叔叔、阿姨的理解。确实是我不好，没有安排好时间。"梦雨这才知道萧潇在背后为自己做了什么。

　　萧妈妈拉起小雨的手，轻轻地拍着："你可别这么说，这不能怪你的。从我看见你第一眼起，就知道你是个文静、懂事的好女孩，值得他去珍惜。"

　　一股暖流涌遍了全身，梦雨从心底里感觉到萧妈妈的善意："阿姨，您把我想得太好了。"

　　"那我说说萧潇为什么对你动的心。就在刚才，我看你坐那的侧影，宁静而甜美，足以看出你内心单纯而纯净。还有在发布会上，你这么年轻，就能处变不惊，是个有内涵的好女孩。我没说错吧？"

　　"知子莫若母，老妈永远都是最懂我的人。"宋萧潇这可是说的真心话。

　　说完又凑到萧妈妈跟前，悄声问道："您是怎么知道我事先没告诉小雨的？"

萧妈妈举手做打人状，却落到他鼻尖处划了下："就不告诉你。"

梦雨看见宋萧潇还有这一面，低着头抿嘴笑了。

宋爸爸也是无语："你俩眼里还有别人吗？"

萧妈妈看儿子的眼神，也是把小雨惊到了，那爱都要溢出来了。

这边正热闹着呢，司机德叔走了过来，宋爸知道要去赴宴了。他起身对小雨说道："今天时间有些仓促，等有空再好好聚下。我家大门为你打开，欢迎随时回家。"

梦雨满怀感激地看了眼宋爸爸，点了点头："叔叔，阿姨再见。你们要保重身体，我抽空去看你们。"

萧妈妈依依不舍地一手抓住儿子的手，一手握着小雨的："一定要回去，而且要尽快。"

她又对着小雨说道："萧潇这孩子打小被我宠坏了，如果他有做得不好的地方你就告诉我，我来收拾他。"

小雨点点头，笑着说："阿姨放心吧，您慢走。"

看着车已远离，宋萧潇知道还有更困难的事情等待自己解决呢。不过，今天爸妈都挺给自己长脸的，小雨这关算是过了一半吧。他在内心祈祷着。

果然，梦雨甩开他的手，径自往前走着。

宋萧潇紧跑两步跟上她，一边道着歉："今天这事是我做得不对，我们回家好好说，好不？"

他见小雨没说话，就扬手招了出租车。从后视镜里看不出小雨脸上有什么变化。难道这是暴风雨的前奏？认识这么久了，还真没和她闹过别扭，萧潇心里没底了。但他打定主意，不管小雨怎么生气，都要把她哄开心。没想到爸妈今天这么高兴，对她这么满意。

一进家门，他就努力地表现着，又是端茶，又是递水的，小雨都没说话。他有些手足无措，不知道该怎么办才好。

好在小雨拿着睡衣去洗澡了。萧潇赶紧拿出手机给小鹿姐打电话："江湖救急，小鹿姐。你说小雨生气了，怎么才能哄她开心呀？"

"宋萧潇，你给我说清楚，怎么欺负我们家小雨了？胆肥了呀，你。"

"姐，我的好姐姐，你小声点。可一句两句说不清楚。我真不是有意的。你就告诉我怎么能哄她开心，求你了，姐，你不会见死不救吧？"

"你先给我记着这笔账，我要和你算的。"

"那是当然。你先告诉我吧，随你怎么算都成。"

"嗯，我想想。她平时也不和人生气呀。唉，你都把我气糊涂了。宋萧潇，你到底怎么着我家小雨了？"

"姐，我真不是有意的。求你帮我想想吧。"

"好，让我想想。有时候吧，我觉得她有心思，就会到处找事情做，不吭声，一个人闷闷地做。这算不算？"

"算，好姐姐，谢了。"

"你给我等着，小心点，你啊。"

宋萧潇放下电话，心里总算有点底了。他在卫生间门口徘徊着，等小雨出来。

梦雨洗完澡，看见门口的萧潇也没理他。

萧潇硬着头皮装作可怜样："小雨，我们聊聊好吗？哪怕你打我、骂我都成。我保证不还嘴、不还手。"

梦雨看了他一眼，还是没有说话。

萧潇也没气馁，拿着吹风机帮着小雨吹干了长发，然后送她上了床，这才进卫生间去洗澡。他给小雨发了条短信：小雨，我真诚地向你道歉。今天让你在没有准备的情况下就见我的爸妈，而且是在那样的场合里，确实没有考虑到你的感受。之前之所以没有告诉你我家真实的情况，是因为我想让你看到一个真实的我，不想让家里牵涉过多。我保证，除了这事，再没有其他事情对你有隐瞒。因为我真的真的很在乎你的感受。你是我想要共度一生的人，我想让你看到我有多在乎你。原谅我好吗？

萧潇这个澡故意洗得有点长，他想让小雨有个缓冲的时间，给她留点空间。等他上了床，看见小雨靠在床头看书呢，试探性地问了句："饿吗？要不煮点面？"

小雨点了点头，虽然还是面无表情，可萧潇是心花怒放，知道她是原谅了自己。

他一下就蹦下了床，以最快速度煮好了面。

当他们吃好、洗好，再次上床时，萧潇自然就把小雨搂在了怀里。

"小雨，不生气，原谅我好吗？"

"不生气了，原谅还谈不上。"

"唉，我知道是自己太不会办事了，犯了大错。可是我是真心悔过了。在会场我就已经悔得不行不行的了。"

"还好意思提？我到现在头都是蒙的。你也太能给我惊喜了，给我时间消化吧。"

"都是我的错，你就大人不记小人过。亲亲宝贝，你真的很棒。看出来了吧，爸妈他们也是真心喜欢你的。"

说到这，梦雨没有作声。萧潇低头看了看她，坐起身来，很真诚地看着小雨："小雨，我希望我们敞开心扉，你有什么想法都告诉我好吗？"

看着萧潇热切的眼神，梦雨叹了口气："你爸妈知道我们家的情况吗？"

"当然知道，我和他们说过的。"

"他们真的不在乎？不希望你找个门当户对的儿媳妇？"

"这都什么年代了，哪来的这些想法。我可以很负责任地说，他们肯定知道你们家的情况，而且不比我知道的少。这你放心了吧？"

对萧潇说的话，小雨不是不信，只是心里还是有点别扭。看着小雨一闪而过的忧郁，萧潇还是心里一紧。他轻轻抬起小雨的下巴，让她看着自己，一字一句地说："你不要有什么心理负担。爸妈的钱是他们的，以后我挣钱养家。只是我要告诉你，这房子是爸妈给我们买的，之前是我没敢和你说实话，不怪我吧？"

小雨勉强笑了下："今天看见你们家的情况，我也猜到了。不过也不能完全怪你。平时我太大意了，小鹿姐提醒过几次，我都没有在意，估计她是早看出端倪了。"

萧潇一把捂住小雨的嘴，心疼地看着她："你别这样说，都是我的错。"

"我是说真的，你今天能这样表态我很开心。我们靠自己。我爱的是你这个人，别的也没放心上。"

萧潇激动地一把搂过小雨："真是我的好小雨，好宝贝，亲亲。原谅我好吗？"

小雨依偎在他怀里点了点头："你这表现才是我想要的。"

"那你给可爱的、亲爱的萧潇打多少分？"

小雨故意做思考状："20分吧。"然后调皮地看着他的反应。

果然，萧潇很是失望，垂头丧气地问道："那还有80分呢？你想要吃掉呀。"

"给你爸妈呀。你妈最后那话不就是在替你道歉吗？以为我傻呀。阿姨可真惯着你。"

宋萧潇没有说话，只是把小雨搂得更紧了，眼眶有些湿润。

就这样，宋萧潇解决了自己最头疼、最麻烦的一件事，那接下来事情就变得简单了。

11 月 25 日是小雨的生日。这些天她忙着医院里搞创建的事情，根本就没注意生日快到了。萧潇看见她这样忙，怕她生日那天不能按时回家，就给小鹿姐打了电话，务必让小雨按时回家来。小鹿姐当然是心领神会。不过那天也真还好，上完班没什么事情让她们留下。

顺利到家的小雨，意外地看见萧潇早准备好了一桌子的菜，还开了瓶红酒在醒着呢。看见小雨进门，他就拉她去洗好了手。小雨擦干净手刚准备去卧室拿家居服呢，萧潇已经笑嘻嘻在等着她了。

小雨疑惑地仰着头看着宋萧潇："你今天怎么了？好殷勤啊！下班这么早？"

萧潇点点头，拉着小雨坐了下来。又给小雨的杯子里倒了些红酒。

"今天事情完成得早就早些回来了。想想你这些天这么忙，可把我老婆累坏了。就买了你喜欢的菜，来喝喝酒解乏。"

小雨看着萧潇消瘦了的脸庞，也是心疼。

"你还说我呢。要是萧妈妈看见你现在的模样，怕是要怪我了。"

"怪你什么呀？我都这么大人了。你放心，我妈一直想让我保持身材，她是不会怪你的。并且还会说'小雨不愧是学医的，把我儿子身材保持得这么好'。"

看着萧潇一本正经的样子，小雨扑哧一声笑了出来。她夹了些菜放到萧潇的碗里："那你就听我的，把这些给吃了。"

"遵命，小娘子。我这么听话，等会要奖励的噢。"

"快吃吧，都多大人了，还像个孩子似的顽皮。"

他们吃完饭后，小雨就去厨房收拾去了。萧潇这时一板一眼地开始了他的计划。

等到梦雨洗好碗从厨房里出来时，赫然看见客厅桌上摆着一个心形巧克力蛋糕，中间一对可爱的男女小人手拉着手，笑容可掬。一朵粉色的玫瑰盛开在他们的脚下，把整个蛋糕点缀得既可爱又漂亮。

"萧潇。"小雨真是惊喜万分。萧潇搂着她把她抱到了餐桌旁边，她这才看见还有一大束的红玫瑰靠在桌边。

"小雨，今天是你生日。来，许个愿。"

小雨看着如此细心、如此爱着自己的萧潇很是感动。她在萧潇脸上轻轻吻了吻，这才在心里默默地许了3个愿望。

等她睁开眼，只见萧潇怀抱玫瑰手拿一枚钻石戒指向她求婚。

"小雨，我是那样的爱着你，今生今世、永生永世都不会变。我们做生生世世的灵魂伴侣。嫁给我吧。"

小雨一时愣在那儿，慢慢地，幸福就像是一股电流流遍了全身。她羞红着脸点了点头。萧潇高兴地一下子就吻住了她，深深地，仿佛是要把她融入自己的生命里。小雨娇羞地喘着气，正好手碰到了桌子上的蛋糕。她顽皮地用手抹了些在萧潇的脸上。萧潇反手也拿了些，送到小雨的嘴边。小雨乖乖地吃了下去。萧潇指了指自己的脸，让小雨也吃掉。小雨左右躲让着。萧潇干脆抓了一些抹在小雨的脸上。两人闹着、笑着、躲着。突然，世界在那一刻静止了，他们彼此深情地对望着，两颗心自然而然地碰撞在一起，如电闪雷鸣般震撼着。萧潇深情款款地抱起小雨，在她耳边轻声问道："今天你就嫁给我好吗？就我们俩的婚礼。"

小雨也不再回避，她搂着萧潇的脖子看着他的眼睛微笑着点点头。萧潇就这样抱着小雨，一点一点吃掉了她脸上的蛋糕，进了卧室。

小雨被眼前的景象深深地感动了。这哪是卧室啊，明明就是个玫瑰花房！这里如同下了场玫瑰花雨，那花瓣落到床头、落到梳妆台、落到地面上。小雨内心一次又一次地被爱撞击着，看着眼前这个深爱着的男人，她的眼睛湿润了。只剩下一个念头，要成为他的新娘……

萧潇怜爱地看着躲在自己怀里的小雨，忍不住轻轻地吻了又吻："刚才疼吗？"

小雨害羞地点了点头。

"对不起啊，以后我会注意的。"

他的手不经意地在小雨身上抚摸着，突然感觉有些异样。他翻身坐了起来，看见小雨身上有个十几厘米的刀疤。于是他俯下身轻轻吻着它。

"小雨你做过手术？怎么没听你说起过？"

萧潇明显地感觉到小雨的身子一震。抬头看了看小雨，她躲闪的眼神里隐藏着淡淡的忧伤。萧潇又是心疼又是焦急："我们现在还有什么话不能说的吗？"

小雨欲言又止："其实也没什么，就是做了脾切除手术。已经五六年了。今天是我们的大日子，不说这些不开心的好吗？"

后来，萧潇上网查了查脾切除的一些相关的内容。他是越看越糊涂，那些专业的术语不仅没有给他解惑反而增加了忧郁。他拿起手机打通了小郑医生的电话，才总算是有些明白了。难道小雨是因为外伤而做的脾切除？如果是那她为什么把这藏心底都不愿和我说？而且她那种忧伤又从何而来？应该不像。那是因为恶性肿瘤？这就更不像了，如果是，按小雨这样的性格为人，她肯定早就告诉自己了。他百思不得其解，但能肯定的是这件事给小雨造成的心理影响很大，所以她深深地埋入心底，对谁也不说。唉，只能等小雨慢慢告诉自己了。但他记住了小郑的话，脾切除的病人要加强锻炼、提高机体的免疫力、多吃蛋白质类的食物、注意补充铁质和维生素类的蔬菜水果等。他暗下决心以后要拉着小雨经常去公园里走走。

今年11月底12月初的时节，寒意来得更早些。本来就怕冷的小雨，现在已经穿上薄薄的羽绒衫了。走在宽阔的大街上，那寒风竟也能穿透进来。她下意识地紧了紧已经拉好了的拉链，手插在衣兜里更紧地贴着身体。看着眼前在寒风中瑟瑟飘零的树叶，没有遮挡，没有外衣的保暖，任凭这寒风的肆虐，却还有零星的挺立在枝头，她心里涌起莫名的伤感。其实自己一直都想开口告诉萧潇那次的手术，可怎么都无法启齿。在她自己的内心深处都不愿想起哪怕是一丁点儿的和那次手术有关的东西。她甚至都不能看见手术台和无影灯。所以她选择了离开手术室，选择了逃离。看着眼前满街厚厚的落叶又回归了尘土，而枝头仍然挺立着的七零八落的残叶，它们可是在同一棵树上生长的呀，却有着不同的命运。连树叶都如此，何况是我们活生生的人呢？唉，造化弄人，造化弄人啊！如果那次自己真的是因为某种急性白血病造成的巨脾，或是某种未知的不可抗拒的血液病而造成的，恐怕也早已化作路边的尘土了。而有的时候，她内心里也会冒出一个小小的念头：如果真是那样也未必不是件好事情，谁又能说得清楚呢？这就如同在宽阔无边的大海里，孤独地奋力往岸边游去，可抬头看不到边，更没有了方向。抵死挣扎，也总有筋疲力尽时，还不如就这样一头沉下去，就这样地沉下去……可现在不同了，牵挂的人更多。以前脑海里一闪而过是父母的满头白发，而现在宋萧潇已经融入自己的生命里，成了自己不可或缺的一部分，她不能再选择逃离，还是要找个合适的时间让他和自己一起面对。想到这，她不自觉地点了点头。如果说是和自己心中犹豫不决的"小我"做个告别，还不如说这样看起来可以使自己更加地坚定。但不管怎样，因为有了这样的想法确实使她的内心得到了平静。想着现在离元旦越来越近，萧潇的生日也快到了，不如好好地规划一下，也给萧潇准备个惊喜。

休息日的早晨，一缕阳光早早地透过窗帘照在了对面的墙上。萧潇起床看看窗外阳光灿烂，公园里出现了久违的人头攒动之景，他硬是把窝在榻榻米上看着书的小雨拉进了公园。看着满园的欢快人群，晒着暖暖的冬日的阳光，小雨也是心情大好。

"怎么样？出来走走不错吧？以后我们要多出来转转。"他说。小雨挽着萧潇，看着小鸟在枝头雀跃，草坪上虽然因为是冬日孩子穿得比较笨拙，但家长带着他们在开心地做着游戏，那热乎乎的小脸像个红红的小苹果，好温馨啊！

"是啊，要是把书带到这里就好了。"

萧潇停下了脚步，拉着她的手："我就是想你看书时间长了，才出来走走的。我看是《魔山》把你魔住了。"

小雨紧靠着他，边走边感受着这冬日里的美好："才没有呢，我只被你迷住了。"

萧潇开心地笑开了："我的小雨现在越来越大胆了。"说完还意味深长地看着她。

看着萧潇那不怀好意的目光，小雨羞得脸绯红："讨厌，再说不理你了。"萧潇笑得更欢了。

"其实我知道你是为我好。最近我们的餐桌上有了猪肝，以前你是不吃的；还经常有鸭血。是不是上网查了可以补铁质？你对我的好我都一点一点记在心里了。萧潇，说真的，有你就足够了。"

萧潇看着心爱的小雨也很感动。"你都是我老婆了，不对你好还能对谁好？不过老婆就是聪明，什么都瞒不过你。老婆大人，是不是可以去见见公公婆婆了？"

看着萧潇那调皮样，小雨飞起兰花指，在他的脸上弹了弹："少来，又贫了不是？不过是应该去拜见两位老人家了。"

萧潇装得一脸严肃地表示："保证不是贫，我是非常认真地和你说话。"

小雨依偎着他，看着眼前的景色，竟生出春暖花开般的感受来。

"小雨，说真的，我觉得《魔山》虚拟了一个世外桃源，一群人逃避在梦幻般的世界里。他们应该要像主人公汉斯·卡斯托普那样，哪怕是在现实世界里被炸得粉身碎骨也应该要走出来。小雨，你说对吗？"

小雨停下了脚步，看着萧潇认真、坦诚、又充满着爱怜的眼神，她当然明白萧潇在期待什么。"你看过《魔山》？"

"老婆认真看的书，我当然要好好读读了，得跟上夫人的步伐。"

小雨点点头，吸了口气深深地看着他。萧潇从她的眼睛里看到了矛盾、犹豫和彷徨，正想和她说话呢，小雨的手机响了。

"是小雪妹妹打来的，她约我们下周五去她们家参加圣诞聚会。你有空吗？"通完电话后，她说道。

萧潇点了点头。想着刚才小雨虽然欲言又止，但他从小雨的眼睛里分明看见了挣扎，他知道小雨终于要放开心里的包袱了。心想不着急，他有耐心等。

十三　欧阳小雪的圣诞派对

就快要到圣诞节了，戴维要放年假的。每年这个时间都是他回美国和家人团聚的日子，所以他和小雪决定提前开个圣诞派对。小雨和萧潇按地址找到了戴维和小雪的家。

戴维来开的门，一见宋萧潇就热情地和他拥抱起来。

"好久没见了，姐夫。欢迎，快进来。"又一转身抱了抱小雨："姐姐好。"

小雪看见了声响飞快地跑了过来："赶紧进屋啊，外面冷。"

宋萧潇递给戴维木盒包装着的西湖龙井："你要回去度假了，上好的西湖龙井，给你家人尝尝。"

戴维喜出望外："真是太好了，谢谢姐夫。"

小雨进门上下打量了下，发现客厅大得超乎想象。

"小雪，你们家这么大啊，不买房租也挺好。"

话音刚落，扭头就看见客厅的角落里有棵很大的圣诞树上挂满了各种装饰，西式的餐桌上摆了些酒杯和盘子。小角落里，被各种圣诞的小装饰和气球摆满了，好有节日的气氛。

"小雪我来帮忙吧？还有什么要做的?"

小雪一声叹息："哎哟，姐就是姐。我特意让你们提前来，就是想和你说说话，然后顺便帮帮忙。姐，我有好多话想和你唠唠嗑，等会儿同事们来了我就没有时间和你说话了。到时你和姐夫自己多吃吃，多喝喝啊。"

小雨从外套的口袋里拿出了包装精美的巧克力喜糖，把外套顺手递给了正在和戴维说着话的萧潇，她走到厨房里把喜糖递给了小雪。

"小雪妹妹。"她不再说话，只是笑盈盈地看着她。

小雪开始一愣，没有想明白小雨的意思。后来她看见喜糖上那两个可爱男女幸福的模样，突然就明白过来了。她脱下手套，一下扑进了小雨的怀里。

"姐姐结婚了？梦姐姐要结婚了。"她高兴地挽着小雨转起圈来，这还不过瘾，拉着小雨往客厅里跑。

"戴维，戴维，姐姐结婚了，老姐要结婚了。"

戴维一听也高兴坏了，也一把抱起正含笑看着小雨的萧潇。

"恭喜姐夫，恭喜老姐。"他一边说还一边转着圈，屋子里真是喜气洋洋。

"姐，怪不得你今天穿着大红色的羽绒服呢。心想平时姐也不喜欢这色啊。姐，你们啥时候办婚礼啊？"小雪从惊喜中缓过神来，看着满脸幸福的小雨又看看伸手牵过小雨的萧潇。

"小雪妹妹，你可别怪我。我是完全尊重你姐的意见。她就希望我们俩静静地有个自己的婚礼，然后抽出空去旅行。对吧？新娘子。"被萧潇这样一调侃，本来就有些害羞的小雨，脸更红了。

戴维一听来劲了："好呀，很好的决定。要不，姐姐姐夫和我们一起去美国吧。这样你们正好可以蜜月旅行。"看着萧潇期待的眼神，小雨有些举棋不定了。

"答应吧，姐。你们不是有婚假吗？就请婚假我们一起去。这次我也要去见戴维的父母了。"

"哎呀，今天真是喜事成双啊，是吧，小雨?"萧潇热切地看着小雨，等着她的决定。小雨心里何尝不想和他们一起去美国看看。可想到年底是最忙的时候，院里人手少恐怕抽不到人手过来。再说和萧潇说好了春节时要去老家拜见父母的，那时两边都要待段时间，那也是病人最少的时节，可以请婚假和萧潇蜜月旅行。

想到这，她看着也是满脸期待的小雪妹妹和戴维："我恐怕是要让妹妹失望了。"

她转身对萧潇说道："回去再和你说。"然后拉着小雪去了厨房："我们快点准备吧，一会儿客人都要来了。"

她挽起了袖子洗好手走到了小雪身边："说吧，要我做什么?"

小雪用手指着一堆的苹果和橙子："姐，你帮我把那些给处理了。苹果切成小块，桌子上有刀叉。其他的等会儿摆好盘子就行。很多东西都是买的现成的。橙子先处理，苹果等会儿切。哦，姐。苹果切好后，用塑料薄膜蒙好了。"

"遵命，小雪妹妹。"

小雨一边削着苹果，一边听着小雪唠叨："姐，你不和我们一起去?"她看着小雪失望的表情，心里还是有点不忍。

"小雪，我也很想和你们一起去。但我想这次就算了，等以后肯定有机会去的。这也是你第一次去见未来的公公婆婆啊。"

"可姐，我紧张啊!要是他爸妈不喜欢我这个中国姑娘怎么办?"小雨看着她一脸紧张模样，笑了起来。小雪把托盘放进了微波炉，摘下厚的棉手套，跑过来和她一起剥着水果。

"姐，你还笑，人家都急死了。"

小雨起身把削好的苹果拿盘装好，看了看她。

"我们这么可爱、善良的小雪，还会有人不喜欢？再说了，美国家庭都很民主的。只要你和戴维真心相爱，老人开心还来不及呢。儿子娶了个外国妞回来了，他们肯定开心的。你想啊，满大街的都是高鼻子蓝眼睛的，现在来了个小家碧玉的东方美女，他们会眼前一亮，都已经审美疲劳了看见不一样的面孔，用你的话来说就是稀罕、宝贝。"

小雪一听有道理啊，自己到了美国可不就是外国妞嘛。也没多想，脱口就来了句："只要不把我当猴看就成。"说完想想好笑，越想越笑，两个人忍不住哈哈大笑起来。小雪笑得趴在操作台上。

戴维和萧潇也被她们的笑声吸引过来了。

"你们俩在干吗呢？笑成这样。"

看见萧潇进来，小雨笑着把手里的苹果盘递给了他，摇了摇手。

"拿到桌上摆好，我和小雪说私房话呢。你们俩也可以聊聊男人间的秘密。"

小雪好不容易止住了笑，她拿出两瓶红酒递给了戴维。

"你去陪姐夫喝点红酒。再多开几瓶，客人就快到了。"

戴维笑着在小雪的脸上亲了一口："辛苦了小雪。"然后对着小雨莞尔一笑："姐姐也辛苦了，可我不敢亲你。"说完，调皮地看着萧潇眨了眨眼睛。

看着眼前这对活宝，萧潇从戴维手中拿过一瓶红酒，搭着他的肩微笑着走了出去。

"听老婆的话总是没错的。"

戴维拿着红酒，一边跟着萧潇往客厅里去，一边还在他的身旁酸溜溜地说着："她们女人就是小秘密多，让她们说去，我们喝酒。"

厨房里，小雪熟练地在用烤箱烤着鸡肉。看见他们走远了，就对小雨说："姐，你看姐夫看你的眼神，他是真宠你啊，真为你高兴。"

小雨也伸头朝客厅里看了看，只见萧潇端着酒杯指着墙上的一幅画在和戴维聊着什么。"是啊，他什么都为我考虑好好的。唉，是我上辈子修来的。"

这时萧潇正好转过头来，看见小雨在看他呢，冲她微微一笑。

小雪看得真真儿的："打住姐。你不也是只为姐夫着想吗？我看你们俩是相敬如宾，举案齐眉。"说完还用手势比画着比翼双飞呢。

小雨看着小雪可爱的样子，不禁笑开了。

"哎哟，我闻到香味了。快，姐帮我把这拿开。"小雪用嘴努努台子上造型精美的大盘子。

"小雪，我还真愁着一件事呢，不过刚才你让我豁然开朗了。"

她一听来劲了："姐，快说说，啥事？"

小雨就说了想着元旦假期的事情："妹妹是哈尔滨人。我突然想到萧潇是南方人，应该对你们那儿感兴趣。而且常听你说哈尔滨很漂亮，值得去看看。"

小雪一听这是好事啊，手里不停地切着鸡肉装盘，嘴上也没闲着。

"姐，你这可真问对人了。我们哈尔滨那旮旯我哪儿不熟？"

小雨示意小雪小点声音："我想给你姐夫惊喜，别让他听见。"

小雪吐了吐舌头，降低了声调。

"我告诉你呀，姐，这时候去我们哈尔滨老好了。正好有冰雕、有雾凇。不过你要准备好保暖的厚羽绒服。穿我们这里这样的不行。你最好和姐夫都买件长款的。姐，去我们哈尔滨有几个地方是一定要去看看的。"

小雨专心地听着："哦，说说，我记着呢。"

她示意小雨和她一起把切好的鸡肉拿到了长桌上，然后又搬出准备好的热菜加加工，这才掰着指头和小雨说开了。

"姐，你记着：圣索菲亚大教堂、中央大街、冰雪大世界一定要去。你们准备几天的时间玩啊？"

小雨算了算："我如果换一个班的话，应该可以有 5 天。"

"哦，那还可以安排一次看雾凇和雪乡的雪景。姐，冰雪大世界离中央大街很近，有车专门载人的。你们要下午三四点的样子过去，那样既可以看见白天的雪景，又能见到晚上的灯光秀，特别漂亮。但很冷的，你一定要注意保暖啊。那个中央大街吧，号称东方小巴黎。虽然我知道姐你不爱逛街，但我保证你会喜欢的，因为那里有很多建筑是欧洲文艺复兴时期和巴洛克风格的欧式建筑。怎么样？很吸引你吧？还有去那里一定和姐夫去品尝俄式大餐和大名鼎鼎的马迭尔冰棍哟。哎哟妈呀，说着我的口水都快流出来了，想死那个味了。姐，去了多吃点，也为我吃一份。说到哪了？哦，圣索菲亚。至于圣索菲亚大教堂那就更值得看了。它的外面有一钢铁塔廊，全是钢结构的镂空造型，金属感很强。教堂好像是建于 20 世纪初。对，不是 1907 年就是 1908 年，是拜占庭式建筑。曾经是远东地区最大的东正教堂。它上面的穹顶部分高达 48 米，很壮观吧。不过现在已经没有教堂的功能，早改为建筑艺术馆了。"

小雪正说着起劲呢，戴维在客厅叫她了："小雪，来客人了。"

她吐了吐舌头，把手里的蔬菜沙拉塞给小雨就走了出去。

萧潇看见小雨一个人在厨房里忙活着，就过来和她一起忙着把她们准备好的食物一一摆放好了。

渐渐地，来了有二十几个人，相互寒暄后，都三三两两地边喝酒、吃菜边聊着。

萧潇一直不停地给小雨拿这拿那的，他怕冷落了小雨，也不去客人那里聊天。看见大家吃得差不多了，小雨帮着小雪把一些餐盘撤到厨房，又上了些蛋糕。

小雨端着盘抹茶蛋糕刚走出厨房，就看见小雪向自己走了过来。

"你去陪同事吧，不用管我的。"

小雪回头看了看他们："你看都聊得挺欢呢，不用管了。等会儿让他们出节目热闹热闹。"

小雨也四下里地看了看这些客人，并没有看见史玲玲。

"小雪，这些都是你部门的同事？没有请史玲玲？"

小雪把小雨拉进了厨房里："姐，我和你说，真的不是我的问题。就是想和你聊聊这事。我是按你说的把她当作和其他同事一样看待的。我也考虑到以前的事情怕她多想，所以我在上任的第一天就把她叫进了办公室，对她说以前我们什么事情也没有发生过，就当第一天认识，我会像对待别的同事一样对待她。估计开始她还是满怀疑虑的，在我面前处处显得很高傲的样子，一副爱理不理的样子，我也没和她计较。你只要把工作做好，我也不在乎你怎么看我。后来大约是两个月后吧，因为一位同事的事情，姐你看，就是那个穿红毛衣的大姐，事情有些复杂就不细说了。反正史玲玲认为我处理不当，开始跳了出来。在背后说我怎么地不公平，怎么地偏袒了那人，怎么怎么地不配管理这个部门。我知道后，把她叫进了办公室，很是平静地让她摆出我对那件事情处理不当的地方。她也很直率地指了出来。这点我真的感激，她没有狡辩或是不承认，这就好办了。我把自己的处理方法以及为什么要这样做也很开诚布公地和她谈了。她没有反驳，默默地接受了。过了几天，她向我递了辞职报告。姐，很有戏剧性对吧？但我看了报告真心地被感动了，姐。你知道她是怎么写的吗？"小雨摇了摇头。

"大意是因为自己的狭隘，因为自己的妒忌，因为自己的自私被蒙蔽了双眼。所以她认为自己不适合、也不配在这公司待了，所以选择辞职。"

小雨听了也是很有感触："那你没有挽留她？"

"怎么没有？找她谈了好几次。她说她知道自己的差距在哪了。但总有一天还会来这里应聘，希望能如愿再做我的同事。"

听完小雪的话，梦雨也是唏嘘不已。史玲玲能有这样的认识，也是很好的结局了。这时就听见客厅热闹了起来，音乐也响了起来。

小雪拉着梦雨："姐，走，我们也去热闹下。"

看见她们俩走了过来，大家起哄让她们出个节目。

小雪拍了拍手："大家静静。今天你们来我家欢聚，按说我是应该要出个节目的。可惜你们也知道，我是个五音不全的人。不过我老姐可有副好嗓子。就让我姐代替我出个节目吧？大家说好不好？"

大家一听都齐拍手："好好好，要要要。"

小雪过亲搂着小雨："姐，快快救驾。我知道你嗓音好，听你唱过。"

小雨这时也不好推辞了，她大方地拿起话筒："那我就代表小雪妹妹和戴维感谢大家的到来。今天因为是圣诞派对，那我就唱首最喜欢的《雪绒花》吧。这是我上中学时学唱的第一首英文歌，希望大家喜欢。"

萧潇满脸惊喜地看着小雨，他还从未听见小雨唱过歌呢。当梦雨婉转抒情地唱完《雪绒花》时，萧潇情不自禁地鼓起掌来。他还真不知道小雨的嗓音是这样甜美。现场爆发出热烈的掌声，有人还一直闹着让梦雨再来一首。

戴维端着红酒走过来，看着吃惊不已的萧潇，碰了碰杯子："姐夫，来，干杯。姐姐唱得真好，而且英文标准，都把我带入了那雪花般的世界了。"

萧潇也是满心欢喜，看着心爱的小雨微笑着向自己走来，伸手把她拥进了自己的怀中。那晚他们一直玩到凌晨 3 点才陆陆续续地离开。

接下来，梦雨暗中准备着旅游的事情了。她在网上查了小雪介绍的那里一些线路后，又找了可以看雾凇的地方，最后选定在一处海拔 1200 米的羊草山。在那里不仅可以体验当地人的冰雪世界，还可以住在山脚下的雪谷客栈，体验冰雪奇缘。做好了旅游攻略，小雨又找同事换好了 1 月 3 日的班，她这才找了空当拉着萧潇去了商场。

宋萧潇以为梦雨又是想着为自己回家给爸妈买礼物呢，可小雨选来选去都是在羽绒服专区，而且选中了两款长款的样式。看是瞒不住了，就告诉了他这个计划。

"我说呢，一天躲在电脑旁还不让我进来，在搞秘密活动啊！"

小雨装着委屈的样子："还不是不想让你操心吗？整天都是你为我着想，这次让我也表现表现。"

萧潇拿起小雨的手吻了吻："感谢老婆，有你真好。"

小雨笑得灿烂如花："喜欢吗？"

萧潇看了看满怀期待的小雨："当然了，而且是和心爱的人一起去，怎么会不开心、不期待呢？说说你的计划，让我也高兴高兴。"

小雨把萧潇领到了电脑前，把那几天的行程和萧潇一一说了下。

萧潇仔细地看了看："安排得不错啊。我只是担心你的身体，你这么怕冷。"

小雨拍了拍萧潇的肩膀："这不是有你吗？天然的热水袋，还是恒温的，冷了我就钻进你怀里。"

萧潇站起身一把抱住了小雨："我现在就要你钻进来。"

"快放我下来，不闹了，"小雨一边拍着萧潇一边站到了地上，"我准备些膏药，到时可以贴肚脐上和胃上，这样可以保暖的。"

萧潇伸手捏了捏她的鼻子："傻姑娘，有天然的保暖场所保护着你，还要膏药干吗！"他想了想，走到书桌前拿了些现金给小雨："没钱了吧？以后我赚的钱都交给老婆保管吧。"

小雨笑着把钱给他放好了。

"机票、酒店都已经付完款了。你忘了啊，悄悄地塞给我那么多的零用钱，就用那些钱付完款了。这些暂时还用不着。"

萧潇看着在低头收拾桌子的小雨，他心里是既心疼又欣慰。

"小雨来，和你说说话，别忙活了。"他拉着小雨的手坐到了沙发上。

他看了看小雨有些吃惊的表情："你看现在我们已经是夫妻了，我的钱也就是你的钱。平时给你些零用钱你都没有用过，唉。我是想让你手头宽裕些，想买什么就买什么。这次的旅行我知道你是为我生日精心准备的，我们就当作蜜月旅行吧。等到春节我去正式拜访过你的爸妈，你再请婚假我们去国外走走。"

小雨认真地看了看萧潇，依偎在他的怀里："我没有不用你的钱呀。你看平时我开销也不大，自己也有工资，真的够花了。况且你做生意，手里更需要有些活钱，不是吗？"

萧潇把她抱得更紧了，低头吻了吻："我明白的，小雨。我现在不仅是我自己，还是你的丈夫，还是爸爸妈妈的儿子、女婿。他们也都老了。所以为了你们，我也会多加注意，也会倍加珍惜这浓浓的亲情。"

小雨静静地依偎在萧潇的怀里，听着他的心跳，和他一起感受着这份浓浓的爱："萧潇，我想明天去看看你的父母。"

萧潇心里一阵激动，这下可要给父母一个大大的惊喜。

小雨笑着推了他一下，站了起来："穿上衣服，我们出去转转。"

萧潇一把拉着她的右手，轻轻一拽就把小雨拉到了怀里："哪也不用去，我早就料到会有这一天。"这可大大出乎小雨的意料，他竟早就做好了准备。

"不能每次都是你给爸妈准备礼物，我这做儿子的怎么也得表现表现吧。只是你明天要上夜班，还要连班上，赶回去是不是太累了？"

小雨伸手给他敞开了衣领的扣子扣上："放心吧，我没有那么娇气。再说，我也急着去看看是怎样的环境培育出这么可爱的萧潇，我可以在车上打瞌睡的。"

第二天萧潇一觉醒来，就感觉有些不对，屋子里明显地亮堂了起来。他拉开窗帘一看，漫天白雪包裹着整个魔都，分外好看。萧潇兴奋地叫醒了还在睡着的小雨。

"快起来看看，多少年没看见这样的大雪了。"

小雨懵懵懂懂地揉了揉眼睛，看见窗外雪花还在漫天飞舞，也很兴奋。

"真漂亮，好美啊！"

萧潇掀开被子，把小雨拉下了床："我们赶紧准备准备，去公园里走走。"

小雨一听不行啊，这不计划好了去看老人的嘛："不是要去你家吗？哪还有时间啊。"

萧潇一边换好衣服，一边赶紧地帮着小雨换："我妈说新媳妇进门哪能亏待她呀，老人家非让德叔来接我们。"

"哦，只是辛苦德叔了。这么冷的天，又下着雪。"

"德叔在路上了，我们抓紧时间看雪去。"

　　走到外面，刺骨的寒风夹杂着大片的雪花铺天盖地地涌动着，天空犹如一台永动的吹风机，吹动着雪花不停地由空中滑落。因为大雪，加上路滑，公园里几乎看不见人影。平时熙熙攘攘的公园里，现在是一片沉寂。萧潇和小雨穿着新买的长款羽绒服，戴上帽子，连伞都不用打了，很是惬意。他们顶着风雪，互相搀扶着一路走在空旷的公园里。听着耳边呼啸的风声，雪落下时那轻柔的沙沙声，和着他们脚踩积雪的咔咔声响，和谐得竟如同是听见一首名曲般的美妙。可真是心有灵犀啊，他们默契地听着声响，谁都没有破坏气氛。越往里走，越能清晰地看到大片大片的落雪上面没有一点点褶皱，雪花一片一片落下，慢慢地堆积在如镜片般光洁的雪面上。不远处高大挺拔的雪松，因为厚厚的落雪压弯了它的枝头，时不时吱吱作响。一阵轻风吹过，落雪如天女散花般铺散开来，煞是好看。

　　俩人沉浸在这难得一见的雪景中，不知不觉走到了第一次进公园时的那条小河旁。萧潇握住小雨的手，放在自己的衣兜里暖和着。小雨就这样靠着他，一边看着落雪在水面上静静化作一池清水，一边感受着眼前的美好。突然萧潇灵机一动，他扶小雨站好，自己突然跑到了他们第一次亲吻的那条长椅前的雪地上，一脚一脚走出了两个大大的连接的心形图案。他自己站在了"心"的左中心，招呼来小雨站在了它的右中心里，正遗憾着没有人能帮着拍照呢，就听见了声响。定睛一看，也是一对小情侣一边嬉闹着往这边走来。就这样，他们亲吻着记录下了这永恒的瞬间。好神奇啊，就在那一刻雪停了。

十四　生死别离

　　这天小雨因为换了班，所以就要连着上夜班和白班了。见过公公婆婆后，萧潇就带着准备好的喜糖送小雨过来上班了。

　　小鹿姐前段时间因为忙着自己房子的装修，现在又在给女儿落实上幼儿园的事宜，很长一段时间没有见到萧潇了。这下逮着他好一顿猛剋，连珠炮似的甩了过来："好你个宋萧潇，就这样把我们小雨骗到手了，也太便宜你了吧？怎么着也不能这样寒酸啊。知道我们女人最看重什么吗？就是走进婚礼殿堂的那一刻。可你倒好，什么都省了，就把我们这么好的姑娘骗进家门了。"说着手就要举过来了。

　　萧潇赶紧做投降状："小鹿姐，小鹿姐，你听我说，我可是大大的好人，什么都听小雨的。这真不是我的意思。"萧潇用手指了指埋头偷笑着的小雨。

　　小鹿姐转身看了看她："唉，这个傻妹妹呦。我都劝了她好几回，就是不听。但还是你的不是，你怎么就不能举行个像样的婚礼呢？"

　　萧潇也是满脸的委屈："我能犟过她吗？那我就不是宋萧潇了。"

　　小鹿姐被他逗得扑哧一声笑了起来，一边捂着肚子，一边摇着手："不行了不行了，怕了你了。小雨也不管管你们家萧潇，要笑死我了。"

　　小雨也被萧潇给逗乐了，拉起蹲在地上的小鹿姐，赶着萧潇："还不快些回家？我们要去接班了。"

萧潇冲着她做了个飞吻，一溜烟地跑了。

看着萧潇的背影，小鹿姐挽着小雨嘴里还在埋怨着："你真是傻啊，以后不要后悔。我们女人也就这一刻最珍贵。"

小雨微笑着安慰小鹿姐："只要是嫁对了人，哪一刻都是珍贵的。小鹿姐对吧？"

"唉，说不过你，不过想想你说的也有点道理。"

"小鹿姐，真有个事想和你商量呢。我今天去了萧潇家，他妈妈硬是给了见面礼，太多了。我要萧潇还给他妈妈，他还生气呢。你说这能收下吗？"

小鹿姐瞪大了眼睛像是在看外星人："你傻呀，婆婆给的干吗不要呢？再说也不办婚礼什么的，给他们家省了一大笔钱呢。"

"那我家也没给什么陪嫁的，这样好吗？"小雨看着小鹿姐拿狠狠的眼神瞪着自己，越说越没声了。

"那你妈把你养这么大就这样嫁到了他们宋家，那怎么算呀？真是个傻姑娘，净为别人着想。"

"唉，要不等萧潇春节去我们家时，让我妈给他得了，不然我心里不踏实。"

"你就是朽木不可雕也。不说了，快接班去。"

本来这晚病人们情况还算平稳，也没有输液和治疗什么的。小雨和小鹿姐正在做些整理准备什么的，查看一些病人的治疗病例。快到午夜时，急诊打来了电话，原来是有个吃安眠药自杀的病人在抢救呢，让她们去帮忙。小雨让小鹿姐看着病房，自己来到了急诊科。

看到病人她有些吃惊，原来竟是门诊部的护士。听着送她来的同事说，她是因为感情的问题想不开，吃了安定然后又喝了很多红酒，等自己回到宿舍发现她已经昏迷了。到底吃了多少安眠药她也不清楚。本来她是训练有素的专业人员，但在面对自己的好姐妹时，她还是显得惊慌失措，浑身抖得厉害，根本帮不上忙了。病人现在已经出现肌肉痉挛，血压下降，心跳缓慢，脉搏微弱的现象了。小雨赶紧和急诊护士一起给她洗胃、灌肠，按医嘱滴注上去甲肾上腺素。一阵忙过后，看着躺在病床惨白的护士脸上出现了轻微的抽动，再看看瞳孔略有散大，小雨内心一阵欣喜：病人有救了，心跳也在慢慢地恢复了。

这时那同屋才从震惊中缓过神来，她让小雨回到病房，自己守着。小雨第二天听梅梅姐说起那同事的事情，也是唏嘘不已。那护士谈了个做生意的男朋友，一心一意地对他，真心真意和他过。开始那男人还好，对护士也很好。可后来就花心了，搞了一个又一个。护士一次次地谅解和忍让并没有换来那男人的真心。他多次保证不再花心，一心一意对她好，可最近发现那男人又找了一个，已经不接她的电话了，最后甚至干脆换了手机号码。这么渣的渣男就被她遇到了。她一个人在这里，心里苦闷也没人能说，家里又催着他们结婚，这眼看着春节回去也没法交代，就想不开了。梅梅姐最后感叹了一句：我们就珍惜吧，遇到了这样好的老公。

小雨那一天，眼前尽是那护士惨白的脸在晃悠。她从心底感恩上天，把宋萧潇带入生命中，赐给了自己美满的婚姻。

第二天萧潇和小雨登上了去哈尔滨的飞机。有人说，要想了解一个人，那就和他来场说走就走的旅行。此话还真有道理。

小雨是第一次坐飞机，萧潇不仅提前为她整理和检查好了随身的背包，还考虑到这几天她较疲劳，为防止晕机，让她在肚脐上贴了张膏药。尽管旅行计划是小雨做的，可在接下来的旅行中，小雨只是带着眼睛和耳朵，其他由萧潇全权负责。萧潇手拿地图，带着她穿街走巷去她想去的地方。小雨挽着心爱的人，看着他那英俊的脸庞，心里想着就这样和他过一辈子……

按计划，这天他们来到了中央大街上。萧潇知道小雨喜欢巴洛克和文艺复兴时期的作品，所以他特意提前做好了功课。不但全程讲解仔细，而且也很到位，还真有向导的风范。他领着小雨，每到一处历史遗迹的建筑都给她做了仔细的讲解：中央大街 187 号是原俄国商人秋林的道里分行，建筑仿文艺复兴时期的风格，上面饰以巴洛克式的浮雕，转角突出，轮廓富有变化的美感。120 号的教育书店，始建于 1918 年，原是日本人开办的松浦洋行。深红色阁楼，半圆形的穹顶，用古典柱式架构的立体面图，更增强了建筑的立体美感。正门的上方，雕着两个古希腊神话中的擎天神，男的叫亚特拉斯，女的叫加利亚切德。他们的雕像支撑着这圆弧形的阳台，精美绝伦。你看上方的半圆形花萼状阳台，和曲线条的精美浮雕，又体现了巴洛克风格的动感和力度。怎么样？就知道你会喜欢。

他看着小雨欣喜地观赏它们，那侧影让他爱到骨子里。他牵着小雨的手，把她领到另一座建筑前。这 1906 年由俄籍犹太人建成的马迭尔宾馆，是一座"井"式的布局建筑，3 个侧门也都很有风格，也很讲究。马迭尔的名字俄文翻译过来就是"摩登的、时髦的"，到现在来看也不过时。当他们来到马迭尔宾馆的三面围墙下面时，萧潇在镜头前故意装作摔倒状，小雨惊得差点甩掉了手机。他时而认真仔细，时而调皮搞怪，小雨都一一记录进了镜头，准备回去珍藏起来，还可以让爸爸妈妈也欣赏欣赏他那古怪精灵的表现。萧潇的每一个动作、每一个眼神，都让小雨感到了爱。那浓浓的、充满着温暖的爱在这冰天雪地里化作了一缕阳光照进了小雨的心里。

在哈尔滨市区他们整整玩了3天。美丽的松花江上留下了他们的倩影；圣索菲亚大教堂里也回荡着他们的脚步声。到了第四天小雨订好的旅行社在宾馆前把他们接上去看雾凇了。上了车，才发现他们是最后上车的旅客。萧潇和小雨坐到了车子后面的空位上。看着满车都是些十七八岁模样的旅行者，萧潇咬着小雨的耳朵："今天我们是孩子王。"

果然，车还没开出多久，导游就介绍起情况来。这一车主要是一个高中年级的学生自发组织的集体游玩。孩子们趁着假期放松下紧张的心情。刚青春期的孩子暂时脱离了学校，脱离了父母，那开心是不言而喻的，一路笑声不断。等导游提醒大家系好安全带后，话筒就开始在这些学生间传开了。看着眼前这群朝气蓬勃的学生，萧潇仿佛也回到了那美好的年代。

正感叹着呢，他发现小雨低着头一直在捣鼓着安全带，怎么也扣不上。萧潇试了试也不行，他就和小雨换了位置。这样正好小雨可以沐浴到阳光，她爱打瞌睡也不至于冷着。

车子在飞速地行驶着。同学们可是热情高涨，竟然有同学已经自动当起了主持，一首接一首的歌曲飞出窗外，飞在空旷的雪地里。

萧潇搂着迷迷糊糊打着瞌睡的小雨看着窗外，猛然就听见车子的声音不对，紧接着汽车在原地猛地打转，他本能地把小雨压在自己的身下，就听见"嘭"的一声巨响，天旋地转。

等到他清醒过来，发现现场一片狼藉。车的中部被撞开了，有学生受伤。到处是血和呻吟声。自己滑到了车的中部区，幸好有人把他挡住了才没有飞出去。他马上想起小雨，还好，小雨的安全带系得牢牢的，可能是头撞在了前面的椅背上，有些擦出了血。萧潇赶紧把她从椅子上放了下来，小雨从震惊中清醒了过来。她抓着萧潇看了看没事，就和他一起去救助那些躺倒的孩子。

他们怕车起火，想着赶紧把人往车外转移。这时，司机和导游也组织了些能动的学生们赶紧帮助伤员。小雨尽可能地在给那些重伤员止血，她看见有两个中间位置的学生已经不行了，就告诉导游自己是护士，让他把能动的学生都组织起来听她指挥。她一边让大家集中找些腰带类的东西，给伤员扎住出血的部位。不能扎的用衣服帮着按住不让出血，一边做着心肺复苏，尽可能地抢救那两个孩子的生命。

半小时过去了，那两个孩子已没有了生命体征。她隐隐约约地听到了救护车的声音，铃声越来越近了，等到医护人员赶到现场时，她才发现刚才一直在帮忙抢救伤员的萧潇不见了。她着急地到处寻找着，终于在车的尾部，看见萧潇半靠在那儿。脸色煞白，脸上无比痛苦。她吓坏了，叫着："萧潇你怎么了？怎么了？哪里不舒服？"

萧潇吃力地抬了抬眼睛："痛。"

小雨赶紧把他平躺下来，才发现他已经神志不清、脉搏微弱。她吓坏了，大声叫着拿氧气来，这里需要急救。她告诉急救人员考虑内出血情况，病人已经昏迷。

小雨浑身战栗着，被一个巨大的像是旋涡状的东西包围着，失去了听觉。有时候那旋涡里有遥远的什么声音飘了过来，可又听不真切。她木然地看着那些医护人员迅速建立了快速通道，看着他们给萧潇输液，她什么都做不了，只能死命地抓住萧潇的手。在救护车上，小雨有一刻看见萧潇眼睛在动，他想睁开眼。她一直不停地让萧潇说话，让他要坚强，她会一直陪着，永远地陪着他。只见萧潇的眼角滑出了泪水。小雨疯了似的叫着萧潇，让他不要放弃，一定不要放弃，她在等他。可萧潇再也没有睁开眼睛。她发疯似的给萧潇做着心肺复苏，半小时、一小时。有人把她拉开了，可小雨还是上前紧紧地抱住萧潇，他们在那巨大的旋涡里漂浮着，外面的声响她根本就听不到。

后来警察在一堆物品中找到了他们的手机。萧潇的已经摔坏了，他们用小雨的手机打通了小鹿姐的电话。当小鹿第二天心急火燎地赶到那里时，小雨才从一堆的幻象里看见了熟悉的身影。她像是抓住了救命稻草。

"小鹿姐，快来救救萧潇。我们一起抢救了那么多的病人，快来救救他。"

小鹿抱着小雨哭着让她放开。可小雨死死地抱着就是不松手。无论她怎样劝说小雨也不理睬，也不让人靠近。

公公婆婆赶来了。他们可是白发人送黑发人，那种痛苦也是难以承受的，看见这样的场面，婆婆当场大叫了一声晕了过去。小雨的妈妈和姐姐梦依也赶来了，可她就像是不认识一般，谁的话也不听，她是根本就听不见。在那巨大的旋涡里，除了她和萧潇，其他的一切竟成了幻象。

已经第三天了，她不吃不喝不睡，外面的世界在她那里消失了，现在只有她和萧潇。家人和赶来的护士长一起轮流看着小雨，不知道她还会做出什么样的傻事来。大家急得团团转，小鹿姐最后想到了一个办法，她让三四个人在小雨的身边准备好，等她稍微一松手就可以把萧潇拿开。

小鹿轻轻地叫着她："小雨，你记得吗？萧潇最怕什么？"小雨没有反应。

她又问了一遍，还是没有反应。当她第三次问起时，小雨从混乱中回过神来："痛。"

小鹿接着说："你把萧潇勒痛了。"

小雨下意识地一松手，他们这才把萧潇移开。

小雨看着萧潇被他们推走，喷出一口鲜血，昏了过去。

等到小雨醒来，已经躺在了病床上。谁和她说话都不理，就像是没有听见一样。等家人不注意，她就悄悄地拔下输液针头。

妈妈急坏了，整天老泪纵横："小雨，我苦命的孩子什么时候是个头啊，这刚刚好转了些，可竟是这样的结果，妈妈心痛啊！可怎么办？这都是命啊，小雨。好孩子，我知道你是怎么想的。告诉你，如果你真做傻事，你前脚走我后脚就跟着你去，你信不信？"小雨也不理，只呆呆地看着窗外。

姐姐梦依抱着小外甥过来了："小雨，你不是一直都想看看你外甥吗？看看他吧，求你了小雨。"小雨转过头去，什么都不看不听。

梦依把孩子交给了妈妈，她坐到小雨的床边，拿起小雨的手握着："小雨，我们从小一起长大，无话不说。求你就和我说说心里话吧。还记得吗？从小你就跟在我的后面到处跑，也不怕别人欺负你，因为有我保护你，还记得吗？小雨，说说话吧，求你了小雨。"梦依哭着叫着小雨，她也没有一点表情。

公公搀扶着婆婆走了过来。看见他们，小雨这才回过神来泪流满面，扑在婆婆的怀里说了句："妈，对不起，对不起你们啊。"婆婆也是痛哭不已。

"傻孩子，这是天意，天意啊！"两人抱头痛哭。小雨一阵眩晕，又晕了过去。

后来一直到萧潇的葬礼，小雨都没有再说过一句话。就是在葬礼上，惨白着脸的小雨也表现得特别平静。只是在看萧潇遗容最后一眼时，才腿一软差点瘫了下来。小鹿姐和梦依紧紧搀扶着，才没有使她摔倒，只是一行清泪滚落了下来。

后来，她自己用剪刀剪去了那头长发，放在了萧潇的骨灰盒上，和他埋在了一起。

葬礼结束后，大家都先后离开了。小雨说让自己再陪陪萧潇。妈妈拗不过她，就和梦依在远处陪着。

小雨静静地坐在那好一会儿，她咬破了手指，在墓碑上一点一点写着："我将离去，而君永恒"。

写完，她一遍又一遍抚摸着萧潇的肖像："萧潇，你不是说要陪着我一起到老，一起过一辈子吗？怎么说话不算数了。你对我可从没失过言啊，萧潇。你是那样呵护我、爱护我，不让我受一点点委屈。萧潇，你怎么舍得离开我呀。你不能自己一个人走啊萧潇。我们已经连在一起了，你怎么可以自己离开？你已融入了我的生命里，要走也是一起走的，对吧？萧潇我求你看看我，就看一眼也行啊。你说过的，你已经不仅仅属于你自己，你还属于爸爸妈妈，你还属于我。萧潇你不能这样一个人离开啊。萧潇你不是一直想要我告诉你我内心的秘密吗？你听听啊，我一直都想告诉你的，我现在就要告诉你。那次是因为巨脾手术需要输血，我才知道自己的血型和爸妈根本不匹配，我不是他们的女儿。我到底是谁？我从何而来？我不敢问，也没人能说。我几次都想告诉你，可我内心脆弱得不敢面对。萧潇你来听听啊。你听见了没？萧潇。为什么老天要这样地折磨我？我到底做错过什么？老天啊你为什么要带走这么好的人，这不公平啊。为什么要夺走我的一切，为什么啊！你知道什么是撕心裂肺吗？求你也带我走吧，让我陪着萧潇，不让他寂寞，如果你真有爱心的话。不然就还我萧潇来，还我萧潇——我求你了。"

小雨哭着喊着，扑在萧潇的肖像前。这时一片落叶飘了过来，紧紧地、紧紧地贴着小雨的脸，如同萧潇那温柔的吻一般。小雨紧握着那片落叶，大叫一声"萧潇"晕倒在墓碑前。

戴维和小雪从美国回来后，一直没有联系上萧潇和小雨。手机打不通，去他们家也没有人。小雪急了，跑到医院去打听才知道出了大事。姐姐竟然和姐夫阴阳两隔了。小雪怎么也不敢接受这样的现实，她哭着和戴维找到了已经搬离那里的小雨。

自从萧潇出事后，小雨在医院的帮助下，已经和影像科的一位王医生租住在一起。王大姐的室友正好买了房子搬了出去，而王医生又为人热情，医院考虑到小雨的情况就安排她住了进来，两个人好互相有个照应。

小雪看着形影消瘦的小雨，什么话也说不出来，唯有泪千行。姐妹俩就这样抱着泣不成声。戴维也是转过头去，悄悄地抹掉了眼泪。

欧阳小雪好不容易控制住了情绪，她搂着小雨替她擦干了眼泪。

"姐，生活还要继续。你也要保重身体啊，姐夫要是看见你现在的样子……"她说不下去了，又伏在小雨的肩头痛哭起来。

看见小雨和小雪是那样痛苦，戴维内心也被痛苦侵蚀着："姐，姐夫一定在天堂里看着你呢。"

小雨点点头，她笑中带着泪："我现在明白了你们西方人为什么相信有天堂了。因为天堂里有爱、有阳光、有欢乐；没有痛、没有苦难，也没有车来车往。"

她努力压制着自己的情绪，哽咽着："我无数次地想过，如果我们一起去了美国；如果我们等你们回来后再一起去哈尔滨；如果我不去报那个团；如果不是那个时间正好出现在那里；如果我不是急着抢救其他的人，而是待在萧潇身边，也许他还有救；如果他不和我换位置……可那只能是如果。有时候我整夜整夜地在想，只要上天让萧潇回来，无论让我怎样我都愿意，可那还是如果。后来我相信了一定有天堂，那才是萧潇现在待的地方。"

小雪擦了眼泪，帮小雨姐也轻轻地、仔细地擦干净。她努力平复着自己的心情，尽量以平稳的口气和梦雨商量着："姐，别去想那么多了。姐夫也不愿看见你现在这样对吧？我和戴维商量好了，搬去和我们一起住吧。我想姐夫也是同意的。"

小雨看着戴维和小雪，眼泪又涌了出来："傻妹妹，我没事的。好好珍惜彼此相处的每一天、每一时。"

小雪点点头，依偎在小雨的怀里："姐，我们会的。"

在一片宽阔的大街上，梦雨站在街道的两旁。周围有些眼熟，可又想不出名字。好空旷啊，和平时热闹的样子不同，几乎见不到一个人影。她左顾右盼，等了好长一段时间，除了天空中有几只鸟从头顶飞过，再没见着什么了。一片死寂。梦雨内心好焦急，这是哪里啊。她急切地往前走着，想着哪怕是遇见一个人影也好。就在她心急如焚时，猛然看见宋萧潇就在街的对面。梦雨又惊又喜，她大声叫着萧潇，飞身就想往对面跑。一抬脚才发现自己身穿洁白婚纱，差点被绊倒。萧潇也在焦急地做着手势不让她过来。

只见他身穿笔挺的银灰色西装，胸前挂着新郎的佩花，既精神又帅气。他一边叫着小雨，一边穿过街道向她这里走来。可刚才还是空空的街道，突然驶出了一辆大卡车。梦雨惊恐地伸出手，本能地想抓住萧潇。伴随着刺耳的一声刹车声，她大叫着"萧潇"就从梦中醒来。

醒来后心还是那样痛，满脸的泪水混合着汗水，打湿了衣衫。她稍稍定了定神，也不记得是第几次做这样的梦了。除了地点不同，情节都是一样的。她捂着还在刺痛的心口，泪水又一次恣意地滑落。

王医生是因为参加心理干预小组的活动，得知了小雨的不幸遭遇。听季主任说她现在不能住原先的房子里了，想找个合适的住处，她就提出来让小雨搬过去。她们影像科虽然也值夜班，但比起小雨她们要少很多，所以晚上在家的机会就多些，也便于照顾。她们租住的小屋是间两室的公房，建于20世纪90年代，比较陈旧。但离她们医院坐地铁只要十几分钟，路程还行，比起小鹿姐和小郑他们的房子还是近了不少。梦雨就这样搬了过来。

白天她尽量让自己一分钟都不停下来，让自己的心灵不要有时间思考。所以，遇到下班高峰时的人山人海，她并没有感到厌烦和绝望。相反，拥挤在陌生的人群中，反而有种解脱，因为没有人会用同情的眼光看着你，也没有人知道你内心的挣扎。她可以静静感受着身体和心灵的双重疲惫；感受着每一根神经、每一个细胞在这陌生人群中的肆意释放。在这拥挤的人群里，她又有了那种被巨大的旋涡包裹着的感觉。这感觉能让她体会和萧潇度过的最后的时光。所以有时，她会不知不觉坐过好几站，然后再默默地乘回来。有时上夜班，白天的时候她会坐上地铁到老西门，走到梦花街。站在那里，看着进进出出的人们，心明明已经空了，可为什么还感觉到疼？到处是灰蒙蒙的一片，天空没有了色彩。明明脚踏着土地，却像个飘浮着的蒲公英随风摇摆。而更多的时候，她会挤进陌生的人群中，什么也不做、什么也不想，只是紧紧跟随。空了，什么都空了，到处是空空的，她急切地想拉个什么来填满那个空洞，不让自己掉下去。可她伸手什么也抓不到，整天就这样飘浮着。而到了夜晚，则是她和萧潇的天下。她会陪着萧潇聊天，给他讲一天的见闻；也会唠叨着外面世界新的变化；偶尔也会打开手机里的相册，和萧潇回忆着他们相亲相爱时的点点滴滴，流泪到天明。

　　时间就这样不知不觉地流淌着，转眼到了萧潇的"七七"忌日。小雨早早地带上准备好的鲜花，远远就看见萧潇那一如既往的笑脸。

　　她用带来的手绢轻轻擦拭着那张微笑的脸庞：萧潇，我来看你了。你看我还带来了那张落叶。知道吗？每天晚上我都把它放在我的枕头边，由它伴着我入眠。萧潇，我知道你不喜欢我哭，今天说好了我们不哭。等会儿爸爸妈妈就要来了，我要让他们看见我们好好的。你放心吧，我会一直把他们看成是我自己的亲生父母，我也会代替你去孝敬他们，做你没有完成的事情。还有，小雪妹妹每个星期都会来看我，给我带些好吃的，她现在把我当成姐姐了。我现在和同事王大姐一起住，她也把我当成小妹妹，每天问我吃问我喝。还有小鹿姐、护士长。告诉你啊，小鹿姐现在已经住在新房子里，把女儿和她妈妈也接过来了。还有梅梅姐，现在腆着个大肚子看着都有点不习惯。他们的宝宝已经快 6 个月，再过 3 个月小郑医生就要有儿子了，真快啊。对了萧潇，前几天有个病人家属突然拿着自家刚蒸好的肉馒头递到我面前，她说丫头看你一天忙到晚的也没个休息，又是这样的瘦，我给你看着，你赶快趁热吃。萧潇，我心里好温暖啊。萧潇，爸爸妈妈来了，我去接他们过来一起来看你。

　　小雨站起身，走到台阶下，她挽着婆婆的手，看到那一夜染白的双鬓，还是没忍住。

　　"小雨，你早来了？"萧妈妈伸手帮小雨擦了擦眼泪。

　　"是的，妈。我想陪萧潇说会儿话。"

婆婆拍了拍搀扶着自己的小雨："好孩子，你瘦多了。"

小雨看着眼前的两位老人，心疼着："妈，你和爸爸也要多保重身体。我和萧潇说好了，你们永远都是我的爸妈，我会经常来看你们的。"

公公婆婆再也忍不住了，老泪纵横。小雨给他们擦掉眼泪："今天我们谁也不哭，萧潇不愿看到的。"

看着青丝已变白发的宋凯佝偻着的背影，小雨心如刀绞。白发人送黑发人，他们内心的伤痛比自己更甚，一定要想办法帮助二老从伤痛中走出来。

后来，送公公婆婆离开时，小雨把那房子的钥匙留给了他们家的司机德叔。

也就是这次看见苍老了很多的公公婆婆，让梦雨的心绪不再漂浮。本来在内心深处，她对二老有着无限的愧疚。如果不是她安排了这次的旅行、如果她没有和萧潇调换座位，就不会是这样的结局。每每想到这儿她都犹如万箭穿心不能自已。她想不出还有什么办法能弥补这样的过失，更不敢直面二老那破碎的心。但两位慈祥的老人没有对她说一句怨言，反而百般宽慰。这样善良、大度、慈祥、充满爱的心深深地震撼着她。她暗暗发誓，要替萧潇守护他们一辈子。

没过多久，小雨意外收到了萧潇爸妈寄给她的一封信，里面就放着这把钥匙。爸妈的意思是萧潇就是为小雨买的这个房子，他们这样做也代表着萧潇的心愿。小雨含泪读完了信，感叹着命运对人的捉弄，同时也更加深切体会到两位老人的伟大。她基本每个月都会抽出一天的时间去看看他们。这不，一晃半年过去了。小雨这天特意起了个早，赶到宋家。

婆婆没想到她今天会来："小雨，你上个星期才来的，怎么又抽空来了？"婆婆偏爱大闸蟹，可能是海蟹吃多了的缘故。这不正赶上大闸蟹上市的季节了，她特意让同事从阳澄湖买来了。

"让同事给捎的大闸蟹，还吐着泡呢，死了就不能吃了，赶着送过来了。爸在家吗？怎么没看见他？"婆婆招呼着让阿姨倒了杯茶，小雨麻利地把蟹拿进了厨房里。

公公听见了声音从书房里走了出来："小雨来了？"

小雨赶紧过来招呼了一声："爸爸，我来看看你们。爸，妈，我来还有件事告诉你们。单位里要去贫困山区慰问，我报名了。所以可能要到下个月才能有空过来看你们了。"

婆婆拍了拍自己旁边的沙发，让小雨坐了过来："哦，那很远吗？去多长时间啊？你身体单薄，要注意些。"

小雨接过婆婆给她剥好的橘子，掰了一瓣先塞进婆婆嘴里。

"没事的，妈。我们医院和那里的山区小学结的对子，他们那儿条件太差，缺学习用品。单位出点钱，加上每位职工捐的款给那些孩子买了些书包文具用品什么的，再派个医疗队顺便给山区人民看个病。我是党员，要带头。再说我也是从山里走出来的，所以特别想去看看。"

婆婆看着小雨消瘦的身体，心疼地摸着她的脸："你这孩子就是尽为别人着想。看你瘦成这样，也不知道爱惜自己。不过这是好事、正事。我们当然支持你。但要注意身体、注意安全。老宋你说是吧？"

"小雨这是要去多长时间呢？那里条件不太好吧？"宋凯闷声问了句。

自从萧潇出事后，他就请了个职业经理人和老蒋一道管理着公司，自己当甩手掌柜了，他要多留时间在家陪陪老伴。风风雨雨这么些年，他不想再留遗憾了。

这段时间小雨的陪伴，给他们带来不少的慰藉。这一说走，他心里还是有些空落落的。

"爸，可能要去一个月左右。我也是山里的孩子，什么苦都吃过，没事呢。"

小雨剥了橘子掰了一瓣塞给了公公："爸，你也吃。"

婆婆满眼含笑看着小雨："我们萧潇就是好眼光，一眼相中了你这么好的一个姑娘。只可惜……"

"妈。"小雨打断了婆婆往下说。

他们正说着话呢，外面有人在叫门。不一会儿，阿姨领着两个陌生的年轻人走了进来。

"叔叔，阿姨好。我们俩是宋萧潇的大学同学，在葬礼上见过你们的。"

听着他们俩的自我介绍，宋爸赶紧让座："你们今天来有什么事吗？"

那个瘦一些的同学赶紧说道："是这样，上次我们来在那样的特殊环境下有很多话也不好说。我们商量过了，等您心情平复些，专程来看看您二老。"

"哦，你们真是有心了。不敢当不敢当啊。"宋凯接过阿姨泡好的茶，亲自端给他们。

"来，请喝茶。"

他们赶紧起身双手接过："叔叔，是我们有愧，真应该早些来拜访你们，可老被各种事情耽误着。"

"你是李强，他叫王朝阳对吧？"一直观察着他们的萧妈妈突然说道。

"是的，阿姨。您认识我们？"胖胖的王朝阳欣喜道。

"你胖了不少呢。萧潇给我看过你们一起的照片，也常听他提起你们。"萧妈妈抹起了眼泪。

梦雨贴心地搂着婆婆，让她靠着自己的肩膀，一边安慰她："妈，萧潇同学来看你们，应该高兴才是啊。"

李强仔细打量着梦雨，小心问道："你是弟妹吧？萧潇在我们几个人里年纪最小，造次了。"

"我叫梦雨，是萧潇的爱人。很高兴认识你们。"她朝李强和王朝阳笑了笑。

王朝阳和李强对视一笑，他朝李强问道："是你来说还是我说？"

李强呵呵一笑，拱了拱手："当然你来说最好了。"

王朝阳这才看着有些摸不着头脑的宋家人，说了来此目的。

"是这样的，我们都是从农村里考进大学的穷学生，家境很不好，经常是吃了上顿没下顿的。虽然也打点零工，可总是入不敷出。想想家里的境况，加上还有弟弟妹妹，也没法和父母开口要钱。我们和萧潇一个宿舍，我们虽然不说，但他都看在眼里了。隔三岔五我们就会发现抽屉里或口袋里多了些钱出来。开始我们也是一头雾水，搞不明白是怎么回事。后来一合计，就故意不去食堂吃饭，然后就留意动静。果然不出我们所料，是宋萧潇在暗中帮助我们。发现被拆穿了，萧潇索性就提议他用零花钱建个基金，用我们所学的专长，投资理财。赚的钱加上我们自己勤工俭学挣来的，帮助我们度过了大学的四年时光。要知道那时我们两家的压力都很大，如果不是萧潇的帮助，真不知道我们还能不能坚持下去。"

王同学的这番话，不仅让大家感到意外，而且很震惊。特别是宋凯，他脸上的悔恨怕是两位同学所不能理解的。

小雨走到婆婆身边，递了块纸巾给她。"这孩子怎么连我也不告诉，早知道就多给些零花钱了。"

王朝阳看着眼角泛着泪光的宋凯，轻轻地说道："叔叔，宋萧潇是我们系里年纪最小的同学，按说我们这些做大哥的应该多照顾他才是。可他身上非但没有一点公子哥的娇气，他还善良、热心、有爱心，大学四年里没少帮助过我们这些贫困生，是我们学习的好榜样。我和李强现在生活宽裕了，每年也在做着力所能及的事情。"

说完，他拿出了一包仔细包裹着的东西："我家是长白山的。爸爸听说我要过来看您，特意上山挖了些松茸让我带给您尝尝鲜，请您务必收下。"

"我收下，我收下。代我谢谢你爸爸。"宋凯颤抖着的手接了过来，老泪纵横。

"是我老糊涂啊，那时对他不理不睬，还逼着他……"他悲痛得说不下去了。

梦雨也是眼含热泪："爸，过去的就让他过去吧。萧潇后来也想明白了，他不怪您。"

听见这些，想想儿子的那些往事，萧妈妈悲痛得不能自已。

梦雨强忍着悲痛，她搂着婆婆安慰着两位老人："爸妈，你们应该高兴才是。萧潇是你们的好儿子。"

"是好儿子，老宋，我们不哭。"

宋凯平复着自己的心情，满头白发在微微颤抖着："我是觉得平时对他过于严厉了。孩子啊，你们今天告诉我们这些，就是对我们最大的安慰，我要谢谢你们啊。"

李强看着眼前的场景也是心潮澎湃，感慨着："叔叔，阿姨，虽然我们隔得较远，也整天忙忙碌碌的，经常来看望二老这种话不敢说，但每年来一次或半年来一次还是可以的。以后只要是有什么事情，给我们一个电话，我和王朝阳都义不容辞。"

"快好好和我聊聊萧潇在学校的事情，我都想听。"萧妈妈满眼都是期盼。

梦雨还真没看见宋凯这么失态过。看着眼前这一切，小雨心中升起无限的感慨。世事难料，世事难料啊！谁又能想到多年前萧潇的一个善举，让爱得到了延续，也温暖了两位失独老人的心。萧潇在天堂里要是看得到，应该也能露出笑容吧。

十五　你是我的蓝莲花

　　经过一个多星期的准备，支边医疗队在副院长的带领下，向着榆林的白于山区地带进发。尽管小雨对于当地的贫困状况有些心理准备，但到了那里后，不仅是她，所有的人都惊呆了，环境超乎想象的艰难。这里主要以黄土梁峁涧滩地和丘陵沟壑为主，恶劣的自然环境使农民温饱都成问题，更不要说生活的其他方面了。

　　首先是缺水。刚到那里时，校长为了表示友好，打了一脸盆的水给他们洗手。等大家洗完手，准备倒掉时，才发现他们悄悄地端走了。开始还以为是客气，哪知他们是放到门外沉淀去了，然后还要接着用。晚上吃晚饭时，他们也是倾囊相待，端上来的却是些红薯、玉米、马铃薯和一些自制咸菜，连那盆绿油油的青菜都算是相当奢侈了，不能想象他们平时吃的是什么食物。看着眼前的景象，很多女同事都偷偷落泪。等到第二天，校长带领全校的师生迎接他们的时候，那景象也是让人印象深刻。学生里大半出现了氟斑牙。后来一了解，他们这里属于浅层高氟地下水型，别说是氟斑牙，就是氟骨病患者也不在少数。难怪他们的水用过后还要沉淀再用。

　　梦雨她们医疗队在那里待了两个星期。给先期的学校学生检查过后，接着就是给附近的村民免费诊治了些疾病。在诊疗中发现最严重的还是氟中毒现象。有些人甚至开始出现慢性中毒的表现了，比如，头痛、眩晕、食欲不振、记忆力下降、腹痛腹泻等，比比皆是。

后来听他们当地的村主任介绍，国家对该地区的环境恶劣现象早就开始重视了，只是异地搬迁不是那么容易解决的。首先要找到能合适安置的地方，本来这片适合人居住的地方就不多，就是找到了也得是一地一地地搬。现在的大致方针是往荒沙区搬，这样既可以开荒治沙、植树造林，又能退耕还林、退耕还草，有利于保护生态平衡，防止水土流失。第二个难题就是资金短缺。整体性搬迁不是说搬就能搬的，需要大量的资金做保证。此外还存在移民管理、政策落实、资源开发等问题。以前就有搬迁过去的村民又返回原地生活的情况，所以，他们宁愿选择等。

听到这些，大家的心情都很沉重。恶劣的生存环境，不仅考验着老乡们的生存底线，也考验着他们的身体状况。

来这之前，院里的计划也就是准备跑一两个行政村的。可现在看到这样的现状，副院长在得到院领导的支持后，索性带着医疗队，跑了 8 个行政村，为上千人就了诊或做了问诊调查。当地缺医少药的现象也非常严重，仅靠他们一家医院也是杯水车薪。院长说，回去后要向上级汇报，争取多拉些兄弟单位和资金过来。

大家虽然晒黑了脸庞，每天吃不好饭、睡不好觉，但都以饱满的热情投入工作中。恶劣的环境反而激发了他们的斗志，把大家拧成了一股绳。因为那里有需要、有渴望。

梦雨何尝不是呢？看着那一张张稚嫩的脸上充满着渴望，小雨心里也是被深深震撼着。他们有权利渴望、有权利梦想、更有资格获得更好的教育、更好的环境。因为他们也是祖国的未来，也是祖国的希望。特别在她遇到当地一个女孩后，心里一个朦胧的计划成形了。她想等回去以后好好规划一下，尽可能地实施起来。

事情是这样的。梦雨那天和室友王大姐被分在第三小组，她们前往的是这里最贫困的一个自然村。到了那里一看，她的眼泪都要流下来了。她们走了近10户人家，没见到过几件像样的家具，更别说家用电器了。就在她和王大姐走到一户窑洞前，老远就听见呻吟，并伴随着咳嗽。推门进去，里面黑洞洞的什么也看不清。循着声音才知道墙角边的炕上躺着位老人。

梦雨拿出手机照着，就在她们向前查看老人时，一个怯怯的声音传来："我在学校里见过你们，奶奶，是医生来了。就是那天给了我一块巧克力的医生。"声音里透着惊喜和激动。

梦雨这才看清楚眼前的小姑娘。她想起来那天在学校里义诊快结束时，她看到在熙熙攘攘的人群中，有位独特的小姑娘。不同于大多数面带羞涩的孩子，她的目光里闪现着清澈和坚定，小手还牵着一位更小些的女孩。梦雨一下子就想到小时候被梦依牵着的情景，忍不住走到她们面前："小妹妹，你上几年级了？"

女孩扑闪着大眼睛盯着梦雨："我上二年级。妹妹还没上学。"

"这是你妹妹呀，没上学怎么也来学校了？"看见女孩低头不语，梦雨笑着安慰她，"没事的，姐姐只是随便问问。"

小女孩这时鼓起勇气，抬起头来说道："我妹妹在家没有人带，我奶奶生病下不了炕。"

"那你家其他大人呢？"梦雨有些不放心，追问道。

"我妈妈很早就过世了。爸爸和爷爷在西安打工还债，还要挣钱给奶奶治病，还要给我挣学费。"

唉，真的是好懂事的小姑娘。穷人的孩子早当家啊。"那妹妹平常就你带着?"

"是呀，我都快 10 岁了，可以照顾家了。"

一句话说得梦雨差点流下眼泪。"你奶奶得的什么病知道吗?"

女孩眼神一下就黯淡了下来。牵着妹妹的小手摇了摇，也没刚才那活泼劲了。她眼睛盯着地面，低着头："是不好的病，医生让爸爸领回来了。还让我们告诉奶奶得的是肺病。"

尽管梦雨心里有些猜到了，但从小女孩嘴里说出来，还是很痛心。这么小的孩子就要承受这生命不能承受之重。

她站起身叮嘱着："站在这里不要动，等着我。"

说完，飞快跑去自己包里拿出平时准备充饥用的巧克力递给了女孩。

"谢谢医生姐姐。"女孩们眼里的惊喜让梦雨好欣慰。

然而女孩的一个小动作差点让她泪奔。只见她接过巧克力后，转手就恋恋不舍地递给了妹妹，还不自觉地舔了舔嘴唇。

梦雨眼泪在眼眶里打着转，她努力平复着心情："你叫什么名字?"

"我叫王燕妮，妹妹叫王思燕。"

梦雨心中有个决定，她要帮助这女孩："如果你们以后学费都不需要爸爸和爷爷挣了，是不是他们就可以回来一个人照顾你们了?"

那个叫王燕妮的女孩分明眼里闪着光，可惜一会儿就黯淡了下来："我不知道呢。听爸爸说之前给妈妈治病还欠着债呢。"

梦雨安慰着小姑娘："你别着急，等姐姐忙完事情，就找你家人问问情况。你要好好照顾妹妹和奶奶，别灰心好吗?"

听着梦雨的话，她大眼睛里闪着亮光。牵着妹妹的手给梦雨深深鞠躬："谢谢医生姐姐。"

"燕妮，怎么还愣着不打招呼啊？"奶奶的话打断了梦雨的思绪。

"奶奶没事，我们就是来看看你的。"王医生俯身看看奶奶的情况，做些简单的检查。

梦雨这会儿才清楚，家里虽然简陋，但收拾得还算整洁。

"我这把老骨头拖累他们了。好又好不了，死也死不掉。唉，就是可怜了这俩孩子。"奶奶说着又是一阵剧烈的咳嗽，并喘着。

梦雨赶紧安慰着她："老人家，燕妮很懂事的，您应该很欣慰吧。"

奶奶抓着梦雨的手，紧紧握着："燕妮这孩子随她妈，你看她把家里整理得井井有条。可惜好人不长命，我那儿媳好啊，怎么走的人不是我呢！"

"奶奶，"王燕妮走过来帮她奶奶半坐炕上，"别说这样的话，我会照顾您的。"

王奶奶拍了拍身边的空地，示意梦雨坐过来。"你们都是好人啊。燕妮回来都和我说了，这让我们怎么受得起！"

梦雨不太想让单位里的人知道自己还没有做的事，就有意岔开了话题："王奶奶，别这样说，都是我们应该做的。单位里派我们来，不就是想着帮你们解决困难的嘛。不要失去希望，慢慢都会好起来的。您说是吧？"

"是的，好姑娘。"老奶奶艰难地喘息着，满怀感激地看着她们。

"奶奶，我记下您家的情况了，会向单位汇报的。您好好养病，我们去别家看看。"

"去忙你们的吧，我没事的。"王奶奶每说一句话都是那样艰难。

梦雨看着送她们到院外的王燕妮，有些心疼。她摸着燕妮的头，轻声告诉她："你是个好孩子，别灰心，总会好起来的。照顾好奶奶和妹妹。我还会来看你的。"

燕妮懂事地点点头："姐姐放心，我会的。"

后来，梦雨联系上了燕妮的爸爸，帮他们还了一部分债务，并承诺姐妹俩的学费由她承担。这样，燕妮的爷爷就回到老家照顾她们了。

短短的一个月很快就过去了，看着孩子们依依不舍的眼神，和那片黄土地上光秃秃一片荒芜的景象，小雨的内心还是像被揪了一下的疼。

和来时的路上同事们叽叽喳喳、开心聊着天的氛围明显不同，在归途中，他们大多在叹息，感叹着那片黄土地上的人们，他们的坚韧、顽强、乐观和豁达。

梦雨低声问了同屋的王大姐她这次的感想。只见她沉默了片刻：我记忆中再普通不过的水，没有想到竟然是如此珍贵。想想很多村民一年才能洗上一次澡，我们平时是多么奢侈啊！以后洗衣服洗菜的干净水一定要留着，冲冲厕所、洗洗拖把也行，如果倒掉都有罪恶感。她缓缓地说以后一定要带着女儿来这里看看，让这些温室里长大的孩子了解了解这里的生存状况。

小雨从山区回来后，那想法就越来越清晰了。她先是在网上查找了捐建希望小学的可行性，又着手查了些手续和方法。平时冷静沉稳的小雨，有时因为那想法冲撞着心灵，竟会自己轻微战栗，同时她也在能为萧潇做这件事而紧张激动。明确了事情的可行性后，小雨内心里才微微沉静了下来。

夜深人静时，她陷入了深深的思考：生命就是一场未知的旅程，没有人可以永生。如果自己帮助萧潇完成这件事，不就是萧潇生命的延续吗？人来到世上，总会留下些痕迹。有些人虽生犹死，而有些人虽死犹生。就如同那静静绽放着的蓝莲花，它因开在某些人的心里而得到了永恒，有些人千方百计想得到它却使它凋零。生命也是个炼狱般的过程，浴火重生后，它绽放出的花朵才会更美丽。此刻，小雨的内心是如此欣喜。萧潇，我的爱人，我看见你在天堂里笑了。

梦雨坚定了自己的想法后，她开始准备实施了。这个休息日她要去看看公公婆婆。在去宋家之前，她还是习惯性地走到了萧潇的长眠之地。

这是她第一次带着微笑来看萧潇，内心清澈而坚定：萧潇，本来我只是想着借这个事情出去走走、看看，以缓解我对你的思念。没有想到这次支边是对我内心的锤炼，它让我开阔了心胸。还有你的同学李强、王朝阳的拜访，让我看见了你的无私和善良。以前我狭隘地陷在了失去你的小圈子里，以为自己的命运怎么会那样不平坦。可看看那些孩子，看看他们那渴望的眼神，和在那种恶劣的环境下不放弃的精神，自己又显得是多么自怜又自哀。特别是王燕妮小同学，从她身上我看见了姐姐梦依的影子，但我们比她幸运得多。我的爸爸妈妈在那样的艰苦环境里，辛辛苦苦把没有血缘关系的我养大，没有让我受一点委屈。这是怎样的大爱？再想想你的爸妈，我从心底里把他们当成是自己的亲生父母，他们对我也是情同母女，还有什么不满足的？而且是上天还把你带给了我，让我得到了人世间最宝贵的爱。我们爱在骨子里，爱在彼此的生命中。我深深体会到也感受到了这份爱，这是多么幸运和美好！这辈子能够拥有你，足矣。还有小雪妹妹、小鹿姐、护士长、梅梅姐、小郑医生，他们虽不是亲人但胜似亲人。萧潇，我准备做的这些事情你应该最懂，也最能理解我，我只是帮你完成而已。萧潇，你如果看见那些孩子的脸，看见他们那渴望的眼神，你也会从内心里想着力所能及地帮助他们。萧潇我知道你一直想要个我们的孩子，但这些孩子不就如同我们自己的孩子吗？萧潇，我知道你从没离开过我。我会带着这个使命，一直坚定地走下去。我们做个约定吧：

待我长发及腰，你将归来可好？此时秋意满山腰，风景这边最好。天光乍破遇，暮雪白头老。待到明年春暖时，花在丛中笑。

当小雨赶到宋家，已经是快吃午饭的时间了。婆婆在客厅里焦急不安地等着小雨。听见小雨打开院子里围栏的声音，赶紧让阿姨去开了门。

"小雨，怎么才来？急死我了。"

看着在屋里团团转着的婆婆，小雨走上前抱着她："妈，我去看萧潇了。爸呢？"

小雨话音刚落，还没等到婆婆开口，小雨就看见公公从书房里走了出来。

"爸，您在家啊。"

婆婆拉起小雨的手往客厅里走着，一边看着宋凯："还是小雨面子大。我看没有哪个人能让他这么快从书里'拔'出来的。"

公公仔细地打量着小雨，并没有搭婆婆的腔。

"小雨你黑了、瘦了。你妈就是爱夸张。"

她帮宋凯收好眼镜，递给了送茶过来的阿姨，对爸说："爸，我没事。这不是去支边了吗？黄土高原的太阳毒，晒的。"

公公点着头呵呵笑着："那就好，没事就好啊！不过虽然是瘦了，可精神头不错。"

婆婆起身和阿姨忙进忙出地准备开饭了。小雨去洗了洗手，在饭桌上简单地和公公婆婆说了支边的情况，还有所见所闻。老两口听着那里的生存状况，也是感叹不已。

"爸，妈，问你们一件事。"

婆婆给小雨夹了些她爱吃的鱼："说吧，小雨，什么事？"

小雨放下碗，很认真地问着二老："如果我做的是对的事情，是好的事情，你们支持我吗？"公公婆婆老两口你看看我我看看你，公公点点头："当然支持了，好事嘛。"

小雨深吸了口气："我准备把上海的房子卖掉。"

听到这句话，老两口面面相觑吃惊不小。

"小雨，为什么要卖掉？那是萧潇留给你的念想啊，孩子。"婆婆很是疑惑地看着小雨。

"爸，妈，你们听我说。那房子里到处是萧潇留给我的回忆，我也很珍惜、也很舍不得。可那只代表了萧潇的过去。我想用那笔房款捐建几所希望小学，以萧潇的名义，让他的精神世间永存。"

梦雨的这番话很是出乎他们的预料。婆婆听到这儿是潸然泪下，公公也是哽咽着。他们没想到啊，真没想到小雨能这样做。

"孩子，如果你希望这样做我们支持你。可没必要卖掉房子，我以萧潇的名义捐建。"

小雨含泪摇了摇头："爸，可那不一样。这是萧潇的，这样做更能代表他。"婆婆已经泣不成声。小雨走了过去搂着她老人家："妈，您就答应吧，帮助我完成这个心愿。"

婆婆好不容易止住了哭泣："好孩子，我答应，我怎么能不答应。只是苦了你呀，孩子。"小雨接过阿姨递过来的毛巾，帮婆婆擦了擦脸。

"爸，妈，你们放心我很好的。特别是想到能代萧潇做这件事，我浑身就充满了力量，萧潇也会赞同我这样做的。"

宋凯长叹了一声："小雨，你真是个好孩子。要不这样，我出钱给你买一套。"

小雨赶紧摇了摇头："爸，没必要。我现在和同事合租在一起，相互有个照应。一个人住空房子里也没意思对吧？爸妈，你们的心意我明白，谢谢了。我一直对物质的要求不高，萧潇是了解我的。所以真的不用这样做。如果买给我了，我还是会卖掉后捐建学校的。对了，爸。您还不如也做做慈善捐建什么的。"

宋凯想了想可行："好孩子，真是个不错的主意。那天萧潇的同学上门看望我们，对我的触动很大。我想萧潇也是很高兴看到我们这样做的。明天我就找你蒋叔叔商量下，看做哪些合适。来，小雨坐下我们好好聊聊。"

时间过得好快，又到了收获的季节。小雨想起小时候妈妈弯腰在田里割着金灿灿的稻子，自己和姐姐拿个小篮子，跟在妈妈的后面拾稻穗。满脸的汗水夹杂着稻香，看着坐田埂上的叔叔到处捉着虫子和青蛙，还是蛮快乐的。听妈妈说小外甥已经会走路了，不时地还咿咿呀呀地说着话，好想他们啊！想着妈妈那满头的白发和那双粗糙的大手，想着这几年心里面的纠结，小雨心生愧疚。好在妈妈现在不用下地干活了，她心里还是有了些许的安慰。

梅梅姐生了个8斤4两的大胖小子，已经两个多月了。小郑医生和梅梅姐让小雨认了干儿子。这不，小雨休息的时候又多了个去处，帮梅梅姐一起给大胖小子洗澡。别看梅梅姐做了多年的护士，可面对自己的宝贝儿子，她一个人还真不敢给他洗呢。看着小家伙见到水的那个欢快样，经常把她们俩逗得哈哈大笑。小雨是彻底地从萧潇离世的阴影里走了出来，梅梅和小郑看在眼里，喜在心里。

一天的午后，保险公司给小雨打来了电话，她收到了保险公司的赔偿款，一共是 22 万多元。事故定性为司机疲劳驾驶，因为雪天路况打滑，没有及时采取有效措施，导致方向偏离到对面的车道，与货车相撞，造成致 3 人死亡、十几人重伤的重大交通事故。小雨想到那些才十几岁的孩子，心又被重重地敲了下。她开始的想法是把这笔钱捐给那些孩子的学校，建立个慈善基金，专门帮助困难的学生。可查了查相关的规定，好像办起来很是困难。第一钱不多，第二手续办下来也很复杂和繁多，可行性不高。正好这时，卖房的首付款到账了。小雨想着干脆放这里一起运作算了，也是帮助需要帮助的孩子。她打电话把想法和公公婆婆说了下，老人们都很赞同。这时，小雨暗地里开始正式着手捐建事宜了。

俗话说有心栽花花不开，无心插柳柳成荫。小雨的善举和她的一席话给宋爸宋凯打开了一盏心灯。

萧潇出事后对他的打击很大，公司里的大大小小的事情他基本都放手了。他心里内疚啊，为萧潇、为爱人。他内疚在萧潇这些年的岁月里，自己陪伴在他身边的时间少之又少，对他的关爱就更少了；他也内疚给一路陪着他坎坷走过来的爱人的温暖太少。所以现在他尽可能地在家多陪陪她。唉，亡羊补牢啊。小雨的这个提议，正中他的心坎里：为萧潇做点什么，也能减轻心里的负疚感。

他在助手蒋叔叔的帮助下，以公司的名义注册了一家慈善基金会，专门帮助失学的少年儿童，取名萧潇希望之星慈善基金会。小雨听说后，就把婆婆给她的见面礼 20 万元打入了这个账号，她对公公婆婆说这也是她代表萧潇对爸爸这个基金会的支持，希望会越做越成功，帮助更多的失学儿童。

而小雨这边，她已经联系好了贫困山区的团工委。在他们的帮助下，校址已经选好。只等工程建筑机构对建校的规模、设计、工程预算、匹配资金、工程进度、工程款的发放、审计等走出评估后，再签署一份三方协议基本就算是完成了大半，那时工程也可以动工了。

小雨最后附了三点意见：第一，他们不参加任何的奠基仪式。第二，学校的名字为晓晓希望小学。晓晓既是希望之意，也是萧潇的谐音。第三，他们不接受任何媒体的采访，只想静静地做完这些事。

自从萧潇出事后，小雨基本就没有参加单位的一些活动了。自己的心情不好是主要的原因，加上她怕看见同事们那些同情的目光。但从贫困山区回来后，大家都觉得她变了，变得开朗了、爱笑了，也不再刻意回避同事了。

这天在单位的食堂里，季主任特意坐到了她的身边。

"小梦啊，很久不见来我们小组参加活动了啊！"

小雨赶紧道歉："季主任，主要是我个人的原因。前段时间是心情不好，现在是有点忙。不过请您放心，我一定抽出时间参加活动。"

季主任笑着点点头："就是在等你这句话啊。小梦，从山区回来感想很多吧？"

小雨这时已经吃得差不多了，一边收拾盘子，一边对季主任说："感想特别多，我去参加活动一定好好地和同事分享下。季主任您慢慢吃，我要去接班了。"

梦雨在周四的时候去参加了那次的小组活动。季主任首先点名梦雨："大家已经都是老组员了，互相也比较熟悉。今天我点梦雨同志给大家讲讲她在贫困山区的一些感受，希望大家随后也踊跃发言。

小梦。"

小雨看了看全场，今天到了不少人，都已经坐满了，连旁边靠墙的那里都没有了空位，看来现在这心理干预小组的活动得到了大家的广泛认可。

"好的。季主任让我讲从贫困山区回来的感受，其实我明白他的意思。我个人的事情大家应该都是知道的。这次之所以报名去支边，不瞒大家，也是想换个环境，换换心情。因为心里太痛，自己也没有办法走出来。到了山区的那种环境确实深深刺痛了我的神经。那种艰苦，那样恶劣的环境想必大家应该都从你们科室的同事那里了解了，我就不再重复。这里就说说我的心路历程。在去之前，我一直都在心里埋怨上天的不公平，让我承受这样那样的不能承受之痛。但当我看见山区里的生存环境，他们中的很多人一年才能洗上一次澡，一年才能去一次县城，但你仍然可以看见那些孩子的笑脸，看见那些普通农民纯朴的笑容。他们没有抱怨、没有激愤，你在他们身上看到的是坦然、是对美好生活的渴望，这激起了我内心对爱的更深刻的定义。当你失去生命中某些看似平常却又十分重要的东西的时候，你才会更深刻地体会到爱的意义。因为爱过，所以慈悲；因为懂得，所以宽容。人生总是难得圆满，而生命就是在这场旅行中不断地前行。因此，只要我们心中有爱，就有希望。这种爱超越了自我，超越了一切自然条件的禁锢，就像是阳光照在你的身上，照在你的心里。我们去支边，就是给了他们爱和希望。也许就这一粒小小的种子，却能照亮他或她的整个人生。这也让我联想到了平时我们做的工作。患者前来就诊，就是要得到我们的帮助。医疗技术固然是治病的保障，但如果我们在钻研疑难杂症的同时，给患者带去阳光和温暖，那我们同样心里也会充满阳光。所以，这次回来最大的感受是我会一直走在路上，让心里充满阳光。我也依然会怀揣梦想、依然会热泪盈眶。"

小雨说完，小会议室里爆发了一次又一次的掌声。小组里的人都在私下里纷纷讨论和交流着。

吴主任笑着摆了摆手示意大家静一静："小梦刚才的发言，从大家的掌声中就能知道她打动了我们。不是她说得好听打动了我们，而是她的爱。说得好啊，有爱就有希望，有爱就有阳光。让大家都用阳光驱走心里的阴霾，让爱洒满我们每一位病患的心房。来，下面谁接着发言？"

季主任这时和吴主任低声打了个招呼，他把梦雨叫到了外面："小梦，你真的让我们刮目相看。我们都为你感到高兴啊。"

小雨激动的心情还没有怎么平复，她很真诚地看着季主任："您对我的关心我明白的。在我最低谷时，您帮我安排宿舍，让王大姐时刻地照顾着我。还有这次的支边，我们人手这样紧张，还想办法调人换班。是你们的爱和关怀温暖着我，我能有这样的认识也是与组织的关心和爱护分不开的。"

季主任从眼前身材单薄却蕴藏着无穷力量的小雨身上，看到了那股蓬勃向上的力量。他背着手和小雨一同走到了走廊的尽头。

"小梦，还是你自己的觉悟高啊。你今天能敞开心扉和大家分享，也是你友爱的表现嘛。我也代表他们谢谢你。好好工作，路会越走越宽的！"

小雨看着窗外正怒放着的花朵，在太阳的照耀下越发娇艳："我会的，谢谢主任。"

时间就在这忙忙碌碌中流逝着。虽然小雨既要忙着上班，又要操心着建校事宜，但她现在有种脱胎换骨般的轻松感。现在想到萧潇已不再只有钻心般的痛，相反她发现自己和萧潇越来越紧密地联系在一起，就如月老的红线，一边在萧潇手里，一边在自己的手中，从没分离。想着明天就要交房钥匙了，下了夜班后，小雨径直来到了她和萧潇的家。

打开门，小雨就感觉萧潇在微笑着等她。从客厅到厨房、从卧室到卫生间，小雨处处看得到萧潇的影子，还有他顽皮时那可爱的模样。

记得有一次，小雨正坐在阳台那晒着太阳看着书入神呢，萧潇顶着一个大玩具熊突然蹦到她的面前："我是灰太狼，请问老婆红太狼，今天你都在做什么？"说着扔过来一只小白兔的玩偶。小雨拿起小白兔的一只脚，点着他："你这是来捣乱的是吗？灰太狼，你还不给我干活去。"萧潇把玩具熊放在地上让它跪着："报告老婆大人，我不敢捣乱。我只是来关心你的身体，不能坐这么长时间看书的，起来我们一起去抓小白兔。"小雨拿着小白兔一脚把熊给踢倒："不行，从今天开始不准再欺负小白兔。要关心、爱护它。听见没？"萧潇把玩具熊抓了起来："遵命，老婆大人，我这就去。"小雨看着萧潇脸上滑稽的表情，刚笑着准备拉起他呢，可没想到萧潇没有站稳，脚下一滑磕到了椅子的边缘，额头擦破了，血渗了出来。

小雨看着那放在角落里的椅子，轻轻抚摸着。正当她沉浸在对萧潇的回忆里，欧阳小雪给她打来了电话。

"姐，你今天是夜班下班吧？晚上来我家，找你有事情说，姐。"

小雨想了想："行，戴维在家吗？"

"在的，姐。见面再说吧。我们有事情要告诉你。"

小雨想电话里不说，肯定是很重要的事情了。小雨看看手表。

"好的，我六点到你家。"

"嗯，姐，见面聊。"

当梦雨赶到小雪的家还没等敲门呢，门就自动地打开了。

"祝你生日快乐，祝你生日快乐，祝你生日快乐，祝小雨姐生日快乐！"

"快快关灯，让寿星吹蜡烛。"小雪招呼着她的小伙伴们，自己却挽着还愣着的小雨走到蛋糕前："姐，快许个愿。"

小雨对着为她精心准备的生日蛋糕一口气吹灭了蜡烛。

"老姐生日快乐！"戴维飞快地跑了过来，一把抱住了小雨在原地转了几圈。小雨被转得眩晕了起来。

小雪赶紧扶住了小雨："戴维，还不快把礼物拿来。"

只见戴维从身后变戏法式的拿出了一个包装精美、用红丝带扎住的盒子，满脸期待地看着小雨："姐，快打开看看。"大家也都围了过来。

小雨在众目睽睽下，打开了精美包装，一朵水晶雕琢的蓝莲花在灯光的照射下，闪闪发光。

"蓝莲花，真漂亮啊！"大家看见这朵雕琢精细、栩栩如生的蓝莲花，纷纷叫了起来。

小雨捧着这朵盛开着的蓝莲花也是百感交集，眼泪一下子涌了出来。

小雪也流着泪上前紧紧抱住了她。客人们也感觉到这蓝莲花的背后应该有着不一般的故事，都渐渐地没有了声响。

戴维看着眼前的景象，也是心情复杂。他缓缓地把流着泪的姐妹俩拥在怀中："姐，以前我向姐夫讨教过爱情保鲜的秘密。他告诉我，老姐就是他心中的那朵蓝莲花。"

戴维这席话，听得客人们也是唏嘘不已。小雨更是哽咽着说不出话来。

小雪好不容易控制住了情绪，她看着小雨姐，轻轻抹掉了眼泪。

"姐，你看这么多人来一起给你过生日，我们应该高兴才是。"

小雨点点头，她对大家打着招呼："不好意思，刚才有些失态了。"

戴维接过小雨手上的蓝莲花，仔细地把它包装在了盒子里。

小雪拉着小雨的手："姐，你看谁来了？"

小雨顺着视线，看见一群客人里史玲玲微笑着向自己走了过来。"小雨姐，生日快乐！"

"史玲玲！"小雨也是喜出望外。

史玲玲笑着点点头："小雨姐，没想到会在这见到我吧？"

小雨看着她精神焕发的样子，比以前阳光了很多："是啊，我们好久没见了。"

戴维这时拿了块生日蛋糕递给小雨："老姐，快吃。"

小雨伸手接了过来："谢谢戴维。"

戴维故作神秘地告诉小雨："等会儿小雪有事情要宣布呢。"

梦雨边吃边在人群里找着小雪，只见她敲了敲桌子："大家边吃边听我说。很高兴我们相聚在这里给我老姐梦雨过生日，感谢你们的到来，谢谢了！"

大伙起哄道："有吃有喝，应该谢谢你们才是。"

小雪笑着看看梦雨："那大家就谢谢我姐，因为是她生日嘛。"大伙笑开了："还有一件事要宣布，就是我已经接到了公司的正式任命书，史玲玲从下个月起升任我们部门的主管了，大伙一起祝贺她。同时衷心地感谢你们一直以来对我工作的支持和帮助！来，大家举杯，有酒的喝酒，喝饮料的也行，大家干杯！"

小雨听到这有些意外，她不解地看着戴维："小雪呢？"

戴维双手一摊，耸了耸肩："她不让我说。等会儿她要亲口告诉你。"

戴维打了个招呼就去招待客人了，小雪这时端着酒杯朝小雨走了过来。小雨看着人群里和同事聊着天的史玲玲，对着小雪问："怎么回事？"

小雪挽起小雨的手，打开了阳台的门。因为他们租的是一楼，外面好大的一块空地，旁边放着烤炉和一些座椅、桌子。小雨还意外地看见了有两个围起来的小花圃，里面种着的红玫瑰在绽放着呢。

"姐，坐下我们聊聊。"小雪把梦雨手里的盘子放到桌子上，她握住小雨的双手看着她，"姐，我要和戴维去美国了。"小雨显然是没有心理准备，慢慢地眼泪涌了出来。

小雪抱着梦雨："我也很舍不得姐，所以一直不知道怎么告诉你。"

小雨等心情平复了些，才抬起头看着小雪："傻妹妹，能去美国是好事，应该高兴才对。还记得你刚来上海时，想家想妈妈了，也是这样扑在我怀里淌眼泪呢。时间好快呀，小雪妹妹要去美国了。说说吧，怎么回事？"说着说着，眼泪还是止不住地流。

小雪拿出纸巾擦了擦，哽咽着："姐，是公司安排的。我和戴维调入总部工作了。"

梦雨心里清楚，小雪是觉得在这个时间去美国怕自己感到失落，她尽快地调整了心态。

"这是大喜事，应该为你们高兴的。妹妹就是棒。什么时间走？定了吗？"

"最快下个月吧，最后的时间还没有定。"小雪接着说了史玲玲的情况，"她是半年前来公司应聘的。而且就是想在我的部门。她本来在公司里就一直在我们的部门里工作，很熟悉这里的情况。所以公司综合考虑后，接受了。史玲玲这次真是脱胎换骨了，像是换了一个人。不但工作积极主动，还热心帮助同事，也为我减轻了不少的工作压力。姐，你知道她之前辞职做什么去了吗？她去了肯德基。用她自己的话来说，就是想从最基本的工作做起，学习怎样待人接物，学习最基本的为人之道。因为那里每天都要接触形形色色不同的人群，而且同事相互间的配合也很默契，还可以从中学习跨国企业中那无形的企业文化和氛围。这也确实给了她很大的提升。她的表现公司领导也都看到了，所以在决定调我去总部之前，让我推举个部门主管的合适人选，我推荐了她。公司领导也很认同，就这样报到总部，刚批下来。"

梦雨看着眼前的小雪妹妹，由衷地感叹着她成熟了，也更可爱了。

"姐，还有件大事，戴维向我求婚了。"

梦雨高兴地张开双臂，把小雪拥进怀里："恭喜妹妹，太开心了，真是个好消息。"

小雪伸手看着手上的钻戒也是笑容满面："我们准备中国新年的时候在美国举行婚礼，姐，你也来吧。"

梦雨高兴得连连点头："当然要去，当然要去。这也是你姐夫的心愿。"

"姐，我太开心了，我要去告诉戴维。"小雪拉起梦雨的手就往屋里去。

"慢点，傻妹妹。"

经过了6个多月的紧张施工，晓晓希望小学终于落成了。当地的团工委给予了大力支持和协助，才在这么短的时间里，保质保量地完成了工期。在完成了相关的验收、审核审计等手续后，学校定在新学期开学的那天举行落成和开学仪式。在仪式的前一天，宋凯就让德叔把梦雨和她爸爸梦怀柔一起接了过来。他们一行人开着车赶在仪式前到达了学校前面的小山坡上。

看着山坡下新落成的晓晓希望小学的牌子在阳光下熠熠生辉，宋凯紧紧握住梦怀柔的双手："感谢你呀，老哥。培养了这么出色的孩子。"

梦怀柔看着女儿小雨，也是挺激动的："这孩子从小就懂事，心地善良。她能做成这件事，我不感到意外。这件事也是和萧潇分不开的。你看，这俩孩子不仅爱在延续，还将永存，我们是倍感欣慰啊。"

"说得好，老哥说得好啊。"

他挽着夫人的手也禁不住在微微颤抖着："老婆子，你看萧潇没走，萧潇就在那儿。"

萧妈妈已经哭成了泪人，靠着宋凯说不出话来。

尽管小雨心里面想过很多次晓晓希望小学的模样，但亲眼所见还是让她不能自持。有那么一会儿仿佛是回到了从前，回到了和同学们亲手挖成操场时的情景，是那样愉悦，也是那样惊喜。

这时，《少先队员队歌》响起，升旗仪式开始了。

小雨眼含热泪："爸，妈，你们看那些孩子还有他们脸上的笑容，萧潇也在笑呢。"

宋凯激动地拉着小雨的手："好孩子，是你让萧潇又得到了重生，我们要感谢你啊！"

小雨摇了摇头，她看着宋凯："爸，是萧潇的爱让我明白了人世间的大爱真情；是父母含辛茹苦把我养大，让我知道世上还有这么无私的爱。这才是第一所晓晓希望学校，以后还会有第二所、第三所晓晓希望学校出现的，或者还会有更多的希望学校出现。因为在筹建这座学校时，我们得到了很多志同道合的人的帮助，另外也有那么多的有识之士都在和我们做着同样的事情。爸，妈，大爱无疆啊！"

婆婆从悲痛中缓了过来，她看着宋凯和小雨，嘴里叨念着："是啊，大爱无疆。老宋，小雨，我们以后要经常来看看，看看这些孩子。"

　　宋凯点点头颇为感慨。他拉着夫人和小雨的手："那是当然。我们不仅要来看看，还要把'萧潇希望之星'办好，办扎实了，让爱延续、让爱永存。"

　　小雨看着眼前两位可敬可爱的老人，也是感慨万千。她拥住了他们："爸，妈，谢谢你们！"

　　"傻孩子，我们是一家人，还要谢啊！"婆婆眼里泛起了泪花。

　　小雨眼含热泪，拿出了一直珍藏着的那片落叶。不舍得啊，真有些不舍得。透过阳光，那片落叶里的经经络络仿佛有了生命。她情不自禁地把它紧紧地贴在脸上，一遍遍地亲吻着。

　　"萧潇，我今天把它也带来了。还记得我们的那个约定吗？'待到明年春暖时，花在丛中笑。'就在这里吧，这里就是你的家。有那么多的孩子陪着你，你不会寂寞的。我也会经常地来看看你们的。"

　　说完一松手，那片落叶就这样随风飘舞着，在他们面前转了一圈，然后飘飘荡荡地向着山下那一群站在阳光下的孩子飞去。

　　看着那片飘荡着的落叶，《永不凋零的蓝莲花》的旋律在小雨的耳边响起：

　　漫天飘荡的落叶啊

　　摇曳出如雪的洁白

　　远远地　远远地传来了雪域高原上

　　那冰与雪的世界里

　　缔写着的五百年的相约

　　山一样的挚爱

　　海一般的情怀

　　跃动着我们蓝色的梦想

　　它跨过高山

飞跃了大海

微风拂过

蓝莲花已盛开……